INA HALLER

NEBEL IM AARGAU

Kriminalroman

emons:

Lust auf mehr? Laden Sie sich die «LChoice»-App runter, scannen Sie den QR-Code und bestellen Sie weitere Bücher direkt in Ihrer Buchhandlung.

Bibliografische Information der Deutschen Nationalbibliothek
Die Deutsche Nationalbibliothek verzeichnet diese Publikation in der Deutschen Nationalbibliografie; detaillierte bibliografische Daten sind im Internet über http://dnb.d-nb.de abrufbar.

MIX
Papier aus verantwortungsvollen Quellen
FSC® C083411

Umschlagmotiv: Trevor Payne/Arcangel.com
Umschlaggestaltung: Nina Schäfer, nach einem Konzept von Leonardo Magrelli und Nina Schäfer
Umsetzung: Tobias Doetsch
Gestaltung Innenteil: César Satz & Grafik GmbH, Köln
Druck und Bindung: CPI – Clausen & Bosse, Leck
Printed in Germany 2020
ISBN 978-3-7408-0925-6
Originalausgabe

Für Urs, Pascale, Rebecca und Manuela

Prolog

Er lehnte sich gegen den Baum und schaute auf das Grab. Endlich waren die Trauerfeierlichkeiten und der anschliessende Umtrunk vorbei. Nun war er alleine. Doch die Einsamkeit, nach der er sich den ganzen Tag gesehnt hatte, war auf einmal nicht mehr erstrebenswert.

Er hatte keine Ruhe gehabt, seinen Gedanken nachhängen zu können, und war gefordert gewesen, Gespräche zu führen. Der Trubel der vergangenen Tage, der mit der Beerdigung einen Höhepunkt erreicht hatte, war anstrengend und aufreibend gewesen, aber er hatte davon abgehalten zu grübeln. Da alles vorbei war, hatten die Gedanken Raum bekommen, in den Vordergrund zu treten. Alles wurde real – in der Stille, die ihn umgab. Diese Stille führte ihm die Endgültigkeit vor Augen.

Die Idee, am Abend nach der Beerdigung herzukommen, war nicht gut. Er hatte gehofft, hier endlich angemessen trauern zu können. Was war aber angemessen? Er fand keine Antwort auf diese Frage. Wieso konnte er die Trauer, nach der er sich gesehnt hatte, zu der er aber keine Ruhe gefunden hatte, jetzt nicht zulassen?

«Auf Knopfdruck geht das nicht», hätte sie vermutlich gesagt.

Er legte sein Gesicht gegen den Baum, und die Rinde kratzte über seine Wangen. Auf dem Weg stritten sich zwei Amseln. Zeternd flogen sie schliesslich davon.

Das alles nahm er nur am Rande wahr. Weiter betrachtete er die Kränze. Rosen, Flieder und Blumen, deren Namen er nicht kannte. In der Mitte seiner mit roten Rosen. Über ihm im Baum begann ein Vogel zu trällern. Ein anderer setzte ein. Er schaute aber nicht hoch, um festzustellen, um welchen Vogel es sich handelte, sondern betrachtete weiter das Grab. Ein warmer Luftzug, der nach dem nasskalten Wetter der vergangenen Woche daran erinnerte, dass eigentlich Sommer war, strich über sein

Gesicht. Die untergehende Sonne malte ein Muster aus Licht und Schatten über den Friedhof. All das konnte sie nicht mehr erleben. Sie war tot. Er konnte oder besser wollte es nach wie vor nicht wahrhaben. Die Trauer schlug aus dem Nichts zu. Aber sie entsprach nicht dem Gefühl, das er sich erhofft hatte. Im Gegenteil. Sie drohte ihn zu ersticken. Er löste sich vom Baum und trat an das Grab. Langsam sank er auf die Knie und berührte einen der Kränze. Das, was von seiner grossen Liebe übrig geblieben war, war ein kleiner Haufen Asche, der sich in einer Urne befand, die hier vergraben war.

Nie hätte er an dem Morgen vor bald drei Wochen zu träumen gewagt, ihr Abschied könne das Ende ihres gemeinsamen Weges sein.

Er dachte an ihre leuchtenden Augen, als sie losgezogen war. An das ungute Gefühl, das ihn beschlichen hatte, als er die anderen kennengelernt hatte. Dieses Gefühl hatte sich verstärkt, als er ihr nachgeschaut hatte und sie aus seinem Blickfeld verschwunden war. Wegen dieser Nichtsnutze hatte sie mit dem Leben bezahlt. Es war nur deren Schuld. Diese Gewissheit bohrte sich wie ein Stachel in sein Fleisch.

Deutlich sah er die bestürzten Gesichter vor sich, als ihr Tod definitiv bestätigt worden war. Das Entsetzen, das zu Mitleid gewechselt war, als man ihre Leiche gefunden hatte. Heuchler! Mörder!

Ihr Tod war als Unfall deklariert worden. Das stimmte aber nicht. Sie hatten sie umgebracht, kamen aber straffrei davon und konnten weiter das Leben geniessen. Es war ungerecht. Gemein. Warum musste ihn das Schicksal so hart treffen?

Er legte den Kopf in den Nacken und schaute in den wolkenlosen Himmel. Eine Idee nahm in seinem Kopf Gestalt an. Ja, das würde er tun. Die Tat würde nicht ungesühnt bleiben. Er senkte den Kopf und betrachtete das Grab.

«Das verspreche ich dir», flüsterte er und stand auf.

EINS

Andrinas Verlobter Enrico Bianchi fuhr in die Parklücke und stellte den Motor ab. Er wandte sich Andrina zu. «Ich weiss, es ist ungemütlich, aber ein wenig frische Luft brauchen wir.»

Es herrschte das typische Wetter von Ende November. Obwohl der Hochnebel sich wie ein Deckel über das Mittelland gelegt hatte und die starke Bise das Ganze ungemütlicher machte, als es ohnehin war, hatten sie beschlossen, einen kleinen Spaziergang zu machen – nicht nur vor der Haustür.

Bevor Andrina die Wagentür öffnete, setzte sie die Kappe auf und stopfte einige Strähnen ihrer dunklen langen Haare, die sich aus dem Rossschwanz gelöst hatten, darunter.

«Brr», sagte sie und stieg aus. Wenn wenigstens Schnee liegen würde. Das würde ein wenig festliche Stimmung aufkommen lassen. Morgen in einer Woche war immerhin der erste Advent.

Hand in Hand schlenderten sie über den Parkplatz und überquerten die Strasse am Zebrastreifen Richtung Schloss Hallwyl. An der Mauer blieb Andrina stehen und schaute auf das Wasser. Anschliessend liess sie den Blick über das mittelalterliche Wasserschloss gleiten. Leider war es im Dezember geschlossen. Sonst hätten sie sich das Schloss anschauen können, anstatt bei dem ungemütlichen Wetter durch die Kälte zu stapfen. Inzwischen war sie nämlich nicht mehr so angetan von dem Plan, frische Luft zu schnappen.

Sie überquerten den Kiesplatz. An den Grabsteinen blieb Andrina stehen. Eine Infotafel verriet, dass nach dem Abbruch der Familiengruft bei der Kirche von Seengen die Grabsteine und Grabplatten der Familie von Hallwyl zum Schloss kamen. Andrina ging die Grabsteine entlang und las die Inschriften. Sie war oft hier gewesen, aber es lief ihr jedes Mal ein Schauer über den Rücken, wenn sie las, wie alt das Mädchen Mathilde Agnes von Hallwyl nur geworden war. Sie hatte nicht einmal ihren zehnten Geburtstag feiern können. Unweigerlich legte sie die

Hand auf ihren Bauch, der sich inzwischen nach vorne wölbte. Trotz ihrer zierlichen Gestalt hatte man ihr die Schwangerschaft lange nicht angesehen. Jetzt war sie im fünften Monat, und es liess sich nicht mehr verheimlichen.

«Was ist?», fragte Enrico. «Geht es dir nicht gut?» In seinen dunklen, fast schwarzen Augen las sie Besorgnis.

«Es ist alles bestens», erwiderte Andrina. Sie war froh, weil die Übelkeit, die sie von Anfang an begleitet hatte, inzwischen nachgelassen hatte.

Sie liefen weiter geradeaus in den Weg und schlenderten durch das Seengermoos Richtung See. Die Bise blies hier stärker, und Andrina spürte die Kälte, die durch den Wintermantel drang.

Viele hatten sich bei dem Wetter nicht vor die Tür gewagt. Es kamen ihnen nur zwei Jogger und ein Mann mit einem Schäferhund entgegen. Nach zehn Minuten erreichten sie die Anlegestelle «Seengen» von der Schifffahrt Hallwilersee. In der wärmeren Jahreszeit konnte man von hier zu Rundfahrten auf dem See starten. Als Nächstes gelangten sie zur Frauenbadi. Daneben lag die Männerbadi.

Hin und wieder war Andrina in dieser öffentlichen kostenlosen Seebadi geschwommen. Bei der Kälte heute schauderte ihr nur beim Gedanken, einen Fuss ins Wasser zu setzen. Sie gingen an dem einfachen roten Holzgebäude vorbei, in dem sich Umkleidekabinen, WCs und Duschen befanden, und traten an die Holztreppe. Sogar das Wasser sah bei diesem Wetter grau aus, und die Seerosen, die am Ufer wuchsen, schafften es nicht, der Szene einen Farbtupfer zu verleihen. Immerhin waren sie hier ein wenig vor dem Wind geschützt, der die Temperatur mindestens um zwei Grad tiefer empfinden liess, als sie war. Zwei Blesshühner schwammen vorbei, und ein Schwan näherte sich ihnen.

«Ich denke, das reicht heute mit frischer Luft», sagte Enrico, und sein Atem stand in einer weissen Wolke vor seinem Mund.

Dem musste Andrina zustimmen, und sie war froh über den Vorschlag.

«Gehen wir zurück?», fragte er. «Mir ist kalt.»

Andrina wandte sich ihm zu. Er hatte den Kragen seiner Jacke hochgestellt und mit dem Schal das Kinn abgedeckt. Die Kappe hatte er tief in die Stirn gezogen. Er fror eindeutig mehr als sie. «Manchmal bin ich froh, dass du ein wärmeverwöhnter Süditaliener bist.»

In Enricos Augen blitzte es, und sein Mund verzog sich zu einem Lächeln. «Ich lebe gerne in der Schweiz, aber es gibt Dinge, die nicht unbedingt sein müssten. Dazu gehört dieses nasskalte Dauergrau im Winter.»

Bevor Andrina antworten konnte, ertönte ein lang gezogener Schrei. Für den Bruchteil einer Sekunde schauten sie einander an, bevor Enrico zum Ausgang der Badi rannte.

Andrina hastete hinter ihm her. Als sie vor die Badi trat, kam ihnen eine Frau entgegen, die wild mit einer Hand fuchtelte und einen Collie hinter sich herzog.

«Da liegt einer», stiess sie atemlos hervor, als sie bei ihnen angekommen war.

«Wo?», fragte Enrico.

«Er bewegt sich nicht.»

«Wo liegt wer?»

«Ein Mann ... ich glaube, es ist ein Mann.»

«Wo?», wiederholte Enrico mit Nachdruck.

«Dort bei dem Pfahlbauhaus.» Sie deutete in die Richtung, aus der sie gekommen war.

«Wo ist er?», fragte Enrico, als sie beim Nachbau eines Pfahlbauhauses ankamen. Andrina sah sich um. Ausser Schilf, Bäumen und Wiese sah sie nichts.

«Da drin.» Die Frau deutete auf den niedrigen, kleinen Eingang. Andrina beugte sich vor, konnte aber nichts erkennen. Ausser dass es in der Rückwand ein Loch hatte, das den Blick auf die sumpfige Wiese freigab.

«Er liegt an der Wand auf der linken Seite.» Inzwischen hatte die sich überschlagende Stimme zu einem Flüstern gewechselt, das Andrina kaum verstehen konnte.

Enrico bückte sich und schlüpfte ins Innere. Er wandte sich

nach links. Neben Andrina trat die Frau von einem Bein auf das andere und schimpfte mit ihrem Hund, der Enrico offenbar gerne gefolgt wäre. Den Collie interessierte die Tirade nicht, und er zog weiter an der Leine. Dabei wedelte er mit dem Schwanz.

«Er hat ihn gefunden», sagte die Frau, die wieder so leise sprach, dass Andrina sie fast nicht verstand. «Er lief weg und hat nicht auf mich gehört. Zuerst wusste ich nicht, wo er war, bis er anfing, laut zu bellen.» Sie sprach hastiger. «Als er nicht da rauskommen wollte, bin ich rein und habe den ...»

Sie brach ab, als Enricos Kopf im Eingang auftauchte. Er kroch aus dem Haus, richtete sich auf und klopfte die Erde von der Hose.

«Er ist tot», sagte er. «Wir sollten die Polizei verständigen.»

Andrina verschränkte die Hände ineinander und starrte geradeaus. Sie sass in einem der Polizeiwagen, die auf dem Kiesplatz vor dem Schloss Hallwyl standen. Es war kalt im Wagen, und sie hätte zu gerne die Wagentür geschlossen, damit die Bise nicht durch das Wageninnere zog, aber sie wagte es nicht. Sie wagte überhaupt nicht, sich zu rühren, und konnte nicht sagen, wie lange sie bereits im Wagen sass und wartete. Sie betrachtete die Frontkonsole und überlegte, ob der Wagen eine Standheizung hatte. Falls das so war, hätte man sie bestimmt eingeschaltet.

Andrina war die Einzige, die sich in einem der Autos befand. Vermutlich hatte man ihr aufgrund der inzwischen nicht mehr zu übersehenden Schwangerschaft zugestanden, sich zu setzen.

Um sie herum herrschte geschäftiges Treiben. Beamte liefen zum See oder kehrten zurück. Vor einiger Zeit war ihnen ein Mann mit einem silbrigen Koffer in die Richtung des Pfahlbauhauses gefolgt. Andrina meinte, den Rechtsmediziner erkannt zu haben, dem sie ein- oder zweimal begegnet war, als sie mit Enricos Halbbruder Marco Feller, dem Leiter der Abteilung Leib und Leben, zusammen gewesen war. Marco war zu ihrem Bedauern ebenfalls vor Ort.

Sie legte die Hand auf den Bauch. Ihr Baby rührte sich nicht. Bestimmt spürte es ihre Anspannung.

Inzwischen hatte die Dämmerung eingesetzt. Bald würde der graue Tag von der dunklen Nacht überschattet werden. Zur jetzigen Jahreszeit fand Andrina es eine Erleichterung, wenn es dunkel wurde. In der Nacht musste sie dieses Dauergrau nicht mehr sehen. Heute jedoch fürchtete sie sich davor. In der Dunkelheit würde es keine Ablenkung geben. Genau diese Ablenkung suchte Andrina und schaute sich um. Niemand nahm Notiz von ihr, und sie fragte sich, ob man sie vergessen hatte.

Sie blickte zur Mauer und zum Wassergraben, der das Schloss umgab. In der Nähe der Grabsteine stand Enrico mit Max Wagner aus Marco Fellers Team. Sie konnte die Männer aus dieser Distanz fast nicht erkennen. Wagner machte Notizen und stellte offenbar eine Frage nach der anderen. Enrico schien regelrecht damit bombardiert zu werden. Sogar aus der Entfernung konnte Andrina trotz schwindenden Lichts Enricos Anspannung erkennen, obwohl er mit dem Rücken zu ihr stand.

Der Wind nahm weiter zu. Andrina verschränkte die Arme vor der Brust. Viel Schutz gab es nicht.

Die Frau, die die Leiche zuerst entdeckt hatte, stand an der Mauer zum Schlossgraben und wurde von Marco befragt. Sie hatte die Arme um ihren Körper geschlungen. Ihr Collie sass brav neben ihr.

Zwei Männer in weissen Schutzanzügen kehrten vom See zurück. Sie waren in eine Diskussion vertieft und gingen zu einem Kastenwagen, der in der Nähe des Eingangs vom Schloss stand.

Neben dem Wagen nahm Andrina eine Bewegung wahr und brauchte einen Augenblick, bis sie den Beamten erkannte. Silvan Brogli stieg neben ihr ein und liess sich auf die Rückbank fallen. Ausgerechnet er. Zu deutlich erinnerte Andrina sich an seine Vernehmungen in der Vergangenheit, die alles andere als angenehm gewesen waren. Immer wieder hatte er sie bei früheren Fällen als Tatverdächtige ins Auge gefasst.

«So schnell sieht man sich wieder», sagte er anstelle einer Begrüssung.

Andrina liess den Tonfall auf sich wirken, konnte aber nicht mit Bestimmtheit sagen, ob Sarkasmus in ihm mitschwang. Sie überlegte, ob sie darauf eingehen sollte, schwieg aber lieber.

«Leider ist der Umstand unseres Wiedersehens nicht erfreulich.»

Dieses Mal war sie sich sicher. Keine Anspielung schwang zwischen den Zeilen mit, und Andrina wandte sich ihm erstaunt zu. Brogli hielt eine Thermoskanne und einen Styroporbecher hoch. «Möchten Sie einen heissen Tee?»

Andrina war zu erstaunt, um sofort zu antworten. Die menschlichen Züge an diesem Mann waren fremd. «Das wäre nett», brachte sie nach einigen Sekunden hervor.

«Es tut mir leid, wenn Sie warten mussten.» Brogli füllte Tee in den Becher, den er Andrina reichte. Sie schnupperte. Kräutertee.

«Danke.»

Vorsichtig nippte sie an dem heissen Getränk. Wärme breitete sich über die Speiseröhre Richtung Magen aus. Von dort strahlte sie weiter im Körper aus, doch bis zu ihren Gliedmassen gelangte sie nicht. Inzwischen hatte sie das Gefühl, ihre Füsse seien aus Stein. Brogli stellte die Thermoskanne vor sich auf den Boden und nahm die Kappe ab. Seine grauen, sich lichtenden Haare standen wirr vom Kopf ab, aber er bemerkte es nicht und holte sein Notizbuch aus der Jackeninnentasche. Er schlug es auf und holte einen Stift hervor.

«Wir haben Sie in dem ganzen Trubel vergessen. Tut mir leid.» Das klang zerknirscht. Eine weitere Eigenschaft, die sie bisher ebenfalls nicht bei ihm beobachtet hatte. «Können Sie bitte berichten, wie Sie die Leiche gefunden haben?» Das war der Tonfall, mit dem er normalerweise mit ihr sprach. Andrina war augenblicklich auf der Hut und wappnete sich für das, was folgen würde.

«Nicht ich habe sie gefunden. Ich meine, im eigentlichen Sinne.» Andrina berichtete, wie sie beschlossen hatten, trotz des scheusslichen Wetters einen Ausflug zu unternehmen, und wie ihnen die Frau entgegengerannt war.

«Kennen Sie die Frau?»

«Nein. Ich bin ihr bisher nie begegnet.»

«Und die Leiche?»

«Ich habe sie, ehrlich gesagt, nicht gesehen.»

Brogli hob seine Augenbrauen.

«Als sie uns zu der Baute geführt hat, ist nur Enrico reingegangen. Von meinem Standpunkt aus konnte ich nichts in der Hütte erkennen.»

«Hat Herr Bianchi Ihnen etwas über die Person gesagt?»

«Er sei tot, und wir müssten die Polizei verständigen.»

Broglis Stift huschte über das Papier. Andrina hatte das Gefühl, er notiere jedes einzelne Wort, das sie sagte.

«Wer von Ihnen hat den Notruf getätigt?»

«Enrico. Im Anschluss bat er mich, zum Parkplatz zu gehen und mich um die Frau zu kümmern.»

«Die Frau? Hat sie Ihnen nicht ihren Namen genannt?»

«Nein. Sie stand unter Schock und hat kein Wort gesprochen, nachdem Enrico uns gebeten hatte, zum Schloss zu gehen.»

«Warum blieb Herr Bianchi zurück?», fragte Brogli.

«Er wollte, dass niemand anderer in das Haus ging.»

Hatte Enrico damit einen Fehler gemacht? Hoffentlich nahm niemand an, er könne etwas am Tatort verändert haben. Nach allem, was in der Vergangenheit vorgefallen war, konnte man das Verhältnis zwischen ihm und Marcos Team als schlecht bezeichnen. Alles beruhte auf gegenseitigem Misstrauen. Ihr war es nicht recht gewesen, als er beschlossen hatte, zurückzubleiben. Sie sah ihn vor sich, wie er sich gegen einen Baum gegenüber dem Eingang der Pfahlbautenrekonstruktion gelehnt und ihnen nachgeschaut hatte.

Brogli neigte den Kopf. Diese Geste war wie eine Aufforderung, weiterzusprechen.

«Damit keine weiteren Spuren vernichtet werden, hat er gesagt», fuhr Andrina fort und war sich bewusst, wie unbeholfen und defensiv das klang, und ärgerte sich darüber.

«Das hat er bereits selber gemacht.» Ein Grollen mischte sich in seine Stimme, und Andrina fröstelte stärker, als sie es ohnehin tat.

«Was?»

«Den Tatort verändert. Er hat den Toten bewegt.»

«Enrico dachte, der Mann sei verletzt, und wollte Erste Hilfe leisten.»

«Natürlich.» Ein kurzes Lächeln umspielte Broglis Mund. Ihm konnte die Aggressivität, die sich in Andrinas Stimme mischte, nicht entgangen sein.

«Hat Herr Bianchi Veränderungen am Tatort vorgenommen? Ich meine damit, hat er was mitgenommen?»

«Warum sollte er? Er hat geschaut, ob der Mann lebt. Nicht mehr und nicht weniger. Ob oder wie stark er dabei seine Lage verändert hat, weiss ich nicht. Bevor Sie fragen, er hat bestimmt kein zweites Mal das Haus betreten, bis Sie und Ihre Kollegen eingetroffen waren.»

Hoffentlich war das so, dachte Andrina. Hoffentlich hatte Enrico sich kein zweites Mal vergewissert, ob die Person tot war oder lebte. Sie wollte sich nicht ausmalen, mit welchem Ärger er zu rechnen hatte, falls er sich dem Toten ein weiteres Mal genähert hatte.

Sie sah sein versteinertes Gesicht vor sich, als er gemeinsam mit Marco Feller und Wagner auf den Platz vor dem Schloss gekommen war. Die Beamten hatten ihn wie eine Eskorte begleitet. Als sie den Parkplatz betreten hatten, hatte keiner der Männer gesprochen. Am liebsten wäre Andrina zu ihm geeilt, aber er hatte einen Blick in ihre Richtung geworfen und sie mit den Augen beschworen, dort zu bleiben, wo sie war. Wiederholt hatte sie sich gefragt, warum. Was war vorgefallen?

Es war Andrina nicht recht, dass Marco hier war. Er sollte sich wegen Befangenheit zurückhalten, spätestens nachdem er realisiert hatte, wer den Toten gefunden hatte. Es irritierte Andrina, dass er hier war und blieb. Was wollte er damit bezwecken?

Andrina dachte an den September zurück. Sie hatte Marco definitiv klargemacht, es gebe kein Zurück und ihre Beziehung sei definitiv vorbei. Seitdem hatte sie nichts mehr von ihm gehört. Lass das. Konzentriere dich lieber.

«Wissen Sie, ob die Frau, die die Leiche gefunden hat, Veränderungen am Tatort vorgenommen hat?», fragte Brogli.

«Keine Ahnung, ob sie im Haus war.» Halt, das stimmte so nicht. Andrina erinnerte sich an das Gestammel der Frau, ihr Hund sei in dem Haus verschwunden. Brogli bemerkte ihr Zögern.

«Sie hat gesagt, ihr Hund sei fortgelaufen, und sie musste in das Haus, um ihn zu holen.»

In Broglis Gesicht arbeitete es. Die Missbilligung war deutlich, aber er hielt sich zu Andrinas Erleichterung mit Schimpftiraden zurück.

«Herr Bianchi hat nichts über den Zustand des Toten gesagt?», fuhr er fort.

Was sollte das heissen? War die Leiche etwa übel zugerichtet? Durch wen? Durch den Mörder oder Tiere? Wie lange lag die Leiche überhaupt dort? Allein die Vorstellung reichte aus, dass Andrina übel wurde. Sie schaffte es nur, den Kopf zu schütteln.

«Das reicht fürs Erste.» Er deutete auf den Becher in Andrinas Hand. «Möchten Sie noch Tee?»

Obwohl ihr nach wie vor kalt war, lehnte sie ab. Sie würde bestimmt nichts mehr herunterbekommen. Brogli stieg aus. Andrinas Erleichterung darüber verpuffte, als sie ihn auf Wagner und Enrico zugehen sah und Marco sich zu ihnen gesellte.

***

Andrina liess sich auf das Wohnzimmersofa fallen und beobachtete, wie Enrico Holz in den Ofen stapelte und es anzündete. Er schloss die Glastür und schaute zu, wie die Flammen zu züngeln begannen. Es kam Andrina vor, als wolle er ein Gespräch möglichst weit hinausschieben.

Auf der Heimfahrt hatten sie fast nicht miteinander gesprochen. Auch jetzt war kaum ein Wort gefallen. Andrina wagte nicht, das Schweigen zu brechen. Sie dachte an Enricos starres Gesicht, als er endlich von den Befragungen entlassen und auf sie zugekommen war. Sie waren in den Wagen gestiegen und heimgefahren.

Andrina brauchte nicht zu fragen, was der Grund für seine Einsilbigkeit war. Deutlich sah sie vor sich, wie Marco auf Enrico eingeredet hatte. Nettigkeiten waren das bestimmt nicht gewesen. An Enricos Stelle würde das bei ihr genauso für Verstimmung sorgen. Sie hatte ausserdem Angst, über das zu sprechen, was am Hallwilersee vorgefallen war.

Enrico stand auf und kam zum Sofa. Sein Gesicht war fahl. Die Blässe wurde durch seine schwarzen Haare und die dunklen Augen betont. Er setzte sich neben Andrina.

«Ich glaube, ich werde nie mehr warm», brach er das Schweigen. Seine Stimme klang neutral.

«Ich bin völlig durchgefroren.»

«Dabei hast du eine kleine Wärmflasche im Bauch.»

Es stimmte, seit sie schwanger war, fror Andrina nicht mehr so stark, wie sie es sonst tat. Heute war das aber nicht so. Andrina legte die Hand auf den Bauch.

«Hat Brogli sich anständig dir gegenüber benommen?» Seltsame Frage. Versuchte Enrico so den Einstieg zu einem Gespräch über den Toten?

«Ja, eigentlich schon.»

Sein Gesicht wurde ausdruckslos. Bei dir nicht?, fügte Andrina im Stillen an.

«Es war okay», sagte Enrico, als habe er geahnt, was in ihrem Kopf vor sich ging. «Sie waren nicht begeistert, weil ich in das Haus gekrochen bin und die Leiche angefasst habe.»

«Du hast Erste Hilfe leisten wollen.»

«Das habe ich auch erklärt. Trotzdem habe ich Spuren verwischt. Dabei hat der Hund bestimmt den grösseren Teil dazu beigetragen. Sie waren ausserdem misstrauisch, weil ich zurückgeblieben war. Ob sie mir meine Erklärung abgenommen haben, verhindern zu wollen, dass gegebenenfalls mehr am Tatort verändert wurde, weiss ich nicht.»

Andrina wurde das Gefühl nicht los, Enrico wurde als Verdächtiger gehandelt. Sogleich schüttelte sie den Gedanken ab.

Das wäre unprofessionell. Trotz der alten Rivalität und der Tatsache, dass Andrina mit Enrico zusammen war. Falls Marco nach einer Möglichkeit suchte, Enrico etwas anzuhängen, gab es die Frau als Zeugin.

«War er schlimm zugerichtet?», fragte Andrina vorsichtig.

«Nein. Er hat ausgesehen, als würde er schlafen. Er lag auf der Seite und hatte die Beine angewinkelt. Sein Kopf lag auf dem Unterarm. Das Ganze machte einen beinahe bequemen Eindruck.»

So genau hatte Andrina es nicht wissen wollen.

«Es sah sogar friedlich aus», fuhr Enrico fort.

«Hatte er Verletzungen?»

«Nein. Oder besser, ich habe keine gesehen. Ich habe nur nach seinem Puls gefühlt und sofort realisiert, dass er tot war.» Enrico starrte zum Schwedenofen. «Sogar die Augen waren geschlossen. So seltsam es erscheinen mag, es kam mir vor, als sei er in diese Hütte gekrochen, um zu schlafen, und sei dabei erfroren. Immerhin haben wir im Moment nachts Temperaturen um die null Grad.»

«Willst du damit sagen, er lag schon länger dort?»

Enrico lehnte sich nach hinten und legte den Arm um Andrinas Schultern. «Das kann ich nicht beurteilen. Seine Haut war jedenfalls kalt. Eiskalt, um es genau zu sagen.» Ein Schauer durchlief Andrinas Körper. «Ich bin kein Rechtsmediziner, um zu beurteilen, wie schnell eine Leiche bei Temperaturen von null bis vier Grad auskühlt.»

«Ein Obdachloser?», fragte Andrina.

«Das glaube ich weniger. Er trug eine dunkle Hose und ein graues Hemd mit Krawatte. Er sah eher wie ein Geschäftsmann aus, soweit ich das in dem schummrigen Licht in dem Haus erkennen konnte.»

«Warum sollte er dort reinkriechen?»

«Er könnte betrunken gewesen sein und nicht gewusst haben, was er tat.»

«Lag eine Flasche bei ihm?», fragte Andrina und hoffte, es war so. Zumindest wäre es in dem Fall kein Mord.

«Andrina, so genau habe ich mich nicht umgeschaut. Als ich realisierte, dass der Mann tot war, habe ich schnell den Rückzug angetreten, um keine weiteren Spuren zu vernichten.»

«Den Mann anzufassen ist nicht gleichbedeutend damit, Spuren zu vernichten.»

«Je nachdem schon. Durch das Reinkriechen bin ich über den Boden gerutscht und habe eventuell etwas verwischt.»

«Der Hund und die Frau haben Vorarbeit geleistet», sagte Andrina.

«Eben. Da brauchte es nicht zusätzlich jemanden, der eventuell die letzten vorhandenen Spuren beseitigte.»

«Kennst du ihn?»

Langsam fiel die Anspannung von Enrico ab. Es wurde warm, und Andrina kuschelte sich an ihn.

«Nein. Er muss um die Mitte dreissig sein, wenn ich das in dem Halbdunkel richtig erkannt habe. Vor seinem Kopf lag eine Brille, fein säuberlich zusammengelegt. Eben, es machte den Eindruck, als habe er sich dort für ein Nickerchen zusammengerollt.»

«Bei der Kälte finde ich das seltsam. Er könnte nicht nur betrunken gewesen sein, sondern zusätzlich Drogen genommen haben.»

«Das kann ich nicht sagen, aber ich denke, der Rechtsmediziner wird entsprechende Untersuchungen machen.»

ZWEI

«Das ist unser Programm für nächsten Herbst», sagte Elisabeth Veldt, die Verlegerin des Cleve-Verlages, bei dem Andrina als Lektorin tätig war. Sie hatten sich zu ihrer Montagmorgenbesprechung im Sitzungszimmer versammelt. Elisabeth sah müde aus. Der Eindruck der grauen Gesichtsfarbe wurde durch ihre kurz geschnittenen Haare verstärkt, die inzwischen mehrheitlich grau waren. Man konnte nur erahnen, dass die ursprüngliche Farbe einmal Dunkelbraun gewesen war. «Ich weiss, dieses Mal habe ich mehr Bücher als normalerweise ins Programm aufgenommen, und es hat zudem viele Debütautoren, aber ich wollte von den Krimis keinen absagen, weil die Qualität sehr gut war. Mir ist bewusst, welchen Aufwand das für euch bedeutet. Aber ich möchte das Team nicht aufstocken, da ich nicht weiss, ob wir das nächste Mal gleich viele Krimis aufnehmen werden und wie sich der Umsatz im nächsten Jahr entwickeln wird.»

Elisabeth rechnete offenbar nach wie vor damit, dass sowohl Gabi als auch Andrina nach der Babypause zurückkehrten.

Andrina war sich unschlüssig, ob sie nach der Geburt wirklich weiterarbeiten wollte. Enrico hatte gesagt, sie brauche nicht. Natürlich musste sie nicht, da sein Einkommen für sie mehr als ausreichend war.

Sie war sich jedoch nicht sicher, ob sie Teilzeit arbeiten wollte, um keine berufliche Lücke im Lebenslauf zu haben und um geistig fit zu bleiben. Elisabeth hatte durchblicken lassen, bereit zu sein, sich auf eine Teilzeitlösung einzulassen, da sie Andrina als zuverlässige Lektorin schätzte. Andrinas Schwester Seraina hatte angeboten, Tagesmutter für ihre Nichte oder ihren Neffen zu sein. Das wäre eine ideale Lösung, wie Andrina einräumen musste. Auf der anderen Seite wollte sie gerne ganz für das Kind da sein.

Sie schielte zu Gabi Hug hinüber. Soviel sie wusste, hatte sich Gabi ebenfalls noch nicht geäussert, ob und wie viel sie nach der Babypause arbeiten wollte. Langsam wurde es gemäss Elisabeth Zeit für einen Entschluss. Gabis Termin war Anfang Februar. Andrina hatte immerhin bis Ende April Zeit.

Elisabeth legte die Hand auf die ausgedruckte Excel-Liste. «Hat jemand von euch Lektoren einen bestimmten Wunsch, oder darf ich sie euch zuweisen?» Andrina schaute Kilian Gerber, der eine Doppelfunktion als Grafiker und Lektor im Verlag innehatte, und Gabi an.

«Mir ist es egal», sagte Kilian, und Andrina und Gabi nickten zustimmend.

Sie gingen die Liste durch, und jeder machte sich dazu Notizen. Nachdem die Lektorate verteilt waren, kam Elisabeth auf ein weiteres Thema zu sprechen.

«Gibt es offene Punkte für den kommenden Adventsapéro?» Dieser Apéro fand in diesem Jahr zum ersten Mal statt. Elisabeth fand es schade, dass man die Autoren nur über E-Mail und gegebenenfalls über Telefon und nicht persönlich kennenlernte. Daher hatte sie die Autoren zu einem Adventsumtrunk in den Verlag eingeladen. Die Resonanz war gross gewesen. Der Apéro sollte am Dienstag in einer Woche stattfinden.

«Gabi, hast du so weit alles organisieren können, oder gibt es Dinge, bei denen du Hilfe brauchst?»

«Es ist so weit alles klar», antwortete Gabi. Sie löste ihre dunkelblonden Haare und fasste sie zu einem neuen Rossschwanz zusammen. Die fahrige Geste vermittelte Andrina einen nervösen Eindruck. «Die Speisen sind mit dem Catering besprochen. Die definitive Information habe ich an alle Autoren verschickt, und die Verlosung der Bücher hat Lukas vorbereitet, soweit ich weiss.»

«Ja, es ist alles erledigt», warf Lukas ein.

Elisabeth legte ihre Hände auf den Tisch. «Wunderbar. Ich freue mich auf den Anlass. Falls unverhofft etwas auftaucht, bei dem du Hilfe brauchst, lass es uns wissen. Hat sonst jemand was?»

«Ja, ich», sagte Andrina. «Ich muss heute früher gehen, da ich meine Aussage bei der Polizei unterschreiben muss.»

«Welche Aussage?», fragte Kilian verwundert.

«Andrina steckt mitten in einem Kriminalfall», mischte sich Lukas augenzwinkernd ein, bevor Andrina antworten konnte.

«Worin ermittelst du?», fragte Kilian. Er sah aus, als habe er sich seit einigen Tagen nicht rasiert. Der Dreitagebart verlieh ihm zusammen mit seinen millimeterkurz geschnittenen dunkelblonden Haaren einen verwegenen Eindruck.

«Gar nicht», rief Andrina. «Ich bin nur Zeugin.»

Genau das hatte sie vermeiden wollen. Als sie am Morgen im Verlag angekommen war, hatte sie Lukas nur kurz informiert. Seine weiteren Fragen hatte sie abgeblockt.

Erwartungsvoll schauten Kilian und Lukas sie an. Gabis Miene dagegen hatte sich verfinstert. Marco musste ihr bereits davon berichtet haben. Kurz nach ihrer Trennung waren Gabi und Marco zusammengekommen. Eigentlich sollte Gabi inzwischen klar sein, dass Andrina keine Gefahr für ihre Beziehung darstellte.

So kurz wie möglich fasste Andrina den vorgestrigen Nachmittag zusammen.

«‹Zeugin› klingt zu harmlos», sagte Lukas. Seine braunen Haare konnten einen Schnitt vertragen. Zusammen mit der Brille sah er wie ein zerstreuter Professor aus, obwohl er erst Ende dreissig war. «Es handelt sich um einen Mordfall. Du hast wirklich ein Talent, solche Dinge anzuziehen.»

«Das bedeutet nicht automatisch Mord. Der Mann kann betrunken gewesen sein, Drogen genommen oder Selbstmord begangen haben, indem er irgendwas geschluckt und sich dort verkrochen hat.»

«Suizid ist auch Mord», sagte Lukas.

Andrina unterdrückte ein Seufzen.

«Sprichst du von dem Toten, der am Hallwilersee gefunden wurde?», fragte Kilian.

Dieses Mal konnte Andrina den Seufzer nicht unterdrücken.

«Das heisst, ja, nehme ich an. Sehr mysteriös», sagte Kilian.

«War es Selbstmord?», fragte Lukas.

«Keine Ahnung», antwortete Andrina.

«Komm schon.»

«Gemäss Nachrichten scheint es so zu sein», sagte Andrina ausweichend.

«Du weisst keine weiteren Details?»

«Nein.»

«Was sagt dein Freund?», wandte Lukas sich an Gabi.

«Nichts.» Gabis Gesichtsausdruck war abweisend.

Sie wusste sicher mehr, aber Andrina konnte verstehen, dass sie sich nicht dazu äussern wollte. Bestimmt hatte Marco sie gebeten, nicht darüber zu sprechen. Andrina dachte daran, wie Marco mit ihr über einzelne Fälle gesprochen hatte, als sie zusammen gewesen waren. Wenn sie an diese Gespräche dachte, schauderte es ihr, und sie war froh, dass dieses Kapitel der Vergangenheit angehörte.

«Irgendwas wird er gesagt haben», hakte Lukas nach.

«Er wird sich nicht gross dazu äussern können, da sie erst einmal die Obduktion abwarten müssen», sagte Andrina und erntete einen wütenden Blick von Gabi.

«Genug», fuhr Elisabeth dazwischen. «Natürlich kannst du früher gehen, um deine Aussage zu unterschreiben, Andrina.»

***

Andrina schob Wagner ihre unterschriebene Aussage zu.

«Ihnen sind keine weiteren Details eingefallen?», fragte Brogli, der neben Wagner sass. Andrina schätzte seine Anwesenheit nicht und hatte ursprünglich gehofft, er werde nicht mit dabei sein. Trotzdem war ihr Brogli lieber, und sie war froh, dass Marco sich nicht hatte blicken lassen.

«Nein.»

«Nichts, was Ihnen seltsam erscheint?», hakte er nach. «Auch im Nachhinein nicht?»

«Es tut mir leid. Ich habe nichts gesehen. Keine weitere Person. Es waren bei dem Wetter sowieso wenig Leute unterwegs.»

«Sie bleiben dabei, nur dem Mann mit dem Schäferhund, zwei Joggern und Frau Fluri begegnet zu sein», sagte Brogli.

«Wer ist Frau Fluri?»

«Die Dame mit dem Collie», sagte Wagner. Er hatte eine neue Brille, fiel Andrina auf. Das Blau des Gestells sollte vermutlich einen farblichen Kontrast zu seinen grauen Haarstoppeln darstellen.

«Es waren keine weiteren Personen da», wiederholte Andrina und bemühte sich, sich ihre Ungeduld nicht anmerken zu lassen. Warum akzeptierte Brogli ihre Aussage nicht, sondern bohrte weiter? Hoffte er, sie werde sich widersprechen? Lass das, dachte Andrina. Du musst aufgrund der Vergangenheit keine Rückschlüsse auf sein Verhalten ziehen. Vermutlich wollte er sicher sein, dass sie sich an alle Details erinnerte, und bohrte deshalb nach. «Genauso habe ich in der Umgebung nichts bemerkt, was mir – auch im Nachhinein nicht – verdächtig erschienen war.»

Wagner legte Andrinas Aussage in eine Klarsichtmappe.

Auf einmal wurde Andrina heiss. «Warum fragen Sie so hartnäckig nach, wenn es Selbstmord war?», fragte sie und wünschte sich in der nächsten Sekunde, diese Frage nicht gestellt zu haben, als sie Broglis Blick sah.

«Wer sagt das?», fragte er.

«Die Medien übertrumpfen sich mit Neuigkeiten.» Andrina versuchte sich möglichst locker zu geben.

«Diese Informationen stammen nicht von uns.» Broglis Verärgerung war deutlich.

«Es ist kein Selbstmord?»

«Das können wir weder ausschliessen noch bestätigen, solange die Obduktionsergebnisse ausstehen», sagte Brogli.

«Eine äussere Verletzung hat der Rechtsmediziner nicht festgestellt», ergänzte Wagner. «Wir müssen die Untersuchungsergebnisse der Körperflüssigkeiten abwarten, ob Drogen im Spiel waren», fuhr er fort. «Genauso testen wir auf Betäubungsmittel und Schlafmittel, obwohl die Spurensicherung keine Medikamente oder leeren Schachteln am Tatort gefunden hat.»

«Warum bindest du ihr das alles auf die Nase?», rief Brogli verärgert. «Diese Details muss sie nicht wissen.»

«Restliche Medikamente könnten bei ihm zu Hause sein», sagte Andrina, ohne auf Broglis Einwand einzugehen. Sie konzentrierte sich ganz auf Wagner. «Oder eine andere Möglichkeit: Er könnte die Medikamente mitgenommen, aber vorher die Packungen entsorgt haben, damit man die Schachteln nicht findet.»

«Ein interessanter Aspekt», sagte Wagner. «Das geht nur mit Pillen. Ich hoffe, unser Rechtsmediziner kann einen Befund liefern.»

«Wenn man zu Hause bei ihm Packungen findet ...», fuhr Andrina fort.

«Dazu müssten wir erst einmal wissen, um wen es sich handelt.» Wagner schob Andrina ein Bild zu, das in einer Klarsichtmappe steckte. «Er hatte nichts dabei, was ihn identifizieren könnte.»

Widerwillig senkte Andrina den Kopf. Das Foto zeigte einen Mann mit kahl rasiertem Kopf bis zu den Schlüsselbeinen. Die Schulterpartie war muskulös. Seine Augen waren geschlossen, und es sah aus, als schliefe er. Allerdings passte die graue Gesichtsfarbe genauso wenig wie der Stahltisch, auf dem er lag, zu dem friedlichen Ersteindruck.

«Und?», fragte Wagner.

«Nie gesehen», brachte Andrina mühsam hervor. Inzwischen hatte sie einige Tote gesehen, aber ihr war es nicht gelungen, sich gegen das Entsetzen zu wappnen, das sie jedes Mal dabei empfand.

«Bist du sicher?»

Andrina musterte den Mann ein weiteres Mal. Sie musste Enrico recht geben. Der Mann musste Anfang bis Mitte dreissig sein. Allerdings konnte das täuschen.

«Es tut mir leid. Ich kann euch nicht weiterhelfen.»

***

«Ich kann euch gerne eine Offerte für die Reise machen», sagte Sarah.

Als Andrina das Polizeikommando verlassen hatte, hatte ihr Handy geklingelt. Enrico hatte sie gefragt, ob sie spontan in der Stadt abmachen könnten. Er habe eine Überraschung. Sie hatten sich bei der Stadtbibliothek getroffen, waren ein Stück den Graben entlangspaziert und hatten vor einem Reisebüro angehalten.

«Unsere Ferien im Herbst sind leider ins Wasser gefallen», hatte Enrico gesagt. «Es ist dringend Zeit, das nachzuholen.»

Zum einen hatte Andrinas Schwangerschaftsübelkeit nachgelassen, und ihr Bauch war noch nicht so gross, dass er sie in ihrem Alltag einschränkte. Zum anderen würden sie, wenn das Baby erst einmal da war, so schnell keine grosse Reise unternehmen, waren seine Argumente gewesen. Bevor Andrina einen Einwand erheben konnte, hatte er sie in das Reisebüro geschoben.

Die Reiseberaterin hatte sich als Sarah vorgestellt. «Wir duzen uns», hatte sie erklärt. «Ich hoffe, das ist in Ordnung.»

Sie war Andrina sofort sympathisch gewesen. Sie schätzte die Braunhaarige auf Anfang bis Mitte dreissig.

Auf die Frage, wohin es gehen sollte, hatte Enrico geantwortet, an einen Ort, an dem es um diese Jahreszeit angenehm warm, aber nicht zu heiss sei und der nicht allzu weit weg sei.

«Andrinas Zustand spricht gegen eine weite Reise von mehreren Stunden Flug», hatte Sarah gesagt. «Aber wir finden für euch sicher eine passende Destination.»

Sie waren verschiedene Destinationen durchgegangen und schliesslich bei den Kanarischen Inseln gelandet. Ein direkter Flug mit einer Dauer von circa fünf Stunden war für Andrina in Ordnung. Allerdings merkte sie an, im Januar eventuell keine Ferien nehmen zu können. Diesen Einwand wischte Enrico beiseite, als er die Kataloge durchblätterte. «Du hast deine Ferientage in diesem Jahr nicht ausgeschöpft.»

Vom Nachbartisch stand ein blonder Mann auf, der ihnen als Thomas vorgestellt worden war. «Kaffee, Tee oder Wasser?», fragte er und deutete auf seine Tasse.

«Nein danke», erwiderten Andrina und Enrico gleichzeitig.

«Für mich gerne einen Kaffee», sagte Sarah. «Was haltet ihr von zwei Inseln? Die Inseln liegen nicht weit auseinander, und die Flugzeit beträgt zum Beispiel von Teneriffa nach Lanzarote weniger als eine Stunde», wandte sie sich an Enrico und Andrina, als Thomas in einem Raum verschwunden war, in dem Andrina die Küche vermutete.

Während sie die Möglichkeiten durchgingen, musste Andrina einräumen, dass es anfing, ihr Spass zu machen. Sie entschieden sich für Lanzarote und Teneriffa.

«Kann ich das so buchen?», fragte Sarah.

«Ich muss es zuerst meiner Chefin beibringen. Aber sie wird bestimmt nichts dagegen haben.» Hoffentlich war das so. Andrina dachte an die Arbeitsflut, die gerade anfiel. «Ich melde mich morgen bei dir.»

«Das ist für mich gut so.» Sarah stand auf und kam um den Tisch herum. «Ihr habt euch eine schöne Reise ausgesucht.»

«Schön, dass es so kurzfristig klappt», sagte Enrico und reichte ihr die Hand.

«Ich würde am liebsten mitkommen, um dem ungemütlichen Wetter zu entkommen.»

Sie verabschiedeten sich. Als sie auf die Strasse traten, zog Andrina den Reissverschluss ihrer Jacke hoch. «Ich muss sagen, bei dem ungemütlichen Wetter freue ich mich auf die Wärme.»

Hand in Hand schlenderten sie den Graben entlang.

«Wie war es im Polizeikommando?», fragte Enrico, als sie durch den Kasinopark gingen.

«Herr Brogli und Max haben mir meine Aussage zum Unterschreiben gegeben. Ausserdem haben sie mir ein Foto vom Toten gezeigt. Ich kenne ihn nicht. Und wie war es bei dir?»

Andrina musterte ihn. Enrico hatte ihr gesagt, er werde im Laufe des Vormittags vorbeigehen.

«Haben sie dir ein Foto gezeigt?», fragte sie, als Enrico nicht antwortete.

«Ja.»

«Und?»

«Nach wie vor, ich kenne ihn nicht.» Andrina war über die Gereiztheit erstaunt, mit der er das sagte. Fragen brannten ihr auf der Zunge, aber sie hielt sie zurück. Sie konnte sich gut vorstellen, dass Enrico Marco begegnet war, was wohl nicht erfreulich gewesen war.

REI

Andrina unterdrückte ein Gähnen. Zum Glück war übermorgen Samstag. Die Müdigkeit, die ein Dauerbegleiter während der Schwangerschaft geworden war, half nicht, sich zu konzentrieren. Sie bekam sie heute überhaupt nicht in den Griff und kam mit ihrer Arbeit nicht vom Fleck.

Gabi war eindeutig schneller. Andrina wusste, Gabi hatte bereits am Montag mit dem Lektorat eines ihr neu zugewiesenen Krimis angefangen und war seit drei Tagen dran. Immerhin hatte Andrina vorhin die Druckfahne eines Krimis, der im Januar erscheinen würde, an die Autorin gesendet.

Sie hatte sich auf das Lektorat des Romans gefreut, der als nächster auf ihrer Pendenzenliste stand. Das Exposé hatte vielversprechend geklungen. Aber Andrina fand keinen Zugang zur Geschichte, obwohl der Schreibstil flüssig und die Geschichte spannend war.

Lukas, der ihr gegenüber an seinem Schreibtisch sass, machte einen konzentrierten Eindruck und schien mit seiner Arbeit gut voranzukommen.

Eine Teilschuld, auf der Stelle zu treten, gab Andrina dem Auffinden der Leiche am Hallwilersee. Eine grosse Schuld trug sie aber selber. Sie hatte es gestern ungeschickt angehen lassen, als sie Elisabeth nach Ferien für Anfang Januar gefragt hatte. Elisabeth war alles andere als erfreut gewesen. «Wir haben genug zu tun.» Diese Diskussion war zum Thema, wie es nach der Geburt des Kindes weitergehen solle, gedriftet. Früher oder später hatte Elisabeth nachhaken müssen. Gabi hatte inzwischen durchblicken lassen, weiterarbeiten zu wollen, aber nicht zu hundert Prozent. Elisabeth könne sich durchaus vorstellen, dass Andrina und Gabi sich eine Stelle teilen würden, wenn beide aus dem Mutterschaftsurlaub zurück seien. Als Überbrückung dazwischen könne sie einen Temporärersatz organisieren.

Andrina war sich nach wie vor nicht im Klaren, was sie nach

der Mutterschaftspause machen wollte. Sie verspürte den Drang, ganz für ihr Kind da zu sein. Ihre Mutter hatte gearbeitet, und sie wurde häufig von den Grosseltern betreut. Nicht, dass ihre Grosseltern nicht herzlich gewesen waren. Heute war sie sich aber bewusst, dass sie ihre Mutter in der Zeit vermisst hatte. Dieses Gefühl, zu wenig Zeit mit ihren Eltern verbracht zu haben, konnte aus heutiger Sicht zusätzlich mit dem tödlichen Unfall zusammenhängen, den ihre Eltern gehabt hatten, als Andrina fünfzehn gewesen war. Wie schnell etwas Einschneidendes passieren konnte, sprach für Andrina dafür, nach der Geburt nicht mehr zu arbeiten.

Immerhin hatte Elisabeth am Ende des Gesprächs den Ferien zugestimmt, ihr aber erklärt, froh zu sein, wenn Andrina ihr nach den Ferien die Entscheidung mitteilen könne, ob sie bleibe oder nicht. Sie würde gerne planen. Andrina fühlte sich unter Druck gesetzt.

Nur mit Mühe konnte sie das Gespräch aus dem Kopf verbannen und beschloss, vor dem Lektorat etwas anderes zu erledigen. Sie öffnete Outlook und las die Info-E-Mail mit dem Link zur Verlagsvorschau durch, die sie gestern verfasst hatte und die sie an die Autoren Frederik Hefti, Jan Burkhard und Sandra Baumann schicken wollte, deren Krimis als nächste erscheinen würden.

«So ein genialer Krimi!», rief Lukas. Eigentlich war er hauptsächlich für das Marketing verantwortlich, hatte aber ähnlich wie Kilian eine Doppelfunktion inne. Er sprang beispielsweise ein, wenn Gabi und Andrina überlastet waren und keine Zeit für das Korrektorat eines Romans hatten. So wie in diesem Fall.

Erstaunt hob Andrina den Kopf.

«Hier stimmt alles. Ich habe fast nichts zu tun.»

Andrina erhob sich und stellte sich hinter Lukas.

«Gabi und der Autor haben super Vorarbeit geleistet. Ich muss so gut wie nichts anmerken.»

«Worum geht es?» An diesem Krimi hatte Andrina nicht mitgearbeitet.

«Um eine Gruppe, die das Leben der Pfahlbauer in der

Schweiz erforscht. Und plötzlich ist einer aus der Gruppe tot – seine Leiche wird an einem Fundort mit Gegenständen aus der Zeit der Pfahlbauer drapiert. Hinzu kommt der flüssige Schreibstil vom Autor David Dubach.»

Andrina überflog einige Zeilen und musste Lukas zustimmen. Schon dieser kurze Teil der Lektüre war angenehm und spannend geschrieben.

Das Telefon auf ihrem Schreibtisch klingelte. Andrina war erstaunt, Susannas Stimme zu hören.

«Hast du Lust, mit mir in der Mittagspause eine Kleinigkeit essen zu gehen?», fragte sie.

Andrina hatte Susanna im Zuge der Ermittlungen des Toten am Hallwilersee nicht gesehen und fragte sich, ob sie involviert war. Und ob das hier tatsächlich nur die Anfrage für eine gemeinsame Mittagspause war oder mehr dahintersteckte.

***

Andrina setzte sich an einen Zweiertisch am Fenster gegenüber von Susanna.

Zu Andrinas Erstaunen hatte Susanna um kurz vor zwölf Uhr mit ihrem Opel vor dem Verlag gewartet. «Ich lade dich ein», hatte sie gesagt und war mit Andrina zum Gasthof Schützen im Schachen gefahren.

Eine Frau brachte die Karte und fragte, was sie zu trinken wünschten. Beide bestellten Mineralwasser.

«Nach einer Kleinigkeit zum Mittagessen sieht das nicht aus», sagte Andrina, als sie die Karte studierte.

«Das ist längstens überfällig. Wir haben uns ewig nicht mehr gesehen.»

Das letzte Mal hatte sie Susanna im September getroffen, als Enrico entführt worden war. Seit Abschluss des Falls hatten sie keinen Kontakt mehr gehabt. Das hatte nicht an mangelndem Interesse, sondern eher an dem gefüllten Alltag gelegen. Andrina empfand September nicht als «ewig her». Verwundert musterte sie Susanna. Ihr Gesicht war blass, und ihre Haare, die die Farbe eines Weizenfeldes vor der Ernte hatten, sahen stumpf aus. Andrina hatte den Verdacht, es könnte einen anderen Grund für dieses Treffen geben.

«Wie geht es dir?», fragte Susanna. Ihr Blick huschte kurz zu Andrinas Bauch.

«Gut. Die Übelkeit ist zum Glück weg. Überall heisst es, die Mitte einer Schwangerschaft sei die schönste. Man ist die Übelkeit los, aber noch nicht so voluminös, dass man sich nicht mehr richtig bewegen kann.»

«Stimmt das?»

«Gegenüber dem ersten Drittel auf jeden Fall. Wie es im Vergleich zu später ist, kann ich nicht sagen, aber ich denke, es hat etwas an dieser Aussage.» Sie dachte an Gabi, die bestimmt zwanzig Kilo zugenommen haben musste und wie eine Dampflok schnaubte, wenn sie die Treppe zum Büro hochstieg.

«Wisst ihr, was es gibt?»

«Wir wollen es nicht wissen», antwortete Andrina. «Egal, ob Bub oder Mädchen, es ist unser Kind. Hauptsache, es ist gesund.»

«Das ist eine schöne Einstellung.»

Andrina spürte eine leichte Bewegung im Inneren. Sie erinnerte sich an das unbeschreibliche Gefühl, als sie vor ungefähr einer Woche das erste Mal etwas in ihrem Inneren wahrgenommen hatte, das sich wie Schmetterlinge im Bauch oder kleine Blasen anfühlte. Inzwischen nahm sie die Kindsbewegungen regelmässig wahr. Freude durchströmte sie. Sie wechselte, wie so oft in den letzten Wochen, zu Ungeduld, endlich das Kind in den Armen halten zu können, und zu Angst vor dem, was sie mit einem Baby erwartete und ob sie dem gewachsen war.

«Wie geht es dir?», fragte Andrina.

«Gut, wenn Sämi mir nicht die ganze Zeit mit einem Kind in den Ohren liegen würde.» Sämi – Samuel Häusermann – gehörte zu Marco Fellers Team und war seit längerer Zeit mit Susanna zusammen. Andrina hatte sich gefragt, warum Susanna nicht schwanger wurde. Susanna hatte mal angedeutet, es zum jetzigen Zeitpunkt nicht zu wollen, aber so klang sie, als wolle sie überhaupt nicht.

«Warum nicht?», fragte Andrina. «Normalerweise ist es andersherum. Die Frau möchte, aber der Mann nicht unbedingt.»

«Bei uns nicht.» Offenbar war das Thema unwillkommen. Dabei hatte sie damit angefangen.

Die Frau kehrte zurück und stellte das Wasser auf den Tisch. «Haben Sie gewählt?», fragte sie.

«Ich nehme Hausi's Geschnetzeltes mit Rösti und einen Salat vorneweg», sagte Andrina.

Susanna bestellte ebenfalls einen Salat und Kalbsleberli.

«Warum nicht?», wiederholte Andrina, als die Serviererin gegangen war.

«Warum es bei uns andersherum ist?»

«Nein. Wieso möchtest du keine Kinder?»

Susanna stellte das Glas in Zeitlupentempo zurück auf den Tisch.

«Eigentlich würde ich gerne», sagte sie gedehnt. «Aber ...»

«Aber?»

«Ich weiss nicht. So ein Kind krempelt einiges um. Bisher war ich unabhängig und habe getan, was ich wollte. Ein Kind schränkt ein.»

Andrina fasste Susanna genauer ins Auge. Sie hatte das Gefühl, als sei das nicht der wahre Grund und Susanna weiche ihr aus. «Sicher wird es Veränderungen geben. Aber wie weit man sich einschränken lässt, hängt von einem selber ab. Ich kenne Leute, die machen trotz Kindern das, was sie gerne tun. Okay, sie werden sich sicher anpassen.» Würde das bei ihnen auch so sein? Rasch drängte sie die Verunsicherung auf die Seite und dachte daran, was Enrico sagte: «Du wirst sehen, wir werden unseren Weg zu dritt finden.»

Susanna fuhr mit dem Zeigefinger über den Rand des Glases.

«Ich kann dir nicht sagen, welcher Weg der Richtige ist, ich meine, mit Kindern oder ohne. Jeder muss das mit sich selber ausmachen, aber sich auf Kinder einzulassen muss nicht unbedingt das Aufgeben von anderem sein.»

«Lass uns das Thema wechseln», sagte Susanna abrupt und bestätigte Andrinas Vermutung, es müsse einen anderen Grund geben. Als die Frau den Salat brachte, sah Susanna erleichtert aus. Schweigend begannen sie zu essen.

«Gibt es Neues vom Toten am Hallwilersee?», fragte Andrina nach einer Weile und verwünschte sich gleich darauf. Sie hatte ursprünglich vorgehabt, das Thema nicht zur Sprache zu bringen, da es inzwischen zu viel Raum in ihrem Alltag einnahm. Verflixte Neugier. «Entschuldige, du gehörst ja nicht zum Ermittlerteam und weisst bestimmt nichts Genaueres.»

«Wer sagt das?», fragte Susanna.

«Du warst nicht am See, und deshalb habe ich angenommen, du würdest den Fall nicht mit bearbeiten.»

«Nicht unbedingt.» Das klang ausweichend. «Ich hatte an dem Wochenende keinen Pikettdienst.»

«Ich weiss, du darfst darüber nicht reden …» Sie hielt inne. Lass das!

Susanna brach ein Stück vom Brot ab und tunkte es in die Salatsauce. «Es sieht möglicherweise nach Suizid aus.» Sie steckte das Brotstück in den Mund.

«Ein Selbstmord», murmelte Andrina. Zwar war sie froh, dass diese Anfangstheorie sich bestätigte und der Mann nicht ermordet worden war, gleichzeitig zog sich ihr Magen zusammen. Sie mochte sich nicht ausmalen, wie verzweifelt eine Person war, die freiwillig ihr Leben beendete. Hätten Enrico und sie ihn retten können, wenn sie früher dort gewesen wären?

«Aber das muss nicht sein», fügte Susanna an.

Andrina brauchte einen Moment, bis die Bedeutung der Worte in ihr Bewusstsein drang. «Was willst du damit sagen?»

«Es könnte auch kein Selbstmord sein.»

«Ich verstehe dich nicht.»

Die Kellnerin brachte das Essen. Das Geschnetzelte duftete verlockend. Der Eindruck bestätigte sich, als Andrina einen Bissen in den Mund schob. Eine Weile assen sie schweigend. Würdigen konnte sie das Essen aber nach Susannas Informationen nicht.

«Warum sieht es nicht nach Selbstmord aus?», versuchte Andrina das Gespräch in Gang zu bringen.

sserlich gibt es keine Verletzungen. Er hat sich zum Bei- ht selber erschossen. Gespritzt, beispielsweise Heroin, hat er ebenfalls nicht, da der Rechtsmediziner keine Einstiche gefunden hat. Der Verdacht liegt nahe, er könnte ausser Alkohol etwas anderes zu sich genommen haben, das ihn tötete. Wenn das nicht ausgereicht hat, hat es die Kälte. Er könnte erfroren sein.»

«Jeder, der einen gesunden Menschenverstand hat, sollte wissen, dass es in dieser Jahreszeit nicht ratsam ist, draussen zu übernachten. Und dazu leicht bekleidet, wenn ich Herrn Brogli richtig verstanden habe.»

«Sein Wahrnehmungsvermögen reichte dazu nicht aus. Er hatte reichlich Alkohol im Blut. Doch zu viel Alkohol alleine reicht gemäss Rechtsmediziner nicht, um zu sterben. Aber der Mann könnte benebelt genug gewesen sein, damit sich sein Verstand ausschaltete, er die Kälte nicht spürte, sich dort schlafen gelegt hat und erfroren ist. Was den Rechtsmediziner stutzig machte, ist unter anderem der tiefe Blutzuckerspiegel.»

***

«Das klingt seltsam», sagte Enrico. «Wie tief war der Blutzuckerspiegel?»

«Recht tief, wenn ich Susanna richtig verstanden habe, aber einen Wert hat sie nicht genannt. Kann man daran sterben?»

«Eine gesunde Person nicht. Sollte es zu einer starken Unterzuckerung kommen, würde der Körper eine Gegenregulation in Gang setzen.»

«Das heisst?»

«Lass mich ausholen. Das Blut versorgt den Körper mit Sauerstoff und Nährstoffen. So auch mit Glucose, aus der die Zellen Energie gewinnen, die sie brauchen, um die Funktionen im Körper zu erfüllen.»

«Das ist mir bekannt.»

«Sollte es zu einer Unterzuckerung kommen, würde die Insulinproduktion gedrosselt werden. Reicht das nicht, beginnt hauptsächlich die Leber mit der Zuckerproduktion. Wenn es sich bei der Person um einen Diabetiker handelt, könnte es Probleme geben, denke ich. Hatte der Mann Diabetes?»

«Davon hat Susanna nichts gesagt», erwiderte Andrina. Bei der Obduktion hätte man das bestimmt festgestellt. Wirklich? «Welche Probleme könnte ein Diabetiker bei einer Unterzuckerung bekommen?»

«Mit meinem Pharmaziestudium bin ich in diesem Bereich nicht sattelfest, und ich bin mir nicht sicher, welche Auswirkungen zu erwarten wären. Aber was ich weiss, ist, dass der Zuckergehalt im Blut immer gleich hoch sein sollte. Der Körper bemüht sich, den Wert auf einem bestimmten Niveau zu halten. Hier kommt das Hormon Insulin ins Spiel.»

«Insulin ist ein Hormon?»

«Ja. Es wird in der Bauchspeicheldrüse gebildet. Insulin dämpft die Ausschüttung von Zucker.»

«Das heisst, ist zu viel Zucker im Blut, gibt es mehr Insulin, und wenn es zu wenig hat, wird weniger Insulin produziert?»

«Genau. Bei einer Diabeteserkrankung ist diese Regelung gestört, und Insulin muss von aussen zugeführt werden.»

«Man muss aber regelmässig den Blutzuckerwert messen, damit man nicht zu viel oder zu wenig Insulin spritzt?»

«Ja. Aber es ist nicht immer notwendig. Gewisse Leute haben die Krankheit im Griff, wenn sie sich an eine entsprechende Diät halten, und müssen sich kein Insulin verabreichen. Gefährlich könnte es werden, wenn man bei regelmässiger Insulingabe nichts isst. Aber ob das zum Tod führen kann, weiss ich nicht. Ich nehme an, ein Diabetiker wird seinen Notfalltraubenzucker dabeihaben, falls eine Unterzuckerung droht.»

«Ausserdem sollte man es merken, wenn man unterzuckert ist», fügte Andrina an.

«Genau. Schwitzen und Zittern sind Symptome dafür. Später kommen zum Beispiel Kopfschmerzen und Bewusstseinsstörungen hinzu.»

Andrina liess sich durch den Kopf gehen, was Susanna gesagt hatte. Bei der Leiche hatte man etwas Nahrung – was genau, hatte Susanna nicht erwähnt – im Magen gefunden. Genug Material, um den Zuckerspiegel aufrechtzuerhalten, musste demnach vorhanden gewesen sein. Zumindest nahm Andrina das an. Sie fragte sich, ob jemand, der einen Selbstmord plante, vorher ass. Auf der anderen Seite war da der Alkohol. Genaue Angaben zum Promillewert hatte Susanna nicht gemacht.

***

«Bleibst du auf einen Umtrunk, oder bist du zu müde?», fragte Seraina.

Nach dem Nachtessen war Andrina zu ihrer Schwester nach Erlinsbach gefahren.

Seit Oktober ging Andrina ein- bis zweimal in der Woche zu ihrer Schwester, da sie die Schwangerschaft langsam in ihrem Rücken spürte. Ihr Arzt hatte ihr eine Physiotherapie empfohlen. Für Andrina war es selbstverständlich gewesen, zu Seraina zu gehen. Ihre Schwester hatte die Physiopraxis in ihrem Haus eingerichtet. Dazu hatte sie den Keller des Hauses umgebaut. Da das Haus am Hang lag, glich der Keller einer Souterrainwohnung. Die Möglichkeit eines separaten Eingangs hatte das Projekt zusätzlich vereinfacht. Seraina hatte sich unter anderem auf Schwangere spezialisiert.

Andrina schaute auf die Uhr. «Eine halbe Stunde liegt drin», sagte sie und folgte Seraina in die Küche. Seraina setzte Teewasser auf und gesellte sich zu Andrina.

«Das gefällt mir nicht», nahm sie ihr Gesprächsthema wieder auf. «Warum musst ausgerechnet du über einen Toten stolpern?» Besorgnis lag in ihren dunklen Augen, die Andrinas glichen. Seraina war fünf Jahre älter als Andrina, aber als erwachsene Frauen hatte man sie häufig gefragt, ob sie Zwillinge seien. Das hatte erst aufgehört, als Seraina ihren dunkelbraunen Haaren vor einigen Jahren einen Kurzhaarschnitt verpasst hatte.

«‹Stolpern› ist nicht der richtige Ausdruck», sagte Andrina. «Gefunden hat die Leiche eine andere Frau.»

«Du bist involviert.»

Das Wasser kochte, und Seraina füllte es in zwei Tassen. Sie stellte drei verschiedene Teesorten vor Andrina hin. Andrina entschied sich für den Früchtetee.

«Und ausgerechnet so ein mysteriöser Fall, bei dem die Polizei keine Ahnung hat, woran der Mann gestorben ist, weil er auf den ersten Blick gesund erscheint. Allerdings sind die Untersuchungen nicht abgeschlossen, wenn man den Infos in den Medien trauen kann.»

«Enrico glaubt nicht, dass der tiefe Zuckerspiegel der Grund ist.»

«Was für ein tiefer Zuckerspiegel?», hakte Seraina nach. «Was hat der mit dem Fall zu tun?»

Andrina berichtete Seraina von den Gesprächen mit Susanna und Enrico.

«Ob der Mann Diabetiker war und deswegen Probleme bekommen hat, die für ihn tödlich waren, lässt sich herausfinden», sagte Seraina. «Man muss nur seinen Arzt fragen.»

«Dazu müsste man wissen, wer der Tote ist.»

«Logisch. Kann man nicht feststellen, ob er Diabetiker war?»

«Ob man das organisch feststellen kann, kann ich nicht sagen, da ich keine Medizinerin bin. Ein erster Hinweis wären sicher Einstichstellen, wenn er sich Insulin verabreicht hat. Das Problem ist, es gibt keine.»

«Kann man Insulin nicht auch anders zu sich nehmen?», fragte Seraina. «Zum Beispiel in Tablettenform?»

«Ich glaube nicht. Die Tablette würde im Magen verdaut werden, denke ich mal, und würde in dem Fall nichts mehr nützen.» Sie nahm den Teebeutel heraus und legte ihn in das Schälchen, das Seraina auf den Tisch gestellt hatte.

«Es müssten Einstichstellen ersichtlich sein?»

«Ja, an unterschiedlichen Orten. Eine Mitstudentin hat sich zum Beispiel in den Oberschenkel gespritzt. Andere spritzen sich in den Bauch. Man muss aber die Injektionsstelle wechseln, hat mir damals meine Kollegin gesagt.»

«Daher sagtest du, es müsste mehrere Einstichstellen haben.»

Andrina nickte.

«Lass uns das Thema wechseln und über Erfreulicheres sprechen», sagte Seraina nach einer Weile. «Wann heiratet ihr endlich?»

«Wenn ich einen dünneren Bauch habe», antwortete Andrina. Das war nicht unbedingt das Thema, über das sie sprechen wollte. Nicht, weil Enrico und sie die Heiratspläne auf Eis gelegt hatten. Sie hatten bereits mit Vorbereitungen begonnen und mögliche Restaurants ins Auge gefasst und waren dort für ein Probeessen gewesen. Aber seit Seraina von ihren und Enricos Heiratsplänen erfahren hatte, lag sie ihr dauernd damit in den Ohren, wann es so weit sei.

VIER

Meteo hatte angekündigt, es habe auch am heutigen ersten Advent im Mittelland keine Chance auf Sonnenschein. Leider hatten sie recht behalten. Es war wie die vorangegangenen Tage neblig und grau. Die Nebeluntergrenze musste tief sein, da es dunstig war. Radio Argovia hatte am Morgen verlauten lassen, die Obergrenze dieser Suppe liege bei eintausend Metern, wenn nicht sogar höher. Andrina schätzte Schönenwerd auf ungefähr vierhundert Meter über dem Meeresspiegel. Das hiess, über ihr lagen sechshundert Meter Nebel. Ein Schauer durchlief ihren Körper. Keine Chance zum Auflösen. Seit drei Wochen hatte sich die Sonne nicht in Aarau blicken lassen. Andrina hatte keine Lust, bei diesem Nieselwetter draussen unterwegs zu sein. Ihre Gedanken kehrten zu gestern vor einer Woche zurück. Gleiches Wetter, aber immerhin nicht gleicher Ort und nicht gleicher Wochentag. Trotzdem widerstand es ihr, einen Spaziergang zu machen. Gleich darauf musste sie über sich selber lächeln. Es hiess nicht, dass man auf jedem Spaziergang über einen Toten stolpern musste. Trotzdem hatte sie keine Lust verspürt und hätte sich lieber mit einem Buch auf das Sofa zurückgezogen. Aber Enrico hatte nicht nachgegeben. Einmal am Tag müsse man frische Luft haben. Seit sie zusammengezogen waren, hatten sie sich angewöhnt, am Wochenende einen kleinen Ausflug in die Umgebung verbunden mit einem kurzen Spaziergang zu machen. Enrico hatte erklärt, so gut vom Stress unter der Woche abschalten zu können. Ausserdem kam er unter der Woche selten ins Freie, was er vermisste.

An diesem Tag war er zum Ballyareal nach Schönenwerd gefahren. Früher wurden hier Schuhe hergestellt, heute war auf dem Gelände eine Mischung aus verschiedenen Gewerben, Büros, Ateliers und Wohnungen. Am Ende des Areals befand sich ein Park, in dem man gut ein wenig spazieren konnte. Die Kieswege waren eben genug und stellten für Andrina kein Problem dar, sich dort ohne Walkingstöcke fortbewegen zu können. Sie kämpfte weiterhin mit den Spätfolgen ihrer schweren Rückenverletzung, die sie sich vor über zwei Jahren zugezogen hatte. Seit über einem halben Jahr stagnierten die Fortschritte. Andrina befürchtete, sich damit abfinden zu müssen, nie wieder ganz hergestellt zu sein. Die Schwangerschaft stellte eine zusätzliche Herausforderung dar. Der Arzt hatte zwar gesagt, eine Schwangerschaft sei kein Problem, hatte ihr aber nahegelegt, die Rückenübungen nicht zu vernachlässigen. Enrico mahnte zu Geduld. «Unterschätze es nicht», sagte er regelmässig. «Für deinen Körper ist die Belastung grösser, und er leistet mehr als ein anderer, der solche einschneidenden Verletzungen nicht durchmachen musste. Wenn das Baby da ist, wird es wieder vorwärtsgehen», versuchte er sie dann aufzubauen.

Enrico stellte den Wagen ab, und sie stiegen aus. Andrina fröstelte, als sie der kalte Wind traf. Er nahm ihre Hand, und sie schlenderten Richtung Park, der fast menschenleer war. Eine Familie befand sich auf der kleinen Spielanlage, zwei Jogger trabten an ihnen vorbei, und ein älterer Mann mit einem Dackel kreuzte ihren Weg.

Andrina verkrampfte sich, als sie den Teich mit den Pfahlbauten erblickte. Sie schielte zu Enrico. Hatte er bewusst den Park ausgesucht, oder war es Zufall?

«Hat es ein Update gegeben?», fragte er.

«Was für ein Update?»

«Von dem Toten, den wir gestern vor einer Woche am Hallwilersee gefunden haben?»

«Nein. Seit ich mit Susanna am Donnerstag essen war, habe ich nichts mehr gehört. Wie ist es mit dir? Weisst du etwas Neues?» Andrina warf ihm einen neuen Seitenblick zu. Seit ihrem Gespräch über Insulin und Unterzuckerung hatten sie das Thema gemieden.

«Nein.»

«Ich habe darüber nachgedacht», sagte Andrina. «Es könnte eine einfache Erklärung geben, und es war weder Mord noch Selbstmord. Ihm wurde schlecht aufgrund der Unterzuckerung, und er bekam einen Herzanfall.»

Die Skepsis in Enricos Gesicht war deutlich. «Dazu kriecht er in das Haus? Mich wundert, dass ihn anscheinend keiner vermisst. Immerhin weiss die Polizei gemäss Medien weiterhin nicht, um wen es sich handelt.»

«Er könnte allein leben.»

«Aber an seinem Arbeitsplatz wird man ihn doch vermisst haben.»

«Er könnte Ferien genommen haben oder war arbeitslos oder selbstständig.»

Enrico blieb stehen. «Er wird Familie haben, die sich wundern sollte, wenn er nicht erreichbar ist.»

«Woher weisst du überhaupt, ob sie mit der Identifizierung weiter sind oder nicht?», fragte Andrina.

«Heute Morgen habe ich in der Zeitung ein Bild von ihm gesehen, mit dem Aufruf, sich bei der Polizei zu melden, wenn man ihn kennt.»

Andrina hatte die Zeitung nicht gelesen und beschloss, das auch nicht zu tun.

Enrico drehte sich um, und Andrina realisierte, wo sie stehen geblieben waren. Sie musterte die vier oder fünf nachgebauten Pfahlbauten, die sich in der Mitte des kleinen Teiches befanden und nicht mehr als fünfzehn Meter von ihrem Ufer entfernt waren. Andrina empfand Unbehagen und hätte am liebsten den Pfahlbauten den Rücken gekehrt, aber Enrico bog rechts ab und ging zum Ufer des Teichs. Andrina fragte sich, was er damit bezwecken wollte.

«Lass uns gehen», drängte sie.

«Warum?», fragte er. «Du hast Angst, es könnte hier eine weitere Leiche versteckt sein?»

«Na ja.»

«Das wäre ein ziemlicher Zufall.» Er hielt Andrina die Hand hin. Zögernd trat sie näher und vermied es dabei, zu den Lehmgebäuden mit den Strohdächern zu schauen.

«Wieso hast du das Gefühl, es könnte hier ebenfalls ein Toter liegen?»

«Hast du das nicht?»

«Nein. Wie gesagt, es wäre ein grosser Zufall. Komm, schauen wir uns die Bauten näher an.»

«Warum?»

«Ich wollte nach dem letzten Wochenende ein wenig über die Pfahlbauer googeln, habe es aber zeitlich nicht geschafft.»

«Wieso das?»

«Grosse Beachtung habe ich Pfahlbauten bisher nicht geschenkt und wollte Näheres erfahren. Worum es sich bei den Pfahlbauten handelt und so. Ich finde es interessant, und es wäre eine gute Gelegenheit, sie sich näher anzusehen.»

«Zum Glück stehen sie im Teich», brummte Andrina.

«Da vorne hat es ein Boot.»

«Willst du allen Ernstes da übersetzen?»

Enrico grinste.

«Das ist bestimmt verboten.»

«Es war nur ein Scherz.» Er legte den Arm um Andrinas Schultern und führte sie ein Stück des Weges am Ufer entlang. Andrina vermied es weiterhin, zu den Bauten zu schauen. Nach einigen Schritten blieb Enrico stehen. Er machte eine ausladende Bewegung mit der Hand. «Signore e signori, darf ich Ihnen hier eine erstklassig nachgebaute historische Stätte zeigen?» Er machte eine weitere ausladende Bewegung. «Weisst du, was es mit den Pfahlbauern auf sich hat?»

«So genau weiss ich das selber nicht. Ich meine, mich zu erinnern, es handle sich hierbei um keine einheitliche Kultur. Die Leute haben in der Steinzeit, Bronze- und beginnenden Eisenzeit gelebt. Wenn du es genauer wissen möchtest, müsste ich Lukas fragen.»

«Wieso ausgerechnet Lukas?»

«Er macht gerade das Korrektorat zu einem Krimi über ein Archäologenteam, das die Pfahlbauer erforscht.»

«Das heisst, ich müsste mich eher an den Autor oder die Autorin wenden.»

«Ich denke, wir fragen lieber das Internet.» Der Wind blies hier stärker als beim Auto, und Andrina war inzwischen richtig kalt.

«Du zitterst. Lass uns zum Auto zurückkehren.» Enrico wandte sich ab, hielt aber mitten in der Bewegung inne und schaute zu den Gebäuden im Teich.

«Was ist?», fragte Andrina.

Enrico trat einen Schritt nach links und beugte sich vor.

«Pass auf, sonst fällst du da rein. Erstens finde ich diesen Tümpel alles andere als einladend, und zweitens ist es nicht das ideale Wetter zum Baden.»

Enrico beugte sich ein Stück weiter vor, und Andrina fasste ihn am Arm.

«Was ist los?»

«Merda!»

Andrinas Blick folgte seinem ausgestreckten Arm.

«Was?»

«Da, hinter dem Haus dort.»

«Was soll dort sein?»

Anstelle einer Antwort zog Enrico Andrina zu sich und stellte sie vor sich hin. Erneut wies er auf das Haus. «Dort zwischen den beiden Häusern unter dem Dach an der Wand des vorderen.»

Andrina taumelte nach hinten und war froh, dass Enrico hinter ihr stand.

«Da liegt einer», flüsterte sie und starrte auf das Bein, das hinter dem Haus hervorlugte.

Es ist beinahe so wie «Täglich grüsst das Murmeltier», dachte Andrina. Oder in meinem Fall besser «Wöchentlich grüsst das Murmeltier». Doch die Situation war alles andere als komisch, und ihr war definitiv nicht zum Lachen zumute. Wieder sass sie in einem Polizeiwagen, in dessen Innerem es dieses Mal angenehm warm war, und sie beobachtete, wie Enrico einige Meter weiter von einem Polizeibeamten befragt wurde. Männer in weisser Schutzkleidung kehrten aus dem Park zurück, ein Mann mit einem silbrigen Koffer ging in die andere Richtung. Ein Mann mit grauen Haaren und zurückweichendem Haaransatz setzte sich zu Andrina in das Polizeiauto. Er schloss die Tür, wofür Andrina ihm dankbar war.

«Geht es mit der Wärme?», fragte er.

Sie nickte und musterte den Mann. Er musste Ende fünfzig, wenn nicht sogar Anfang sechzig, sein. Der Beamte wirkte wie der nette ältere Herr von nebenan und nicht wie ein Polizeibeamter, der einen Todesfall zu klären hatte.

«Beat Hegy von der Kantonspolizei Solothurn.»

Andrina ergriff die Hand, die er ihr hinhielt. Sie war warm und der Händedruck fest.

«Und Sie sind?»

«Andrina Kaufmann.»

«Ist er nicht Ihr Mann?» Hegy wies mit dem Kopf Richtung Enrico. Dabei huschten seine Augen kurz zu Andrinas Bauch.

«Wir wollen heiraten, wenn das Baby da ist.»

Hegy holte ein Notizbuch hervor. «Darf ich Sie zuerst nach Ihrer Adresse fragen?»

Andrina fragte sich, ob er das nicht bereits von Enrico wusste, und vermutete gleichzeitig, dass er damit die Korrektheit ihrer Aussage prüfen wollte.

«Aarau», murmelte er, während er Andrinas Angaben notierte. «Was machen Sie hier?»

«Einen Ausflug, um frische Luft zu schnappen.»

«Das Gleiche könnten Sie in Aarau tun.»

«An den Wochenenden machen wir meistens kurze Ausflüge in die Umgebung, damit die Spaziergänge nicht langweilig werden. Schönenwerd ist nicht weit weg.»

«Das stimmt. Können Sie bitte sagen, wie Sie die Leiche entdeckt haben?»

Andrina begann mit ihrem Bericht und bemühte sich, nichts auszulassen. Hegy unterbrach sie nicht und notierte Stichworte in sein Notizbuch.

«Ist er wirklich tot?»

«Er?»

«Der bei den Pfahlbauten?»

«Es handelt sich bei der Leiche um eine Frau.»

FÜNF

«Das ist ja ein Ding», sagte Lukas und zündete eine Kerze des Adventskranzes an, der auf dem Korpus stand, in dem Ordner, Blöcke und anderes Büromaterial verstaut waren. Andrina bezweifelte, dass Elisabeth begeistert davon war, und sie hörte sie schon Lukas zurechtweisen, wie schnell es zu einem Brand kommen konnte. Andrina fand Lukas' Idee schön und hatte ihn nicht auf mögliche Probleme mit Elisabeth hingewiesen, als Lukas den Kranz ausgepackt und auf den Schrank gestellt hatte. «Du ziehst es an. Du gehst spazieren und findest einen Toten.»

«Sehr witzig», erwiderte Andrina und setzte sich auf ihren Bürostuhl. «Es ist übrigens eine Frau. Wir oder besser Enrico hat sie zufällig gesehen. Ich bin mir sicher, von einem anderen Standort wäre ihm nicht aufgefallen, dass dort jemand liegt.»

«Was meinst du mit ‹Standort›? Ich habe dich so verstanden, dass ihr über den Toten quasi gestolpert seid.»

«Die Pfahlbauten stehen im Wasser.»

«Welche Pfahlbauten?»

«Die im Ballyareal.»

«Du meinst, in dem Park, der hinter den Outlets ist?»

Andrina nickte.

«Da bekommt dein Ex mit seinem Team von Leib und Leben neue Arbeit.»

«Es ist nicht der Zuständigkeitsbereich von Marco.»

«Wieso nicht?»

«Das ist Aufgabe der Solothurner Polizei.»

«Natürlich. Schon wieder Pfahlbauten», murmelte er. «Ich finde das seltsam.» Er setzte sich auf seinen Stuhl und lehnte sich nach hinten. Nach einigen Sekunden sickerte in ihr Bewusstsein, was Lukas sagen wollte. Gestern hatte sie bereits mit Enrico darüber gesprochen, ob es Zufall sein könnte, erneut einen Toten bei Pfahlbauten gefunden zu haben. Später hatte sie versucht, nicht mehr an diese Möglichkeit zu denken und nicht von einem Zusammenhang der beiden Toten auszugehen, was ihr nach einer Weile gelungen war.

«Das kann kein Zufall sein», sprach Lukas Andrinas Gedanken aus.

«Vergiss nicht, der Mord am Hallwilersee wird als Selbstmord angesehen.»

«Ich meine mich zu erinnern, wie diese Polizistin nicht wirklich daran geglaubt hat. Ausserdem gäbe es einen Zusammenhang.»

«Welcher soll das bitte sein?», fragte Andrina.

«Der Fundort.»

«Die Toten wurden in zwei verschiedenen Kantonen gefunden.»

Er beugte sich vor und griff nach seiner Maus. «Wie viele solcher Rekonstruktionen von Pfahlbauten gibt es überhaupt in der Schweiz?»

«Keine Ahnung.» Andrina erhob sich und stellte sich hinter ihn. Lukas' Finger huschten über die Tasten. «Schwierig», murmelte er. «Funde hat es einige, aber ich frage mich, wo es Rekonstruktionen hat.» Er klickte auf einen Link. «In Wauwil gibt es ein Museum mit Lehrpfad. Das ist Richtung Luzern. Ob da auch ein Toter gefunden wurde?» Er hob den Kopf und schaute Andrina an. In seinen Augen glitzerte es. War es Sensationslust? So kannte Andrina ihn nicht. Was würde das bedeuten, wenn Lukas recht hatte? Dachte die Polizei in diese Richtung?

«Woher soll ich das wissen?», sagte Andrina abweisend. «Ich finde das weit hergeholt.»

«Wo ist dein kriminalistischer Spürsinn? Ich finde es total naheliegend.» Er klickte auf einen neuen Link. «Ausserdem gibt es Nachbauten im Kanton Freiburg –»

«Warte», unterbrach Andrina ihn. «Womit soll das naheliegend sein?»

«Andrina, der Täter legt die Leichen an den Rekonstruktionen der Pfahlbauten ab. Das muss einen Grund haben.»

«Hör auf, Ermittler zu spielen. Warum sollte ein möglicher Täter das tun?»

«Zweimal ist das bereits passiert. Er könnte damit eine Botschaft mitteilen wollen oder sich mit den Pfahlbauern verbunden fühlen.»

«Lukas, deine Phantasie geht mit dir durch. Noch einmal. Der Mann beim Seengermoos hat Selbstmord gemacht.»

«Was ist mit der Frau?»

«Keine Ahnung.»

«Wenn sich die von der Polizei irren und es Mord war? Die Pfahlbauten müssen der Grund sein.» Lukas sprach immer schneller. Seine Augen glühten regelrecht. Andrina fühlte sich unwohler.

«Es sollen wegen der Pfahlbauten Leute getötet werden? Das ist Blödsinn.»

«Nicht unbedingt wegen. Die Bauten könnten eine Bedeutung für ihn haben, oder er braucht sie als eine Art Metapher. An deiner Stelle würde ich das deiner Freundin von der Polizei – wie war ihr Name?»

«Susanna?»

«Genau. Ich würde ihr diesen Hinweis geben.»

«Erstens ist die Tote im Ballyareal Aufgabe der Solothurner Polizei, und zweitens habe ich keine Lust, mir Ärger einzuhandeln, wenn ich mich in Ermittlungen einmische, und halte mich lieber raus.»

Lukas lehnte sich nach hinten und verschränkte die Arme vor der Brust. «Du steckst bereits mittendrin.»

Andrina stand auf und trat an das Fenster. Sie blickte auf den Verkehr, der auf der Entfelderstrasse herrschte. Es war nach dem Gespräch mit Lukas unmöglich, sich auf das Lektorat zu konzentrieren. Dabei war es ein spannender Roman. Der Autor hatte es geschafft, den Spannungsbogen nicht abreissen zu lassen.

Lukas war vor zehn Minuten in eine verfrühte Mittagspause verschwunden, da er etwas erledigen müsse. Was, hatte er Andrina nicht gesagt.

Seit Stille im Büro eingekehrt war, drängten sich Lukas' Worte in den Vordergrund. Hartnäckig kreiste die Frage in ihrem Kopf, was wäre, wenn Lukas recht behielt. Andrina war sich nicht sicher, ob die Beamten in Solothurn automatisch von den Ermittlungen am Hallwilersee wussten. Falls es einen Zusammenhang gab, hatte der Mann keinen Suizid begangen. Andersherum konnte es sich bei der Leiche im Ballyareal ebenfalls um Selbstmord handeln. Zwei Selbstmorde so dicht hintereinander an einem ähnlichen Schauplatz waren für Andrina ein zu grosser Zufall. Oder hatte sich die Frau von dem Mann am Hallwilersee «inspirieren» lassen? Immerhin hatte es eine Meldung in den Medien gegeben. Andrina lehnte den Kopf gegen die Fensterscheibe und genoss die Kühle des Glases. Sie sah die Pfahlbauten vor sich. Wie war die Frau dort hingekommen? Mit einem Boot? Das lag aber an dem Ufer, an dem sie mit Enrico gestanden war. Ein anderes hatte Andrina nicht gesehen, was nichts heissen musste. Es konnte auf der hinteren Seite der Pfahlbauten festgemacht worden sein.

Hatten der Mann und die Frau sich gekannt? Warum war sie nicht zur Polizei gegangen? Immerhin war seine Identität weiterhin unbekannt. Zumindest war das der aktuelle Stand, den Andrina den Medien entnommen hatte, und von Susanna hatte sie bisher nichts Gegenteiliges erfahren.

Hör auf, dir den Kopf darüber zu zerbrechen, dachte sie und drehte sich um. Sie starrte auf Lukas' leeren Arbeitsplatz.

Warum ritt er so hartnäckig auf einer möglichen Verbindung herum, die sie gerne ausklammern wollte?

Sie kehrte zu ihrem Computer zurück und rief Google auf. Nachdem sie «Pfahlbauer Schweiz» in die Maske eingegeben hatte, liess sie den Cursor unschlüssig über die Links gleiten.

Du solltest das nicht tun, sagte eine Stimme im Hinterkopf.

Du steckst bereits mittendrin, hörte sie Lukas sagen.

Hast du den Ärger vergessen, den du dir eingehandelt hast, wenn du deine Nase in kriminalistische Dinge gesteckt hast?, fragte die Stimme im Kopf.

Das ist kein Ermitteln, sondern nur Interesse an der Geschichte. Andrina klickte auf den ersten Link und überflog die Zeilen.

Im Alpenraum hatten Archäologen bis heute fast tausend Orte mit Pfahlbauten gefunden. Sie stammten aus der Zeit von ungefähr fünftausend bis fünfhundert vor Christus. Einige standen unter dem UNESCO-Kulturerbe. Die Häuser wurden auf Pfählen entlang von Feuchtgebieten, Seen oder Flüssen errichtet. Die erhöhte Bauweise war eine Absicherung gegen Hochwasser, wilde Tiere und feindliche Stämme.

Andrina war vertieft in ihre Lektüre und zuckte zusammen, als es klopfte und gleich darauf die Tür geöffnet wurde.

Kilian steckte den Kopf herein. «Hast du einen Augenblick Zeit?»

«Kommt darauf an, wofür», erwiderte Andrina und kam sich ertappt vor. Sie hatte genug zu tun, statt im Internet zu surfen und sich den Kopf für andere zu zerbrechen. Was sie tun konnte, war, Susanna anzurufen und sie von Lukas' Verdacht in Kenntnis zu setzen. Andrina klickte das Internet auf die Seite.

«Ich habe einige Cover gestaltet», sagte Kilian und schloss die Tür. «Elisabeth kann sich nicht entscheiden, welche ich den Autoren zur Auswahl vorlegen soll. Sie meinte, ich solle dich fragen.»

«Okay, zeig mal.»

Am Nachmittag kam Andrina nicht dazu, Susanna anzurufen und ihr von Lukas' Mutmassungen zu erzählen. Da Gabi einen Kontrolltermin beim Frauenarzt hatte, war es an Andrina, sich um den Adventsanlass von morgen zu kümmern. Wenn sie gerade nicht mit Dekorieren beschäftigt war, beantwortete sie E-Mails und Telefonanrufe mit Fragen zum Apéro. Wann er genau starte und ob man später kommen könne. Wo es Parkmöglichkeiten gebe. Sie musste kurzfristige Ab- und Neuanmeldungen vermerken. Inzwischen bezweifelte Andrina, dass die Räumlichkeiten des Verlags für diesen Anlass ausreichten, da es viele Anmeldungen gegeben hatte. Elisabeth hatte beschlossen, die Gäste im Sitzungszimmer zu begrüssen. Ausserdem konnten sie sich in Andrinas und Lukas' sowie in Gabis und Kilians Büro und in dem leer stehenden Raum aufhalten, den

Elisabeth als Reserve ansah, falls sie weitere Mitarbeiter einstellen wollte. Ihr Einzelbüro sollte jedoch nicht betreten werden. In der Küche sollte das Catering die Möglichkeit haben, die Speisen und Häppchen anzurichten. Das bedeutete, der Anlass fand auf ungefähr hundertfünfzig Quadratmetern statt. Andrina schaute auf die Liste. Dreissig Personen hatten sich angemeldet. Es würde eng werden, auch wenn man die Möbel auf die Seite rückte. Zum Glück trug Gabi die Hauptverantwortung.

***

Als Andrina am Abend nach Hause kam, fühlte sie sich gerädert und liess sich erschöpft auf das Sofa fallen. Ihr Blick ging zum Schwedenofen. Sie sehnte sich nach der behaglichen und entspannenden Atmosphäre, die er ausstrahlte, wenn ein Feuer brannte. Der Korb daneben war leer, und sie konnte sich nicht aufraffen, Holz von draussen zu holen. Ihr Blick glitt weiter zu dem Esszimmertisch, auf den sie die Zeitung und drei Briefe gelegt hatte, die sie im Briefkasten gefunden hatte. Alles war an Enrico adressiert. Enrico würde heute etwas später nach Hause kommen.

Andrina gähnte. Hin und wieder hatte er Bedenken angemeldet, ob es gut sei, wenn sie zu hundert Prozent arbeitete. Sogar ihr Frauenarzt hatte Andrina vorgeschlagen, das Arbeitspensum zu reduzieren. Obwohl sie in der letzten Zeit häufig erschöpft nach Hause kam, fühlte Andrina sich fit genug, weiterhin voll zu arbeiten. Sie war dankbar für den bisher unkomplizierten Verlauf ihrer Schwangerschaft, der das möglich machte. Sie hätte ein schlechtes Gewissen gehabt, weniger zu arbeiten, und wollte die Situation nicht ausnutzen.

Nach einer Weile rappelte sie sich auf. Der Holzriemenboden knarrte unter ihren Füssen, als sie das Wohnzimmer verliess und zur Küche ging.

Sie beschloss, zum Nachtessen einen Zwetschgenauflauf zu machen, damit sie das alte Brot verwerten konnte. Sobald sie ihn in den Ofen geschoben hatte, hörte sie die Haustür ins Schloss fallen. Einige Sekunden später steckte Enrico den Kopf zur Küchentür herein. Er küsste Andrina und musterte sie prüfend.

«Du siehst müde aus.»

«Es war heute einiges los», sagte sie ausweichend.

Enrico neigte den Kopf, als Andrina nicht fortfuhr. Es war ihm eindeutig nicht recht, dass Andrina gerade eine Menge Arbeit und Stress im Verlag hatte. Wiederholt hatte er sich besorgt geäussert, es könne ihr zu viel sein. Andrina war froh, dass er sich heute Abend eines Kommentars enthielt.

«Ausserdem hatte Elisabeth eine üble Laune, und sie hat alle damit angesteckt. Ich glaube, sie hat sich mit dem Backen übernommen.» Elisabeths Grosseltern hatten eine Confiserie gehabt. Offensichtlich hatte Elisabeth das Talent zum Backen von ihnen geerbt, das zu ihrem Lieblingshobby gehörte. Elisabeth hatte darauf bestanden, süsses Gebäck und Kuchen für den Anlass beizusteuern und dem Catering nur die herzhaften Speisen zu überlassen.

Enrico warf einen Blick auf den Ofen. «Was ist da drin?»

«Zwetschgenauflauf. Damit bin ich unser altes Brot los. Zwetschgen haben wir genug im Gefrierschrank, die unser Baum diesen Herbst in grossen Mengen geliefert hat. Brot und Zwetschgen mische ich mit Nüssen. Darüber kommt ein Guss, ähnlich wie ich ihn bei Wähen mache.»

«Das kenne ich nicht, oder hast du das schon mal gemacht?»

Andrina verneinte.

«Es klingt auf jeden Fall fein.» Er schaute zum Ofen. «Das heisst, das Essen braucht eine Weile.»

Andrina nickte.

«Pause für dich.» Enrico nahm ihre Hand und zog sie ins Wohnzimmer. Erleichtert liess Andrina sich neben ihn auf das Sofa fallen. Enrico hob ihre Füsse auf seinen Schoss und begann sie zu massieren. Andrina lehnte sich nach hinten.

«Tut das gut», murmelte sie.

«Erzähl mal», sagte er und bearbeitete die Fusssohle. «Du siehst erledigt aus. Was war heute genau alles los?»

Andrina berichtete von dem Tag und den letzten Vorbereitungen für den morgigen Anlass. «Zwar finde ich die Idee super, aber ich bin froh, wenn alles vorbei ist.»

«Das kann ich mir denken.»

«Immerhin gibt es danach genug Arbeit. Die Lektorate und Korrektorate sind mehr oder weniger liegen geblieben. Nur Lukas ist vom Fleck gekommen.» Andrina schwieg. Ihre Gedanken drifteten unweigerlich zu dem Gespräch, das sie mit Lukas am Nachmittag über Pfahlbauten gehabt hatte. Sie war hin- und hergerissen, ob sie Susanna anrufen sollte.

«Ja?», fragte Enrico, dem offenbar nicht entgangen war, wie sich Andrinas Gedankenspirale drehte. «Was gibt es sonst?»

Zögernd erzählte Andrina von Lukas' Vermutungen. Als sie geendet hatte, runzelte Enrico die Stirn.

«Obwohl es mir nicht gefällt, klingen seine Argumente nachvollziehbar. Ich habe mich das Gleiche gefragt.»

«Susanna hat gesagt, der Mann am Hallwilersee habe Selbstmord begangen.»

«Du sagtest aber, sie würde dem nicht zustimmen. Oder habe ich das falsch in Erinnerung?»

«Na ja, es passt für sie nicht, obwohl es bei Selbstmord im Nachhinein nach ihren Angaben öfter seltsam erscheint, warum dieser geschehen ist. Es gibt eine andere Möglichkeit: Rückblickend erscheint vieles klarer, und man denkt, hätte ich das bloss vorher gewusst.»

«Schon», sagte Enrico gedehnt. «Ich finde, zwei Selbstmorde bei Pfahlbauten sind zu viel des Guten.»

«Hat die Frau im Ballyareal ebenfalls Suizid gemacht? Das wusste ich nicht. Hat Herr Hegy dir das gesagt?»

«Nein, das meinte ich nicht so. Ich dachte eher, zwei Selbstmorde bei Pfahlbauten sind seltsam, falls das gestern einer gewesen sein soll.»

«Es kann ja einmal Mord und einmal Selbstmord gewesen sein», erwiderte Andrina. In so einem Fall hatten die beiden Toten nichts miteinander zu tun. War das wirklich so?

«Mich macht es wie Lukas stutzig, weil es zwei Tote bei Pfahlbauten gegeben hat.» Er legte Andrinas rechten Fuss auf seine Beine und nahm den linken. «Ich bin Lukas' Ansicht. Es ist ein zu grosser Zufall.»

«Falls der Tote vom Hallwilersee keinen Suizid begangen hat und der Mord mit dem von Sonntag zusammenhängt, könnte ein Serientäter die Morde verübt haben.» Die Kälte, die Andrina am Nachmittag beim Gespräch mit Lukas empfunden hatte, war wieder da. «Oder jemand, der sich inspirieren liess», fügte sie an.

«Das herauszufinden ist nicht deine Aufgabe. Locker lassen.» Er schüttelte Andrinas Fuss leicht.

«Das ist einfacher gesagt als getan. Du meinst, ich sollte Lukas' Rat beherzigen und Susanna anrufen?»

«Das wäre die beste Lösung. Die Polizei der einzelnen Kantone ist bestimmt untereinander gut vernetzt, aber sicher ist sicher. Man sollte Susanna darauf hinweisen. Falls es keinen Zusammenhang gibt, ist es okay. Falls es einen gäbe, und sie hätten ihn nicht realisiert, und wir hätten sie nicht darauf hingewiesen, würdest du dir Vorwürfe machen.»

Andrina richtete sich auf. «Okay, ich rufe sie nach dem Essen an.» Sie wollte aufstehen, aber Enrico hielt sie zurück.

«Danach belässt du es bitte dabei.»

«Wobei?»

«Du spielst bitte nicht Ermittlerin.»

«Das habe ich nicht vor», sagte Andrina und wollte seinem Blick ausweichen, was nicht gelang.

«Mein Bedarf an Ermittlungen und Kriminalfällen ist seit September gedeckt», sagte Enrico. «Ausserdem möchte ich nicht, dass du in etwas hineingerätst und dich in Gefahr begibst.»

Andrina fuhr mit dem Zeigefinger sein Kinn entlang. Die Bartstoppeln kratzten über ihre Haut. «Das habe ich nicht vor.»

Andrina zählte die Freizeichen. Nach dem fünften Klingelton wollte sie auflegen, als sich Samuel Häusermann meldete.

«Hallo, Sämi. Ist Susanna da?»

«Nein.» Er klang erstaunt. «Was kann ich für dich tun?»

Andrina druckste herum. Sie wusste nicht, ob und wie sie Häusermann von Lukas' Idee erzählen sollte. Es würde den Anschein erwecken, sie mische sich in die laufenden Ermittlungen ein. Auf der anderen Seite wussten sie eventuell nichts von der Toten im Ballyareal und den Parallelen zur Leiche vom Hallwilersee, obwohl Andrina eine Notiz in der Zeitung gelesen hatte.

«Was ist los?», fragte Häusermann, als sich das Schweigen in die Länge zog.

«Wann kommt sie zurück?»

«Das könnte später werden. Sie ist mit einer Kollegin beim Squashen, und im Anschluss werden die beiden bestimmt etwas trinken gehen.»

«Mist!», rutschte es Andrina heraus.

«Kann ich dir weiterhelfen?», fragte Häusermann ein weiteres Mal.

Andrina war versucht, das Gespräch zu beenden und ihn zu bitten, Susanna über ihren Anruf zu informieren oder es direkt auf ihrem Handy zu versuchen. Allerdings nahm sie an, Susanna hatte es während des Squash im Schrank in der Umkleidekabine gelassen. Wenn es einen Zusammenhang der Fälle gab, war es wichtig, dass die Polizei so schnell wie möglich davon wusste.

War Häusermann aus Marco Fellers Team der Richtige? Sie könnte genauso gut Herrn Hegy informieren. Aber ihn kannte sie nicht. «Wisst ihr von der Toten im Ballyareal?», wagte Andrina einen vorsichtigen Vorstoss.

«Das stand in der Zeitung. Das ist aber der Fall der Solothurner Kollegen.»

«Sie wurde bei den Pfahlbauten gefunden.»

«Ja und?» Schweigen. «Du meinst, sie könnte mit unserer Leiche vom Hallwilersee zu tun haben?»

«Ja.»

«Warum sollte sie das?» Häusermann klang abweisend.

«Es tut mir leid, es war nur so eine Idee.»

«Kein Problem.»

Andrina schwieg. Sie hatte sich blamiert. Wie bekam sie einen einigermassen würdevollen Abgang hin?

«Andrina?»

«Ja?»

«Spiele bitte nicht Polizistin.»

«Das habe ich nicht vor.»

«Das sieht gerade für mich anders aus.»

«Es war Lukas' Idee.» Sie hätte nicht anrufen, sondern es Lukas überlassen sollen.

«Wer ist Lukas?»

«Mein Kollege im Verlag.»

«Für ihn gilt das Gleiche. Er sollte sich nicht unseren Kopf zerbrechen.» Aus abweisend war inzwischen schneidend geworden.

«Mach es gut und grüsse bitte Susanna von mir», sagte Andrina hastig und brach das Gespräch ab.

SECHS

Die restliche Vorbereitung für den Adventsapéro am späten Nachmittag nahm alle in Anspruch. Tische wurden aufgestellt und letzte Dekorationen aufgehängt. Der Duft von Tannengrün und Weihnachtsgebäck breitete sich in den Verlagsräumen aus. Mehr als einmal jagte Elisabeth alle aus der Küche, weil sie von den Weihnachtsguetzli stibitzten oder um die Torten herumschlichen.

Am Mittag erschien die Cateringfirma, die Elisabeth engagiert hatte, und spätestens ab diesem Zeitpunkt war arbeiten definitiv nicht mehr möglich. Gabi und Elisabeth sausten wie aufgescheuchte Hühner von einem in den anderen Raum, während Andrina, Lukas und Kilian das Ganze aus Distanz verfolgten, nachdem sie die Möbel auf die Seite geschoben hatten. Andrina hatte eher das Gefühl, im Weg zu stehen, als sich als nützlich zu erweisen.

«Ich habe von Anfang an gesagt, das ist eine Schnapsidee», brummte Kilian, der sich neben sie an die Wand lehnte und einen Zimtstern in den Mund steckte, als die Cateringmitarbeiter Weinkisten an ihnen vorbeischleppten. «Ich sehe nach wie vor den Sinn dieser ganzen Übung nicht.»

«Es soll eine Gelegenheit sein, sich persönlich kennenzulernen», erwiderte Lukas, der sich zu ihnen gesellte. Er schaute sich um und steckte verstohlen ein Chräbeli in den Mund. «In der heutigen Zeit ist alles so schnelllebig», sagte er kauend. «Der persönliche Kontakt ist auf ein Minimum reduziert. Telefoniert wird nicht mehr unbedingt. Rasch wird eine E-Mail geschrieben, und das war es.»

«Das mag ja nett sein, aber braucht es dafür so einen Aufwand? Sie sollte das lieber mit Vertretern machen», sagte Kilian.

«Für die gibt es bereits zweimal im Jahr die Anlässe, wenn wir das neue Programm vorstellen», mischte Andrina sich ein.

Lukas warf einen Blick auf die Uhr. «Ich bezweifle, dass alles rechtzeitig fertig ist.»

«Es wäre hilfreicher, wenn du mit anpacken würdest, anstatt hier herumzustehen und dumme Sprüche zu klopfen», zischte Gabi, die an ihnen vorbeieilte. Sie quetschte sich an Kisten vorbei. Beinahe wäre sie bei ihrem Leibesumfang stecken geblieben. In der Küchentür drehte sie sich um. «Das Gleiche gilt für euch andere auch.»

Kilian und Lukas stöhnten gleichzeitig auf.

«Würden wir gerne», brummte Kilian. «Aber wir werden verscheucht, weil wir im Weg stehen.» Er löste sich von der Wand und verschwand in seinem Büro. Lukas machte Anstalten, zum Sitzungszimmer zu gehen, als er innehielt. Er horchte, machte auf dem Absatz kehrt und verschwand in dem Büro, das er sich mit Andrina teilte. Einige Sekunden später tauchte sein Kopf in der Tür auf. Er hielt Andrina den Hörer hin.

«Telefon für dich. Deine Polizistin.»

Andrina schloss die Tür, nachdem Lukas das Büro verlassen hatte, und lehnte sich dagegen. «Susanna?»

«Was ist bei euch los?», sagte Susanna als Begrüssung. «Das klingt, als würde eine Elefantenherde durch euer Büro trampeln.»

«Heute ist der Adventsapéro mit unseren Autoren. In vier Stunden soll er anfangen, aber hier sieht es aus, als habe eine Bombe eingeschlagen.»

«Das klingt, als seid ihr knapp dran.»

«Gabi ist eben nicht unbedingt das Organisationstalent. Was gibt es?»

«Hast du überhaupt Zeit?»

«Wenn ich mit dir telefoniere, stehe ich wenigstens nicht im Weg.»

«Könntest du dich loseisen und ins Polizeikommando kommen?»

«Warum?» Das hörte sich amtlich und nicht nach einer Einladung zu einem Nachmittagskaffee an. Es klang aber nach einer guten Möglichkeit, diesem Chaos offiziell entkommen zu können, obwohl es Andrina nicht unbedingt ins Polizeikommando zog.

«Die Kollegen aus Solothurn haben uns gefragt, ob wir dir und deinem Freund ein Bild von der Toten zeigen könnten. Die Frau hatte keine Papiere bei sich und konnte nicht identifiziert werden.» Eine weitere Übereinstimmung. Andrina musste sich setzen, was schwer möglich war. Sie ging zu ihrem Tisch und rutschte auf die Arbeitsfläche.

«Das fällt nicht in euren Zuständigkeitsbereich», erwiderte Andrina.

«Herr Hegy dachte, es wäre für euch angenehmer, als wenn ihr nach Solothurn kommen müsstet.»

«Geht das morgen?», fragte Andrina.

«Ungern.» Susanna machte eine kurze Pause. «Sämi hat mir übrigens von deinem Anruf gestern Abend erzählt.» Der abrupte Themenwechsel überraschte Andrina. «Es tut mir leid, ich hätte mich hierzu eher melden sollen.»

Nach Häusermanns ablehnender Haltung hatte Andrina ihn nicht gebeten, Susanna auszurichten, sie solle zurückrufen. «Er hat gesagt, das sei eher unwahrscheinlich», sagte sie.

«Wir haben gestern Abend lange miteinander darüber geredet.» Geredet? So wie Susanna das sagte, klang es eher, als hätten sie eine unerfreuliche Diskussion gehabt. «Bei der Teamsitzung heute Vormittag habe ich es zur Sprache gebracht. Marco war zuerst überhaupt nicht begeistert.» Marco würde sie hassen, wenn sie sich in Ermittlungen einmischte.

«Es war nur so eine Idee», sagte Andrina ausweichend.

«Können wir das hier besprechen?»

Andrina gab sich geschlagen.

«Danke», sagte Susanna und führte Andrina ins Zimmer, in dem sie bereits bei früheren Vernehmungen ihre Aussage gemacht hatte. Susanna wies auf einen Stuhl und setzte sich neben Andrina. Sie entnahm der Mappe ein Blatt. Der Ausdruck eines Fotos zeigte eine Frau, deren Kopf und Oberkörper bis kurz unter die Schlüsselbeine abgebildet waren. Sie lag wie der Mann vom Hallwilersee auf einem Stahltisch. Andrina zwang sich, die Frau genauer zu betrachten. Sie schätzte sie auf Ende zwanzig bis Anfang dreissig. Die Frau hatte dunkelblonde Haare, die offen ihren Kopf umrahmten. Braune Augen starrten Andrina an. Anklagend, aber gleichzeitig leblos. Der verschmierte dunkelgrüne Lidschatten unterstrich die Blässe der Haut. Die Augenbrauen waren zu schmalen Streifen gezupft, und an einzelnen Stellen wuchsen die Haare bereits nach.

Susanna legte ein zweites Bild vor Andrina. Es war aus der gleichen Perspektive aufgenommen worden, aber dieses Mal trug die Frau eine Brille.

«Die Brille lag neben ihr auf dem Boden. Die Solothurner Kollegen gehen davon aus, dass sie ihr gehört, weil sie nach einem Modell aussieht, das Frauen bevorzugen.»

Andrina hob den Kopf. «Tut mir leid. Ich kann nicht weiterhelfen.»

«Das habe ich vermutet.»

«Sie wird im Kanton Solothurn wohnen, nehme ich an. Da ich dort so gut wie nie bin, wäre es ein grosser Zufall gewesen, wenn ich sie gekannt hätte.»

«Wenn sie dort getötet worden ist, heisst das nicht automatisch, dass sie dort wohnt.»

Auch wahr, dachte Andrina und betrachtete die beiden Fotos. «Ich bin ihr definitiv nicht begegnet», sagte sie.

«Was anderes.» Susanna legte die Fotos zurück in die Mappe. «Wir haben den Toten vom Hallwilersee identifiziert. Sein Name ist Bernd Lang.»

«Mir sagt dieser Name nichts», sagte Andrina in die entstandene Stille hinein. «Wie habt ihr die Identität herausgefunden?»

«Auf unseren Aufruf hin hat sich sein Nachbar gemeldet. Herr Lang war in Seon wohnhaft.»

Wieder lag in Susannas Augen eine Aufforderung, sich dazu zu äussern.

«Mir sagt der Name nichts», wiederholte Andrina.

Susanna fuhr sich mit dem Zeigefinger über das Kinn und

en Eindruck, als ob sie nicht wisse, wie sie den nächsten nulieren sollte.

hdem wir deinen Verdacht von gestern im Team bespro- tten, haben sich die Kollegen aus Solothurn gemeldet. Sie erkundigten sich nach unserem Fall vom Hallwilersee und kamen auf die Parallelen zu sprechen, die du bereits gestern Abend bei Sämi erwähnt hast.»

Andrina fühlte Erleichterung in sich aufsteigen, die sich sogleich verflüchtigte. Wenn sie recht hatte, rückte die Vermutung eines Serientäters nach vorne.

«Es gibt mehr Parallelen als die Pfahlbauten», fuhr Susanna fort. «Bei der toten Frau hat der Rechtsmediziner einen sehr niedrigen Blutzuckergehalt festgestellt.» Sehr niedrig? Bei dem Mann hatte sie nur von einem tiefen Zuckerspiegel gesprochen. «Allerdings hat sie wie Herr Lang kurz vor ihrem Tod eine Kleinigkeit gegessen. Aber, wie gesagt, bei der Untersuchung – Moment.» Susanna durchsuchte die Unterlagen, die vor ihr auf dem Tisch lagen, und holte ein Blatt hervor, das nach einer ausgedruckten E-Mail aussah. «Die Analyse der Glaskörperflüssigkeit hat einen tiefen Summenwert von Glucose und Lactat ergeben», las sie vor. «Im Blut beziehungsweise Blutserum ist der Insulinwert hoch, aber C-Peptid, welches zusammen mit Insulin produziert wird, ist stark erniedrigt.» Andrina begann der Kopf zu schwirren. «Bei genauerer Untersuchung der Leiche haben sie in der Brustfalte eine Einstichstelle gefunden», fuhr Susanna fort. «Bei der Untersuchung des Gewebes um diese Einstichstelle haben sie eine höhere Konzentration von Insulin gefunden, die dort nicht hingehört.»

Sie machte eine neue Pause und gab Andrina somit Zeit, das Gesagte auf sich wirken zu lassen.

Da Andrina nichts erwiderte, fuhr Susanna fort. «Unser Rechtsmediziner hat daraufhin die Leiche von Herrn Lang ein weiteres Mal unter die Lupe genommen und einen Einstich in einem Leberfleck in der Nähe des Bauchnabels gefunden, den er bei der ersten Untersuchung übersehen hatte. Wir haben die Eltern von Herrn Lang, die wir inzwischen ausfindig gemacht haben – sie wohnen in Basel –, gefragt, ob er Diabetiker war. Sie haben es verneint.»

Nachdem Andrina in den Verlag zurückgekehrt war, hatte ein grösserer Trubel geherrscht als zu dem Zeitpunkt, als sie gegangen war. Sie war in ihr Büro geschlüpft, in dem die Vorbereitungen abgeschlossen aussahen. Sie trat an das Fenster und lehnte ihren Kopf gegen die Fensterscheibe. Draussen begann es einzudunkeln. Sie beobachtete die Autos, die auf der Entfelderstrasse vorbeifuhren. In ihrem Kopf drehten sich die Gedanken wie ein Karussell, das immer schneller wurde. Die Todesfälle mussten zusammenhängen. Diese Bestätigung ihrer Vermutungen jagte Andrina zunehmend Angst ein.

In ihrem Kopf klang das Gespräch mit Susanna nach.

«Als Nächstes werden wir das Foto der Toten vom Ballyareal deinem Freund zeigen und mit den Eltern von Herrn Lang sprechen.»

«Enrico wird sie nicht kennen.»

«Vielleicht haben wir Glück. Und sonst hoffe ich auf die Eltern von Herrn Lang.»

«Warum hatten sie ihren Sohn nicht vermisst?»

«Er hatte in die Ferien nach Italien fahren wollen und ihnen gesagt, er werde sich melden, wenn er zurück zu Hause sei. Da er alleine lebte, gab es keine Partnerin, die ihn vermisst hatte.»

Am liebsten wäre Andrina nach Hause gegangen. Sie wusste nicht, wie sie den Anlass überstehen sollte.

«Hier steckst du», sagte Lukas. Andrina hatte nicht gehört, wie er ihr Büro betreten und die Tür geschlossen hatte. «Gott sei Dank», sagte er und gesellte sich zu Andrina an das Fenster. «Endlich treffe ich auf eine normale Person. Hier ist das reinste Irrenhaus. Immerhin scheinen die Vorbereitungen mehr oder weniger abgeschlossen zu sein, und die Gäste können kommen.» Langsam wandte Andrina sich ihm zu. «Du siehst aus wie ein Gespenst. Was ist passiert?»

«Nichts.»

«Schlechte Nachrichten?»

Andrina schwieg. Sie durchquerte den Raum und lehnte sich gegen ihren Tisch, der dem Fenster gegenüber an die Wand geschoben worden war.

«Wo warst du überhaupt?»

Nach Susannas Anruf hatte Andrina nur mit Elisabeth gesprochen und sie wissen lassen, ins Polizeikommando zu müssen. Sie war wenig begeistert gewesen, hatte Andrina aber gehen lassen.

«Du machst mir Angst. Was ist los?» Lukas nahm eine Wasserflasche vom Tisch und schenkte Andrina Wasser in ein Glas, das er ihr reichte.

«Es ist ein wenig viel.» Andrina zwang sich zu einem Lächeln. «Entschuldige, wenn ich schlappmache.» Sie legte die Hand auf den Bauch.

«Du musst dich nicht entschuldigen. Gabi hat sich auch für einen Augenblick zurückgezogen. Sie ist in Elisabeths Büro. Es ist beträchtlich, was Elisabeth euch da aufbürdet.»

«Das meiste ist an Gabi hängen geblieben.» Andrina trank einen Schluck.

«Sie wollte es selber.»

«Sind die Autoren schon da?» Andrina stellte das Glas auf den Tisch.

«Sie trudeln nach und nach ein.»

«Rein ins Getümmel.»

«Bist du sicher?»

«Mir geht es gut.» Andrina öffnete die Tür. Der Apéro würde sie hoffentlich von Susannas Neuigkeiten ablenken.

Es waren bereits einige Autoren da. Andrina schüttelte die Hände und versuchte sich die Namen zu merken. Obwohl die Autoren auf der Verlagswebseite mit Bild vertreten waren, sahen viele anders aus als auf den Fotos.

«Sie sind meine Lektorin?» Die braunhaarige zierliche Frau mit dem sportlichen Kurzhaarschnitt machte einen schüchternen Eindruck.

Andrina grub in ihrem Gedächtnis. «Maria Wigger?»

«Ja.» Wenigstens sie glich dem Foto. Gestern hatte sie der

Autorin eine E-Mail zugeschickt und sie wissen lassen, die verantwortliche Lektorin für ihren Debütroman zu sein. Gabi hatte in der Sitzung gegen die Aufnahme der Autorin ins Verlagsprogramm gestimmt, aber Andrina hatte Elisabeth von dem Potenzial, das in der Geschichte steckte, überzeugen können. Nun hiess es, alles daraus herauszuholen.

«Richtig, ich werde mich Ihres Krimis annehmen. Zuerst muss ich das Lektorat eines Krimis von einem anderen Autor beenden und mich um ein Korrektorat kümmern, aber Ihr Roman ist gleich danach dran. Was möchten Sie trinken?»

«Gerne ein Wasser, da ich später mit dem Auto zurückfahren muss.»

«Soviel ich weiss, gibt es alkoholfreien Punsch.»

Maria Wiggers Gesicht hellte sich auf. Andrina nahm zwei Tassen vom Tablett, das ihr ein Mitarbeiter der Cateringfirma hinhielt.

«Andrina, das ist Sandro Wyss.» Lukas gesellte sich mit zwei Männern zu ihnen und deutete auf den hoch aufgeschossenen Mann mit dem blonden Krauskopf. Sie reichten einander die Hände.

«Und das ist David Dubach.» Lukas wies auf den anderen dunkelhaarigen Mann, der Ende vierzig sein musste.

Dubach reichte Andrina ebenfalls die Hand, und sie suchte in ihrem Kopf nach der Verbindung, welcher Krimi zu dem Mann gehörte, was nicht gelingen wollte. Natürlich konnte sie sich nicht alle Autoren mit Namen merken, dennoch hätte sie sich besser vorbereiten sollen.

«Pfahlbauten», kam Lukas ihr zu Hilfe.

«Richtig. Der Krimi ist genial.»

Dubachs Gesicht färbte sich rosa.

«Woher wissen Sie das alles über die Pfahlbauten?», fragte Lukas.

«Mein Hobby ist Archäologie. Ich dachte, ich könnte es einmal in eins meiner Bücher einfliessen lassen.»

«David!», wurde er von einem blonden Mann unterbrochen. «Freut mich, dich hier zu treffen.»

«Frederik! Schön, dich zu sehen», sagte David Dubach.

Zu Andrinas Erleichterung sah sie, wie Lukas überlegte, welcher der Autoren das war. Dieses Mal konnte Andrina einspringen. «Frederik Hefti.»

«Genau. Und Sie sind Frau Kaufmann. Sie sehen in natura hübscher als auf dem Foto der Webseite aus.»

«Frederik!», rief Dubach.

«David hat recht, entschuldigen Sie bitte.»

«Kein Problem.» Andrina spürte, wie die Anspannung, die sich in den letzten Tagen eingestellt hatte, von ihr abfiel. Der Anlass lief gut. Es war nicht zu übersehen, wie sich alle gut unterhielten und zufrieden waren. Sie erblickte Elisabeth, die sich angeregt mit einem jungen Mann von der Cateringfirma unterhielt. So entspannt hatte Andrina Elisabeth lange nicht mehr gesehen. Andrina wandte sich ihrer Gruppe zu. Das Gespräch war inzwischen zu Recherchemethoden geschweift.

Gerade berichtete David Dubach, wie lange er für die Recherche für die Pfahlbauten benötigt hatte.

«Ich hätte mehr erwartet», sagte Lukas.

«Einiges wusste ich bereits. Ich bin, wie gesagt, Hobbyarchäologe und befasse mich schon lange mit diesem Thema.»

Unweigerlich drifteten Andrinas Gedanken zu den beiden Toten. Sie überlegte, ob sie Dubach auf das Thema ansprechen sollte, um herauszufinden, ob es eine Verbindung von den Toten zu den Pfahlbauern geben könnte. Sie verwarf den Gedanken. Er war kein Ermittler, und es hätte nur die Stimmung getrübt.

«Was machen Sie, wenn Sie nicht schreiben?», fragte Andrina stattdessen.

«Wenn ich nicht gerade meinem Job bei der Bank nachgehe, bin ich ein Mensch, der häufig draussen sein muss. Wenn ich mich nicht der Archäologie widme, jogge ich.»

Das gab ihr einen Stich in die Magengrube und rief ihr ins Gedächtnis, was sie verloren hatte, als sie sich vor über zwei Jahren die schweren Rückenverletzungen zugezogen hatte. Inzwischen glaubte sie nicht mehr daran, je wieder ihre Runden im Wald drehen zu können.

Sei nicht undankbar, schalt sie sich, als sie den Gedanken beendet hatte. Sie sollte froh über das Leben sein, in das sie sich zurückgekämpft hatte. Andrina hatte weiterhin Kontakt mit ihrer Zimmerkollegin, als sie im Paraplegiker-Zentrum in Nottwil gewesen war. Diese sass nach ihrem Skiunfall weiterhin im Rollstuhl. Ihr Freund hatte sie nach der Diagnose verlassen. Nach wie vor lebte sie bei ihrer Schwester, da sie auf Hilfe im Alltag angewiesen war.

Fertig mit den trüben Gedanken, dachte Andrina und nahm sich gleichzeitig vor, sich bei Diana zu melden, was längst überfällig war. Andrina stiess sich vom Fensterrahmen ab und verliess den Raum. Auf dem Weg zur Küche begegnete ihr Kilian, der einen Teller mit einem Stück Kuchen und einem Glas Prosecco balancierte. Offenbar fing Kilian wie gewöhnlich mit dem Dessert an.

«Elisabeths Baileys-Torte ist spitze», sagte er. «Das ist mein zweites Stück. Du musst dich beeilen, sonst ist nichts mehr da.»

«Keinen Alkohol während der Schwangerschaft», erwiderte Andrina.

«So eine grosse Menge ist da nicht drin, und ein kleiner Bissen sollte erlaubt sein.» Er stach ein Stück ab und hielt es Andrina hin. Es stimmte. Elisabeths Baileys-Torte war einmalig. Langsam kaute Andrina und genoss den mit dunkler Schokolade überzogenen getränkten Biskuitteig mit dem Rahm und den Meringuestückchen. Der Baileys rundete das Ganze perfekt ab.

«Fein», sagte sie. «Mehr gibt es aber nicht.» Sie nahm von einem Tablett, das ihr der Cateringmitarbeiter hinhielt, mit dem Elisabeth vorhin gesprochen hatte, ein Canapé mit Lachs und folgte Kilian zum Sitzungszimmer.

SIEBEN

Andrina schloss das Velo ab. Sie zog die Kappe tiefer ins Gesicht. Obwohl das kalte Dezemberwetter nicht zum Velofahren einlud, fuhr Andrina weiterhin mit dem Velo zum Verlag. Die frische Luft tat gut. Ausserdem sah sie es als Training für ihren Gleichgewichtssinn an, der nach dem Unfall nicht ganz wiederhergestellt war und aufgrund des zunehmenden Bauchumfangs stärker zu wünschen übrig liess.

Heute hatte es einige Überwindung gekostet, das Velo aus der Garage zu holen. Die Bise wehte stark und liess die Temperatur um mindestens drei Grad kühler erscheinen. Sie warf einen kurzen Blick in den grauen Himmel und ging Richtung Verlag. Andrina unterdrückte ein Gähnen. Der Anlass gestern war länger als geplant gegangen. Ursprünglich sollte er bis in den frühen Abend dauern. Aber niemand hatte Anstalten gemacht, gegen zwanzig Uhr zu gehen. Im Gegenteil. Allgemeines Bedauern war kundgetan worden, weil die Zeit so rasch verflogen war. Es war bereits nach zweiundzwanzig Uhr gewesen, als Andrina das Verlagsgebäude verlassen hatte.

Andrina schlüpfte in das Gebäude, froh darüber, dem eisigen Wind entkommen zu sein. Sie stieg die Treppe in den zweiten Stock hoch. Als sie oben angekommen war, öffnete sich die Lifttür, und Gabi trat heraus. Sie sah blass aus und hatte Ringe unter den Augen. Obwohl sie am Abend bereits um kurz nach zwanzig Uhr gegangen war, sah sie um einiges erschöpfter aus, als Andrina sich fühlte. Gabi streckte sich und drückte die Hand in den Rücken. Es war offensichtlich, für sie wurde die Schwangerschaft zusehends beschwerlicher. Ihre Miene verfinsterte sich augenblicklich, als sie Andrina erblickte.

«Lauerst du mir auf?»

«Nein, ich arbeite zufällig hier», gab Andrina zurück und verfluchte sich, auf die Konfrontation eingegangen zu sein. Häufig hatte sie das Gefühl, Gabi suche Streit. Kurz blitzte die Erinnerung an ihre Freundschaft auf, die früher zwischen ihnen geherrscht hatte. Warum konnte Gabi nicht zu diesem Zustand zurückfinden oder zumindest einen Waffenstillstand ins Auge fassen? Befürchtete sie weiterhin, Andrina könne ihr Marco wegnehmen?

«Was hast du mit Marco zu schaffen?», kam gleich die Bestätigung.

«Nichts.»

«Lüge.» Mit einer heftigen Bewegung steckte Gabi den Schlüssel ins Schloss.

«Ich hatte seit letztem September keinen Kontakt mit ihm.»

«Die nächste Lüge», fauchte Gabi und stiess die Tür auf. Sie schlug mit einem Knall gegen die Wand.

«Okay, ich habe ihn vorletzten Samstag am Hallwilersee gesehen, aber gesprochen haben wir nicht miteinander. Weder im Rahmen der Ermittlungen noch privat.» Andrina schlüpfte an Gabi vorbei und vermied es, sie zu berühren.

Bevor sie ihr Büro betrat, drehte sie sich zu Gabi um. «Ich will nichts von Marco. Nicht mehr.»

«Wer es glaubt ...»

«Ich hoffe, das verstehst du endlich mal.»

Gabi gab ein Schnauben von sich und wandte sich dem WC zu. Andrina betrat ihr Büro und sah sich um. Nichts deutete mehr auf den Anlass von gestern hin. Die Cateringfirma hatte sowohl beim gelungenen Anlass als auch mit dem Versprechen, danach alles in Ordnung zu bringen, Wort gehalten. Nur der Essensgeruch verriet die gestrige Veranstaltung. Andrina öffnete das Fenster. Nasskalte Luft schlug ihr entgegen. Andrina widerstand dem Drang, das Fenster sofort wieder zu schliessen.

Ein Schrei liess sie zusammenfahren. Das war Gabi gewesen. Andrina stürmte aus dem Büro. Gehetzt sah sie sich um. Gabi torkelte aus dem WC und verlor den Halt. Andrina war rechtzeitig genug bei ihr und konnte einen Sturz verhindern. Vorsichtig liess sie Gabi auf den Boden gleiten.

«Was ist los?»

Gabi presste die Hand auf ihren Bauch und starrte mit aufgerissenen Augen Richtung WC. Ihr Gesicht war aschfahl. Ein undefinierbarer Laut drang über ihre Lippen.

«Sag bitte nicht, dass du Wehen hast.»

Hastig rechnete Andrina nach. Gabi musste in der ein- oder zweiunddreissigsten Woche sein. Für eine Geburt war es zu früh, obwohl das Kind zum jetzigen Zeitpunkt reelle Überlebenschancen hatte.

Gabi begann unkontrolliert zu zittern.

«Gabi!» Andrina fasste Gabis Kinn und zwang sie, sie anzusehen. «Bitte sag etwas.»

«Da», brach es aus ihr heraus.

«Was?»

«Da drin.» Das Flüstern konnte Andrina schwer verstehen.

«Was ist da drin?»

Gabi hob ihren Arm und deutete auf das WC. Andrina erhob sich. Als sie Anstalten machte, ins WC zu gehen, hielt Gabi sie zurück.

«Geh da nicht rein.»

«Warum?»

«Da drin ist ein Toter.»

Andrina wusste, es wäre besser, nicht nachzuschauen. Wenn aber die Person nicht tot war, sondern nur bewusstlos, brauchte sie eventuell Hilfe. Sie richtete sich auf.

«Wer ist da drin?»

«Ein Mann.» Gabi umklammerte Andrinas Arm. «Geh nicht rein.» Die Panik liess ihre Stimme sich beinahe überschlagen.

«Wer ist da drin?», wiederholte Andrina. «Lukas? Kilian?»

«Keiner von beiden.»

«Wer sonst?»

«Weiss nicht.»

Sanft löste Andrina Gabis Hand von ihrem Arm, und Gabi sackte in sich zusammen. Sie presste die Hand auf ihren Bauch und starrte auf die WC-Tür, als fürchte sie, der Mann könne jeden Augenblick erscheinen. Andrina machte einige zögernde Schritte auf das WC zu. Sie spähte hinein. Im Vorraum vor dem Lavabo war niemand. Andrina betrachtete die beiden Türen, die zu den Toilettenkabinen führten. Eine war geschlossen, die andere nur angelehnt. Bei beiden zeigte das Drehknopfschloss Grün.

Andrina stiess die angelehnte auf. Leer. Sie öffnete die zweite, spürte aber einen leichten Widerstand.

Konnte es ein Einbrecher sein, der sich hier verschanzte? Wieso sprach Gabi aber von einem Toten?

«Hallo?» Ihre Stimme klang fremd in den Ohren.

«Andrina.» Gabis Stimme war nicht mehr als ein Wimmern. «Komm da raus.»

Andrina stiess fester gegen die Tür. Es gelang ihr, sie ein Stück aufzuschieben, und sie zwängte den Kopf durch den Spalt. Zuerst erblickte Andrina Beine, die in einer dunklen Hose steckten und auf dem Boden ausgestreckt waren. Sie stiess fester gegen die Tür. Der Schrei blieb ihr im Hals stecken. Zwischen WC und der Wand lag eine Person eingeklemmt. Die Haltung machte einen unbequemen Eindruck. Es war, als sei der Mann in sich zusammengesackt und habe sich nicht mehr aus eigener Kraft hochziehen können, bevor er das Bewusstsein verloren hatte. Ein Arm lag über dem WC-Deckel, der andere war zwischen dem Körper und Boden eingeklemmt. Der Kopf lehnte gegen die Trennwand. Seine Augen waren geschlossen. An einem anderen Ort hätte man ihn für schlafend gehalten. Oder schlief er einen Rausch aus? Gestern war genug Alkohol konsumiert worden, allerdings mochte sich Andrina an keinen erinnern, der betrunken gewesen war. Ihre Augen wanderten die Beine des Mannes entlang nach unten. Vor den Füssen lag zerbrochen eine Brille. Andrina brauchte einen Augenblick, bevor sie den Mitarbeiter vom Catering erkannte.

«Herr …» Wie hatte er geheissen? Andrina gelang es, die Beine mit ihrem Fuss zur Seite zu schieben und die Tür ganz zu öffnen. Sie balancierte um den Mann herum und stützte sich auf dem Spülkasten ab. Sie griff nach der Hand, die auf dem WC-Deckel lag. Die Haut fühlte sich kalt und klamm an. Andrinas Hand zuckte zurück. Sie atmete mehrere Male tief durch und zwang sich, nach dem Puls zu tasten. Hoffentlich behielt Gabi mit ihrer

Annahme nicht recht. Als sie am Handgelenk nichts fühlte, legte sie ihm die Finger an den Hals. Nichts. Sie musterte den Oberkörper, in der Hoffnung, einen Hinweis auf Atmung zu finden. Nichts. Andrina schluckte die aufsteigende Übelkeit zurück und trat den Rückzug an. Sie hätte auf Gabi hören sollen.

Als sie in den Gang zurückgekehrt war, rutschte sie neben Gabi an der Wand nach unten. Ganz ruhig, ermahnte sie sich.

«Er ist wirklich tot, nicht wahr?», flüsterte Gabi.

Andrina öffnete die Augen und sah, wie Gabi sie beobachtete. Sie konnte nur nicken.

«Und jetzt?»

«Wir müssen die Polizei rufen», antwortete Andrina.

«Bitte nicht Marco.»

«Das ist der Job von seinem Team.»

«Schon, aber bitte nicht Marco», wiederholte Gabi. Ihre Stimme war fast nicht zu hören.

«Warum nicht?»

«Weil ...» Zu Andrinas Erschrecken bahnte sich eine Träne den Weg aus dem Augenwinkel Gabis Wange hinunter.

«Was ...?» Andrina drängte die Frage zurück.

«... ich sonst schuld bin.»

Andrina meinte, sich verhört zu haben. «Wieso solltest du ...?», setzte sie an, brach aber ab. Etwas musste zwischen Gabi und Marco vorgefallen sein, aber das ging sie nichts an. Ausserdem gab es Wichtigeres. Sie stand schwankend auf und wankte in ihr Büro. Sie liess sich auf den Stuhl fallen und wählte Susannas Nummer.

«Haben Sie den Tatort verändert?», fragte Brogli. Warum musste ausgerechnet er sie befragen? Sie hätte jeden anderen vorgezogen. Sogar Marco Feller.

Zeitgleich mit der Polizei waren Elisabeth und Kilian im Verlag eingetroffen. Andrina hatte mit ihnen kein Wort wechseln können. Sie waren sofort von einem Beamten in separate Büros verteilt worden. Max Wagner sprach mit Elisabeth, Susanna mit Kilian und Aeschlimann mit Gabi.

«Nachdem Gabi den Toten entdeckt hatte, habe ich geschaut, ob er lebt. Ich habe nach dem Puls am Handgelenk gefühlt. Danach habe ich sofort die Polizei verständigt.» Du musst dich nicht verteidigen, dachte sie. Du hast alles richtig gemacht.

«Ich finde es speziell», sagte er. «Drei Tote innerhalb von eineinhalb Wochen, und immer sind Sie in der Nähe.»

«Was soll das heissen?», brauste Andrina auf. Bleibe ruhig, ermahnte sie sich. Er will dich nur provozieren. «Es tut mir leid, dass ich am Morgen an meinen Arbeitsplatz komme.»

Brogli quittierte ihren schnippischen Tonfall mit einem Neigen des Kopfes, erwiderte aber nichts darauf.

«Frau Veldt und Herr Gerber sind mit uns eingetroffen. Waren die übrigen Mitarbeiter bereits da?»

«Gabi und ich waren die Ersten. Lukas Sandmeier wird später kommen.»

Brogli machte einige Notizen.

«Ich nehme an, das ist die Männertoilette. Warum ist Frau Hug auf das Herren-WC gegangen?»

«Wir haben nur ein WC.»

«Kennen Sie den Toten?», fragte er weiter.

«Er ist – war Mitarbeiter der Cateringfirma, die gestern für den Apéro unseres Adventsanlasses verantwortlich war. An seinen Namen kann ich mich im Moment nicht erinnern.» Andrina war erstaunt, wie ruhig sie geworden war. Stumpfte sie ab, und gewöhnte sie sich etwa daran, Tote zu finden?

«Welcher Adventsanlass?», fragte Brogli.

Kurz schilderte Andrina die Idee des Adventsapéros.

«Gibt es eine Liste der anwesenden Personen?», wollte Brogli wissen, als Andrina geendet hatte.

«Gabi Hug hatte die Organisation inne. Sie müssen sie fragen.»

«Wissen Sie, wann die Leute gekommen oder gegangen sind?»

«Ich habe nicht darauf geachtet, wer wann eintraf und wer wann nach Hause ging. Und ich glaube nicht, dass die anderen es wissen oder dass Gabi Buch geführt hat.»

Brogli schnitte eine Grimasse, die wohl bedeuten sollte, es wäre zu schön gewesen, wenn Gabi das getan hätte.

«Der Mann gehört zum Catering. Wie lange waren die da?»

«Bis zum Schluss. Nach dem Fest musste aufgeräumt werden. Das war in der Offerte enthalten.»

«Waren Sie ebenfalls bis zum Schluss hier?»

«Ich bin gegen zweiundzwanzig Uhr gegangen, nachdem die meisten Autoren weg waren. Lukas Sandmeier hatte die Aufgabe, zu bleiben, bis alles aufgeräumt war und die Cateringfirma gegangen war.»

«Ihnen ist zu dem Zeitpunkt, als Sie den Verlag verlassen haben, nichts aufgefallen?»

«Nein.»

«Hatten Sie das Gefühl, dem Mann von der Cateringfirma sei nicht wohl?»

Abermals verneinte Andrina.

«Hat er sich seltsam verhalten?», setzte Brogli nach.

Andrina liess den Abend Revue passieren, wie sie es bereits getan hatte, als sie mit Gabi auf die Polizei gewartet hatte. Sie sah den Mann vor sich, wie er ihr ein Glas gereicht hatte und den Gästen Häppchen und zu trinken anbot. Rückblickend konnte sie nichts Seltsames an seinem Verhalten benennen.

«Er war so, wie ich es erwartet hätte. Freundlich, professionell und hilfsbereit.»

«Gab es einen Vorfall an dem Fest? Damit meine ich eine Auseinandersetzung?»

«Nein. Es war ein gemütlicher Nachmittag und Abend. Einen Streit habe ich nicht beobachtet.»

«Gab es Betrunkene, oder wurden Drogen konsumiert?»

«Also bitte!», rief Andrina.

«Ich unterstelle Ihnen ja nicht, welche genommen zu haben. In Ihrem Zustand wäre das ohnehin nicht ratsam.» Ein süffisantes Grinsen huschte über sein Gesicht. Bevor Andrina zu einer Erwiderung ansetzen konnte, fuhr Brogli fort. «Sie haben keine andere Person beobachtet, die sich auffällig verhalten hat?»

«Wie bereits gesagt: nein. Okay, einige sind auf den Balkon gegangen, um zu rauchen. Soweit ich das beurteilen kann, waren es aber nur Zigaretten und keine Joints. Ob jemand eine Tablette wie Ecstasy geschluckt hat oder auf dem WC gekokst hat, weiss ich ebenfalls nicht. Vom Verhalten der Gäste ist mir aber nichts in diese Richtung aufgefallen. Bevor Sie fragen: Herr … Lurati», endlich kam ihr der Name des Mannes in den Sinn, «hat ebenfalls Zigarettenpausen auf dem Balkon gemacht.»

«Herr Lurati?», fragte Brogli.

«Mir ist der Name eingefallen. Der Tote heisst Antonio Lurati. Er trug gestern ein Namensschild.»

Nun kam Andrina der Zigarettengeruch in den Sinn, der wie eine unsichtbare Wolke um ihn herumgewabert war. Ungefähr alle Stunde einmal hatte er kurz draussen gestanden und gierig an der Zigarette gezogen. Ob er Kettenraucher war oder aufgrund des Stresses viel geraucht hatte, wusste sie nicht. Es war nicht an ihr, entsprechende Mutmassungen anzustellen.

Broglis Stift huschte über das Papier. Er betrachtete seine Notizen eine Weile, bevor er Andrina anschaute.

«Ist Ihnen bekannt, ob er an einer Krankheit oder einem chronischen Leiden litt?»

«Nein. Ich habe ihn gestern erst kennengelernt.» Viele Worte hatten sie nicht miteinander gewechselt. Dazu war keine Zeit gewesen.

Brogli machte eine weitere Notiz. Verstohlen warf Andrina einen Blick auf ihre Uhr. Sie hoffte sehnsüchtig, er werde die Befragung beenden. Inzwischen war das Adrenalin verschwunden, das sie beim Auffinden von Luratis Leiche verspürt hatte. Erschöpfung machte sich breit. Ausserdem hätte sie gerne gewusst, wie es Gabi ging.

«Wissen Sie, wer von der Cateringfirma für das Aufräumen verantwortlich war?», wechselte er schliesslich das Thema.

«Insgesamt waren vier Personen von der Cateringfirma da. Ob alle bis zum Schluss geblieben sind, kann ich nicht sagen. Sie müssen Gabi Hug fragen, wie es mit dem Aufräumen genau abgemacht war.»

«Können Sie mir sagen, wer von der Cateringfirma der Hauptverantwortliche für den Anlass war?»

«Das müssen Sie ebenfalls Gabi fragen.»

Brogli klappte das Notizbuch zu. «Das reicht fürs Erste. Vielen Dank.» Er stand auf. Verwundert über das abrupte Ende der Befragung starrte Andrina auf die Tür, die hinter ihm ins Schloss fiel. Endlich ist er weg, dachte sie und liess sich gegen die Stuhllehne fallen.

***

Ohne einen Gruss schlurfte Lukas ins Büro und setzte sich an seinen Schreibtisch. Er stützte die Ellenbogen auf und liess den Kopf auf die Hände sinken. Andrina war verunsichert.

«Was ist los?», fragte sie, als er weiterhin in dieser Position verharrte. Lukas fuhr hoch und starrte sie an. Es war, als sehe er einen Geist vor sich.

«Was ist geschehen?», wiederholte Andrina.

«Sie denken, ich habe ihn getötet», flüsterte Lukas.

«Wieso sollten sie das?» Andrina stand auf und umrundete ihren Schreibtisch. Sie lehnte sich gegen den von Lukas. «Haben sie das gesagt?»

«Nein.»

«Würden sie dich verdächtigen, wärst du bestimmt in Untersuchungshaft.»

«Ich bin der Letzte, der ihn lebend gesehen hat.»

«Das heisst nicht automatisch, dass du es gewesen bist.»

«Hinzu kommt, Herr Lurati sollte nicht mehr in den Büroräumen sein, weil ich den Job hatte, abzusperren, nachdem alle gegangen waren.» Darüber hatte Andrina bisher nicht nachgedacht.

«Hast du das nicht?»

Lukas' Augen huschten hin und her. «Ja. Nein.»

«Was denn? Ja oder nein?»

«Wir haben zusammen das Büro verlassen.»

Das war keine richtige Antwort auf ihre Frage. Lukas

druckste herum und wich ihrem Blick aus. Andrina beschloss, ihn nicht mit Fragen zu bedrängen, sondern abzuwarten. Lukas stand auf und lief einige Runden im Kreis, bis er am Fenster stehen blieb und auf die Entfelderstrasse schaute. «Als wir uns auf der Strasse voneinander verabschiedeten, vermisste Herr Lurati sein Handy», fuhr er endlich fort.

«Ihr seid wieder hochgegangen?», folgerte Andrina.

«Nein.» Lukas starrte weiter nach draussen. Seine Schultern waren verkrampft. Als er weitersprach, konnte Andrina ihn kaum verstehen. «Ich habe ihm den Schlüssel gegeben, weil ich keine Lust hatte, zurück ins Büro zu gehen. Ich war hundemüde. Immerhin war es nach Mitternacht.» Lukas drehte sich um. Er war kreideweiss und hatte seine braunen Augen aufgerissen. Er fuhr mit dem Handrücken über seine Stirn, auf der Andrina einzelne Schweisstropfen erkannte. «Ich habe ihm den Schlüssel gegeben, mit der Bitte, ihn später im Briefkasten zu deponieren.»

«Du hast ihm deinen Büroschlüssel gegeben?» Andrina war fassungslos.

«Es war der Reserveschlüssel von Elisabeth, der oben herumgelegen ist. Ich wollte ihn nicht liegen lassen und habe ihn mitgenommen.»

«Und danach?» Andrina verkniff sich die Bemerkung, dass Elisabeth es nicht gerne hatte, wenn sich verlagsfremde Personen alleine in den Büroräumen aufhielten, was sie verständlich fand. Nur die Mitarbeiter des Putzinstitutes bildeten eine Ausnahme.

«Keine Ahnung.»

«Du hast nicht gewartet?» Langsam fand Andrina es mühsam, ihm die Worte wie Würmer aus der Nase zu ziehen.

«Ich bin nach Hause gegangen, als er durch den Hauseingang verschwunden ist.»

«Du bist was?», rief Andrina. An Lukas' Stelle wäre sie nie auf diese Idee gekommen – egal, wie spät es gewesen war.

«Ich weiss, ich habe Mist gebaut. Sie glauben bestimmt, ich hätte ihn getötet.» Andrina konnte Lukas fast nicht verstehen.

«Aus welchem Grund?»

Lukas zuckte mit den Schultern.

«Eine Ermordung ist meiner Meinung nach nicht erwiesen. Er könnte genauso gut eines natürlichen Todes gestorben sein.»

«Wie das?», fragte Lukas irritiert. «Und warum ausgerechnet auf dem WC?»

«Er könnte sich nicht gut gefühlt haben und ist zur Toilette gegangen. Oder er beschloss, aufs WC zu gehen, und … hatte – keine Ahnung – einen Herzinfarkt … Hirnschlag?»

«Der Typ war Anfang dreissig.»

«Sogar Kinder können einen Herzinfarkt oder Hirnschlag haben.»

«Wo hast du das her?»

«Ich habe mal einen Bericht über einen Buben gelesen, der einen Hirnschlag beim Skifahren hatte oder so. Okay, das ist eher selten, aber Herr Lurati könnte krank gewesen sein, zum Beispiel könnte ihm schlecht geworden sein, und er ist unglücklich gestürzt. Oder er war ernsthaft krank und hatte zum Beispiel einen Hirntumor.» Andrina kam in Fahrt.

«Du bist lieb, Andrina, weil du mir Mut machen möchtest, aber ich finde es weit hergeholt. Hirntumor – davon hätte er bestimmt gewusst und würde nicht mehr arbeiten.»

«Ein Mord in unserem Verlag ist genauso weit hergeholt. Besonders, wenn du der Täter sein sollst. Wer hat dich überhaupt vernommen?»

«Das spielt keine Rolle.»

«Da muss ich widersprechen.»

«Herr Brogli.»

«In dem Fall erstaunt mich überhaupt nichts», rief Andrina.

Verwundert schaute Lukas sie an.

«Das ist die grösste Pfeife aus Marcos Team. Ich wundere mich, dass er überhaupt noch dort ist.» Andrina stiess sich von der Tischkante ab und trat neben ihn ans Fenster.

«Ich weiss, das hilft dir nicht, aber du musst abwarten, bis die Obduktion durch ist.»

«Was nützt mir das?»

«Es wird sich herausstellen, dass Herr Lurati eines natürlichen Todes gestorben ist.»

***

«Ich denke das Gleiche», sagte Enrico. «Trotzdem wird Lukas Ärger bekommen. Nicht von der Polizei, sondern von Elisabeth.» Er legte den Arm um Andrinas Schultern, die sich neben ihn auf das Sofa gesetzt hatte. Sie hatte ihm davon erzählt, wie Elisabeth in gewissen Dingen kein Pardon kannte. Eins davon war, fremde Leute alleine in die Verlagsräume zu lassen.

«Wie geht es Gabi?», wechselte Enrico das Thema.

«Weiss ich nicht», antwortete Andrina.

«Wieso wünschte sie nicht Marcos Anwesenheit? Ich meine, als Polizist darf er die Ermittlungen nicht führen, aber als Partner darf er ihr beistehen. Ich finde das Verhalten, das du beschrieben hast, seltsam.»

«Diese irrationale Reaktion könnte am Schock liegen. Ich denke, sie hat ihn später angerufen, so wie ich dich.»

«Du scheinst mir, nach deinen Schilderungen zu urteilen, in einem besseren Zustand als Gabi gewesen zu sein.»

«Sie stand so richtig unter Schock. Ich hatte Angst, ihre Wehen würden einsetzen. Nachdem sie befragt worden war, ist sie nach Hause gegangen.» Andrina dachte daran, wie sie mit Gabi gesprochen hatte, bevor sie gegangen war.

«Kann ich etwas für dich tun?», hatte Andrina gefragt.

«Danke. Du hast bereits einiges für mich gemacht», war ihre Antwort gewesen. Dabei hatte sie Andrina sogar angelächelt, als sie sich verabschiedet hatten. Das war seit über einem Jahr nicht mehr passiert.

Das Baby bewegte sich, und Andrina legte die Hand auf ihren Bauch.

«Was ist?», fragte Enrico.

«Es ist wach», sagte Andrina und nahm Enricos Hand. «Spürst du es?»

«Ich weiss nicht», sagte er. «Doch, ich glaube. Aber es ist

nicht deutlich.» Seine Hand strich über ihren Bauch. «Wann kann ich es richtig von aussen spüren?»

«Da wirst du dich ungefähr noch einen Monat gedulden müssen, wenn nicht sogar ein wenig länger.»

Sie lehnte den Kopf gegen seine Schulter und genoss den Augenblick, der abrupt durch das Klingeln an der Tür gestört wurde.

«Ich gehe schon», sagte Enrico und stand auf. Kurz darauf kehrte er mit Susanna zurück.

«Bleibe ruhig sitzen», sagte Susanna, als Andrina Anstalten machte, aufzustehen.

Sie setzte sich auf einen Sessel.

«Kann ich Ihnen etwas zu trinken anbieten?», fragte Enrico, der im Türrahmen stehen geblieben war.

«Susanna», sagte sie anstelle einer Antwort. «Ich denke, das ist längst überfällig.»

«Enrico.» Er reichte ihr die Hand. «Freut mich.»

«Gerne ein Wasser.»

Sobald Enrico draussen war, veränderte sich ihre Miene.

«Du siehst ernst aus. Was ist passiert?»

«Ich weiss, Herr Brogli ist das bereits mit dir durchgegangen, aber dir könnten weitere Details eingefallen sein. Wie war es, als du heute Morgen in den Verlag kamst?»

Andrina wurde kalt. War Susanna in offizieller Funktion hier? Als sie mit Marco zusammen war, hatte sie von ihm gehört, wie sie gerne eine Zweitbefragung mit einer anderen Person machten, in der Hoffnung, der Befragte würde sich an weitere Details erinnern, da ein anderer Beamter andere Fragen stellte oder eine andere Formulierung verwendete. Sie schaute Enrico an, der in diesem Augenblick mit einem Tablett, auf dem drei Gläser und eine Karaffe mit Wasser standen, zurückkehrte.

Andrina wartete, bis er die Gläser auf den Tisch gestellt hatte.

«Ich möchte gerne mit Andrina alleine sprechen», sagte Susanna.

Enricos Blick wechselte von Andrina zu Susanna und zurück. Er musste spüren, wie sich etwas verändert hatte. Andrina nickte, obwohl ihr lieber gewesen wäre, wenn Enrico geblieben wäre.

Susanna holte ihr Notizbuch hervor, nachdem Enrico das Wohnzimmer verlassen und die Tür geschlossen hatte.

«Am besten fängst du von vorne an.»

Andrina begann mit ihrem Bericht, als sie mit Gabi die Verlagsräume betreten hatte, und bemühte sich, alles so wiederzugeben, wie sie es am Morgen Brogli erzählt hatte, und gleichzeitig nichts auszulassen.

«Ist dir was seltsam erschienen, als du das Haus betreten hast?», fragte Susanna nach, nachdem Andrina ihren Bericht beendet hatte.

«Es sah aus wie immer.»

«War die Tür zu den Büroräumen verschlossen?», hakte Susanna nach.

«Ja, Gabi hat aufgeschlossen.»

«War die Tür richtig verschlossen oder nur zu?»

Andrina war verwirrt. «Du meinst, ob sie nur zugezogen war?»

Susanna nickte.

«Wäre sie zugezogen gewesen, hätte Gabi nur die Türklinke runterdrücken müssen, aber sie hat den Schlüssel gedreht.»

«Wie oft?»

«Du fragst Sachen. Das weiss ich nicht mehr.»

«Sie hat den Schlüssel ins Schloss geschoben und ihn anschliessend gedreht?»

Andrinas Verwirrung wuchs. Wieso ritt Susanna auf einer normalen alltäglichen Handlung wie dem Aufschliessen einer Tür herum? «Ja.»

«Dir ist nichts aufgefallen, als ihr die Verlagsräume betreten habt?»

«Es war so wie immer. Die Cateringfirma hat beim Aufräumen gute Arbeit geleistet. Es roch nach dem Essen, das sie gestern serviert hatten. Das war das Einzige, was anders war als sonst.»

«Du bist direkt in dein Büro gegangen und hast keinen anderen Raum, wie zum Beispiel die Küche, betreten?»

«Ja.»

«Und Gabi?»

«Das weiss ich nicht.»

«Ist dir was an den WC-Räumen aufgefallen? War die Tür geschlossen, als du die Büroräume betreten hast?»

«Ich habe, ehrlich gesagt, nicht darauf geachtet, ob die Tür zu war.»

«Ich nehme an, die Tür ist normalerweise geschlossen.»

«So ist es.»

«Wie war es, als du das WC betreten hast? Ich meine, bevor du Herrn Lurati entdeckt hast.»

«Es sah dort aus wie immer.»

«Wirklich?»

Worauf wollte Susanna hinaus? Die Erwartungshaltung in ihrem Gesicht irritierte Andrina.

«Es war sauber, und nichts hat herumgelegen», sagte Andrina langsam, da Susanna weiter schwieg. Sie versuchte gleichzeitig, das Bild vor ihrem inneren Auge entstehen zu lassen. «Der Kehrichtkübel war leer, glaube ich. Die beiden Türen zu den WC-Abteilen waren verschlossen. Halt, die eine war angelehnt, und die, in der Herr Lurati lag, war zu. Aber sie war nicht abgeschlossen, so wie man es tun würde, wenn man zur Toilette geht.»

«Du meinst, sie war nicht von innen abgeschlossen?»

«Nein, sonst hätte ich sie von aussen nicht öffnen können.»

Susanna nagte an ihrer Unterlippe und starrte einige Sekunden auf ihre Notizen. «Wie genau lag er da?»

Hatte sie sich das selber nicht angesehen? Normalerweise warfen Ermittler einen Blick auf den Toten oder hatten später Tatortfotos zur Verfügung. Andrinas Verwirrung nahm zu.

«Als sei er vom WC gerutscht.» Andrina beschrieb, wie sie ihn vorgefunden hatte.

«Hast du seine Lage verändert?»

«Ich habe seinen Puls gefühlt. Erst an der Hand – seiner linken – und danach am Hals. Die Lage seiner Hand könnte dadurch anders sein. Ausserdem haben seine Beine die Tür blockiert, und ihre Position wird sich verändert haben, als ich die Tür aufgedrückt habe. Wie stark das aber geschehen ist, kann ich dir nicht sagen.» Warum wollte Susanna das alles so genau wissen? Sogar Brogli, den sie als pingelig empfand, war nicht so ins Detail gegangen. Andrina widerstand dem Drang, Susanna danach zu fragen. Sie fand die Befragung immer nervenaufreibender. Verunsicherung löste die Verwirrung ab. Zudem zweifelte sie inzwischen, ob alles wirklich so gewesen war, wie sie es beschrieb.

«Anderes als die Tür des WC-Abteils hast du nicht angefasst?»

«Ich habe mich an der Wand abgestützt und eventuell den Spülkasten berührt.»

«Befand sich ausser Herrn Lurati etwas in dem Abteil?»

«Da war niemand sonst. Die WC-Kabinen sind bekanntermassen eng.»

«Ich meine keine Person, sondern einen Gegenstand.»

Andrina starrte Susanna an. «Weiss nicht», murmelte sie.

«Weisst du, ob Gabi was vom Tatort mitgenommen hat?»

Tatort? Benutzte Susanna das Wort einfach so oder weil es einer war? Das würde bedeuten, der Mann wäre ermordet worden. Andrina dachte an Lukas. In diesem Fall könnte er als verdächtig gelten. Zu Recht? Lass das, schalt sie sich. Nicht Lukas.

«Ich glaube, sie hatte nichts in der Hand, als sie da rauskam.» Andrina sah Gabi vor sich, wie sie auf sie zuwankte und wie ihre Beine nachgaben. «Sie ist zusammengebrochen und war ausser sich.»

«Hatte es nicht den Anschein, als würde sie das Ganze spielen?»

«Moment mal», rief Andrina. «Das kann nicht dein Ernst sein, Gabi könne mit Herrn Luratis Tod zu tun haben.»

Susanna schwieg.

«Willst du sagen, sie hat ihn dort angetroffen, sich erschrocken und ihm einen Schubs gegeben und er ist unglücklich gefallen?»

Susanna schwieg.

«Nein. Er war kalt. Das würde heissen, er war länger tot. Ausserdem hatte er keine Wunde am Kopf.»

Susanna neigte den Kopf und erwiderte weiterhin nichts.

«Zumindest vorne nicht.» Andrina wusste, es wäre besser zu schweigen, aber sie konnte nicht anders. Gabi zu verdächtigen war das Allerletzte. Auf wessen Mist wuchs diese Annahme? Marco Fellers? Andrina dachte an Gabis Aussage, er könnte ihr die Schuld geben. Wut wechselte sich mit der Verunsicherung ab. Marco hatte bei diesen Ermittlungen nichts zu suchen. «Blutspuren habe ich keine gesehen. Weder an der Wand noch auf dem Boden. Es sei denn, er hat auf seinem Blut gelegen.»

Susanna schwieg weiterhin.

«Könnte er nicht einen Herzstillstand gehabt haben, obwohl er recht jung dafür war?»

«Den hatte er. Der Rechtsmediziner hat ausserdem einen sehr niedrigen Blutzuckerspiegel nachgewiesen. Kommt dir das bekannt vor?» Die Temperatur im Raum sank rapide ab. «Gemäss den Angehörigen war Herr Lurati kerngesund. Das macht uns stutzig, zumal er kein Diabetiker war, was die Einstichstelle neben seinem Bauchnabel erklären könnte, an der der Rechtsmediziner einen erhöhten Insulingehalt festgestellt hat. Ausserdem war Alkoholkonsum gemäss der Cateringfirma für die Angestellten tabu, wenn sie einen Auftrag zu erfüllen hatten.»

«Willst du damit sagen, sie behandeln dich als Verdächtige?», fragte Enrico.

«Mich nicht, aber anscheinend Lukas.»

«Ich finde alles mysteriös», sagte Enrico. «Lass uns mal versuchen, das Ganze neutral von aussen zu betrachten. Es ist nachvollziehbar, den Fall als Mord zu behandeln.»

«Das ist es.» Andrina stellte Gläser auf den Tisch.

«Es könnte genauso gut ein Suizid sein.»

Sie setzten sich an den Tisch, und jeder nahm sich vom Nüsslisalat. «Fein wie immer, wenn du kochst.»

«Sie haben keine Medikamente oder anderen Substanzen gefunden, mit denen er sich hätte umbringen können», sagte Andrina kauend. «Ausserdem musste er mit den anderen zum Cateringunternehmen fahren, um die Ausrüstung zurückzubringen.»

«Das muss ihn nicht am Selbstmord hindern. Haben sich seine Kollegen nicht gewundert, wo er so lange blieb, und sind nicht nachschauen gegangen?»

«Sie sind vorgefahren. Herr Lurati wollte mit seinem Wagen nachkommen. Für alle hatte es gemäss Susanna im Fahrzeug des Unternehmens keinen Platz. Sie waren ziemlich sauer, als er nicht kam, und wollten ihm heute Morgen ordentlich die Meinung sagen.»

Enrico kaute eine Weile und sah aus, als liesse er sich das Gesagte durch den Kopf gehen. «Du hast erwähnt, Elisabeths Ersatzschlüssel ist weg», sagte er nach einer Weile.

«Ja. Die Polizei vermutet, Lukas könnte die Geschichte erfunden und den Schlüssel verschwinden lassen haben.»

«Wurde er verhaftet?» Enrico schöpfte nach.

«Bis jetzt nicht.» Die möglichen Verdächtigungen gegen Lukas lasteten schwer auf Andrina. Sie schätzte ihren Kollegen und mochte seine offene und unbeschwerte Art, die den Arbeitsalltag bereicherte. Sie konnte und wollte sich beim besten Willen nicht vorstellen, er sei für Herrn Luratis Tod verantwortlich. Seit dem Gespräch mit ihm hatte sie überlegt, welches Motiv er haben könnte, war aber zu dem Schluss gekommen, dass er keins hatte. «Erschwerend ist, dass es keinen Zeugen für das gibt, was Lukas sagt. Ob Herr Lurati tatäschlich alleine zurückgekehrt ist. Genauso gibt es keine Zeugen für Lukas' Aussage, dass er gegangen ist, nachdem er Herrn Lurati den Schlüssel ausgehändigt hatte.» Andrina richtete sich auf. «Es könnte eine andere Person vorbeigekommen sein.»

«Du meinst damit, nachdem Lukas weg war?»

«Ja.»

«Zu diesem Zeitpunkt war Herr Lurati in den Verlagsräumen.»

«Oder auch nicht.»

«Du sagtest, Lukas habe ihm nachgesehen, wie er im Haus

verschwunden ist, bevor er gegangen ist. Er müsste bemerkt haben, wenn eine Person nach Herrn Lurati oder besser mit ihm das Haus betreten hat. Der Täter wird keinen Schlüssel zum Haus haben.»

«Wie meinst du das?»

«Du hast erzählt, eine der Hausordnungen ist, nach neunzehn Uhr die Haustür abzuschliessen.»

«Der Täter könnte bereits im Haus gewartet haben und ihm nach oben gefolgt sein.»

«Das würde bedeuten, er hat gewartet, bis sich eine Gelegenheit ergab? Während des ganzen Anlasses soll er sich versteckt haben? Das macht in meinen Augen keinen Sinn, da es eine grosse Portion Geduld braucht.»

«Falls man eine Straftat plant, ist die hin und wieder notwendig.»

«Zudem muss er damit rechnen, aufzufallen.»

«Das hängt davon ab, wie er es anstellt.»

«Er muss damit rechnen, nicht unbedingt Erfolg zu haben, und davon ausgehen, Herrn Lurati nicht alleine anzutreffen.»

«Er könnte bereits länger hinter Herrn Lurati her sein.»

«Du meinst, ihm folgen?»

«Ja. Er hat Geduld und wartet auf eine Gelegenheit, die sich gestern ergeben hat.»

Enrico sah skeptisch aus.

«Oder der ursprüngliche Plan könnte gewesen sein, Herrn Lurati nach Hause zu folgen. Als er alleine zurückkehrte, nutzte der Täter die Gelegenheit.»

Es war deutlich, wie Enricos Skepsis wuchs.

«Zurück zum Punkt, ob der Täter jemandem auffallen könnte. Gibt es ein gutes Versteck im Gebäude?»

«Keine Ahnung. So genau habe ich mich bisher nicht umgeschaut.»

«Du hast berichtet, es gäbe von den Anwohnern keinen brauchbaren Hinweis auf eine verdächtige Person. Falls er ihm aufgelauert hat, muss es ein gutes Versteck geben, an dem er gegebenenfalls Spuren zurückgelassen hat.»

Andrina ging in Gedanken durch das Gebäude. Im Keller wäre die sicherste Möglichkeit. Der schlechte Überblick, den man von dort hatte, sprach dagegen. Das Treppenhaus selber eignete sich nicht. Oder er hatte im Obergeschoss ausgeharrt. Dort war Andrina bisher nicht gewesen. In den oberen Etagen gab es nur Wohnungen. Allerdings müsste er, falls er oben gewartet hatte, den Anwohnern aufgefallen sein, vorausgesetzt, sie waren zu diesem Zeitpunkt bereits zu Hause und hatten ihre Wohnung nicht mehr verlassen, nachdem der Täter Stellung bezogen hatte. Woher sollte der Täter aber gewusst haben, wann die Leute nach Hause kamen und wie ihr Feierabendprogramm aussah? Eine andere – erschreckende – Möglichkeit war, es könnte einer der Gäste gewesen sein. Ein Schauer lief über Andrinas Rücken.

«Was ist?», fragte Enrico, dem das offenbar nicht verborgen geblieben war.

«Nichts.» In Gedanken ging Andrina die Gäste durch. Sie mochte sich nicht erinnern, ob einer von ihnen Lurati gekannt hatte. Ihr war kein Gespräch aufgefallen, in dem einer der Gäste vertraut mit Lurati gewirkt hatte. Die andere Möglichkeit, dass Herr Lurati jemanden von den Gästen verärgert hatte, hielt Andrina ebenfalls für unwahrscheinlich. Eine verbale oder körperliche Auseinandersetzung hatte sie nicht bemerkt. Das musste nichts bedeuten. Andrina war auf die Gespräche fixiert gewesen, die sie mit den Gästen geführt hatte, und hatte keinen aktiv beobachtet. Ausserdem wusste sie nicht, was in den Räumen geschehen war, in denen sie sich gerade nicht aufgehalten hatte.

Enrico fuhr mit den Fingern über sein Kinn. «Es scheint keinen Kampf in den Verlagsräumlichkeiten gegeben zu haben, als Herr Lurati in der Nacht zurückgegangen ist, wenn ich dich richtig verstanden habe. Sonst wäre euch das heute Morgen aufgefallen, als ihr die Verlagsräume betreten habt.»

«Herr Lurati könnte die Person gekannt haben», formulierte Andrina ihre Gedanken laut. Es konnte nicht anders sein.

Enrico kaute eine Weile, bis er antwortete: «Wer soll das sein? Jemand von der Cateringfirma oder einer der Autoren? Genauso kann Lukas zurückgekommen sein.»

«Er war es nicht!», rief Andrina mit Nachdruck und legte ihr Besteck neben den Teller.

«Ich kann verstehen, wie stark du dir das wünschst, und ich hoffe es auch. Ich finde ihn sympathisch.»

«Welches Motiv sollte er haben?»

Enrico zuckte mit den Schultern. «Das Gleiche gilt für die übrigen Gäste. Du kennst Lukas besser. Wer hat die Cateringfirma angestellt?»

«Gabi. Aber sie kannte die Leute nicht persönlich. Sie hat im Internet gesurft und mehrere Offerten eingefordert. In einer Sitzung haben wir beschlossen, wer den Auftrag erhält.»

«Hat Lukas für diese Firma gestimmt?»

«Das haben wir alle. Weder Lukas noch jemand anderer vom Verlag kannte einen der Mitarbeiter.»

Bist du sicher?, fragte Enricos Blick. Andrina wurde eine Spur kälter. Falls Lukas realisiert hatte, dass Lurati ebenfalls dort arbeitete, mit dem er ... Ja, was eigentlich? Eine Rechnung offen hatte? Rasch drängte sie den Gedanken auf die Seite.

«Die Polizei hat keine Hinweise auf den möglichen Täter in den Büroräumen gefunden?», fragte Enrico nach einem Augenblick des Schweigens.

«Soweit ich Susanna verstanden habe, nein.»

«Ein anderer Punkt. So wie du das erzählst, gibt es Ähnlichkeiten zu den Toten, die wir bei den Pfahlbauten gefunden haben.»

Andrina war unfähig, ein Wort zu sagen, und starrte ihn an. Offenbar war diese Annahme, die sie bereits selber hatte, nicht abwegig. Unweigerlich fragte sie sich, ob Lukas die anderen beiden Toten gekannt haben könnte. Sie dachte an ihr Gespräch. Es hatte nicht den Anschein gehabt. Allerdings würde Lukas ihr es nicht sagen, sollte er an dem Tod der beiden anderen Schuld haben. Stopp, ermahnte sie sich. Er hat nichts damit zu tun.

«Die sehr starke Unterzuckerung und einen Einstich, der auf eine einzelne Injektion hinweist. Ausserdem gab es keine Spritzen oder Pens an den Fundorten der Leichen, was darauf hindeuten würde, sie hätten sich das Insulin selber injiziert. Weiss man inzwischen, wer die Frau ist?»

«Nein. Herr Lurati lag aber bei keiner Pfahlbaute.»

«Das ist ein Unterschied –»

«Ein gravierender», fiel Andrina ihm ins Wort. Sie verwünschte sich für ihre heftige Reaktion.

«Nicht unbedingt. Du hast erzählt, Lukas würde einen genialen Krimi Korrektur lesen, der mit Pfahlbauten zu tun habe. Kennst du ihn?»

Andrina verschluckte sich an einem Stück Brot. Sie brauchte eine Weile, bis der Husten abgeebbt war. «Gabi hat ihn lektoriert. Was willst du damit sagen?», krächzte sie. «Meinst du etwa, Herr Dubach ist der Mörder?»

«Ist das der Autor?»

Andrina nickte.

«Wie lange ist Lukas da dran?»

«Warum verdächtigst du ihn?», rief Andrina. Beruhige dich, dachte sie. Enrico machte das, was sie früher mit Marco getan hatte. Er spielte den Advocatus Diaboli. Lukas tauchte vor ihrem inneren Auge auf. Der gutmütige Mann mit dem Wuschelkopf, der keiner Fliege was zuleide tun konnte.

« Ich denke einfach laut und stelle meine Fragen dazu.»

«Den Job hat Lukas bei unserer letzten Teamsitzung gefasst. Er hat sich nicht in den Vordergrund gedrängt. Ihm war es egal, welchen Krimi er bekam.»

«Er hat Kenntnis vom Inhalt.»

«Ja. Aber das haben wir alle, mehr oder weniger ausführlich.»

«Trotzdem würde ich Susanna auf den Pfahlbautenkrimi hinweisen.»

«Diese Schlüsse werden sie eventuell selber gezogen haben», wich Andrina aus. Sympathien für den Mann, der inzwischen ein guter Freund war, hin oder her. So schwer es Andrina fiel, sie musste Enrico recht geben, Lukas könnte der Mörder sein, obwohl sie das Gefühl hatte, Lukas zu verraten.

ACHT

Es war schwer, sich zu konzentrieren. Hartnäckig drifteten ihre Gedanken ab. Andrinas Augen huschten zu Lukas' Platz. Er hatte sich entschuldigen lassen. Andrina selber hatte das Gespräch nicht entgegengenommen. Es war Gabi, die sie informiert hatte, Lukas werde heute nicht kommen. Nähere Angaben zu seinem Fernbleiben hatte es nicht gegeben.

Andrina lehnte sich nach hinten und starrte an die Decke. Sie waren alle überrascht gewesen, dass die Polizei die Verlagsräume so schnell freigegeben hatte. Am Vormittag hatte Elisabeth alle über WhatsApp informiert, und bis auf Lukas waren sie am frühen Nachmittag mehr oder weniger gleichzeitig eingetroffen.

Ihr Blick kehrte zu Lukas' Arbeitsplatz zurück. Andrina hatte dem Drang widerstanden, ihn anzurufen, und sich an das Korrekturlesen von Frederik Heftis Krimi gemacht. Es war sein zweiter. Das Debüt war sogar unter die ersten zehn der Schweizer Bestsellerliste gekommen. Auch dieser war spannend und sprachlich ansprechend geschrieben. Er schaffte es, mit seinen Worten sofort das Kopfkino in Gang zu setzen. Die Charaktere hatte er wie im Vorgänger detailliert herausgearbeitet. Eine junge Frau rächte den Tod ihres Freundes an dem Ärzteteam, das ihren Freund wegen einer Blinddarmentzündung operiert hatte, wobei er aber verstorben war. Andrina dachte an den blonden Mann mit Brille, den sie am Apéro kennengelernt hatte. Wenn sie ihm auf der Strasse begegnet wäre, hätte sie ihm nicht zugetraut, eine solch spannende Lektüre verfassen zu können. Dieser Roman war eine wahre Perle. So machte ihr Beruf Spass. Trotzdem war es schwer, bei der Sache zu bleiben. Sie lehnte sich nach hinten und legte ihre Hände in den Nacken. Als sie sich streckte, knackte es in ihrem Rücken, und sie hielt inne. Da sich kein weiterer Schmerz einstellte, entspannte sie sich. Die Angst, eine Bewegung könnte Lähmungserscheinungen hervorrufen, würde sie vermutlich nie loswerden. Egal wie lächerlich diese Angst war.

Andrina wandte den Blick zum Fenster. Heute hatte die Sonne es geschafft, sich durch den Hochnebel zu kämpfen. Andrina ging zum Fenster und blickte in den blauen Himmel. Es war Balsam für die Seele und drängte die Ereignisse für einen kurzen Moment in den Hintergrund. Zu gerne wäre Andrina spazieren gegangen, um Sonne zu tanken. Leider musste sie arbeiten. Sie kehrte zum Computer zurück.

Es klopfte. Gabi steckte den Kopf zur Tür herein.

«Darf ich reinkommen?»

Andrina versteifte sich. Eine dieser elenden Diskussionen, die sie miteinander führten, wenn sie aufeinandertrafen, konnte sie beim besten Willen nicht ertragen.

Sie machte eine vage Bewegung mit der Hand, die offenbar von Gabi als Aufforderung angesehen wurde, einzutreten. Sie setzte sich Andrina gegenüber auf Lukas' Stuhl. Ihr Auftreten war nicht aggressiv. Im Gegenteil, sie musste etwas auf dem Herzen haben. Trotzdem blieb Andrina auf der Hut.

«Danke», sagte Gabi.

Andrina war im ersten Augenblick sprachlos und fragte sich, ob sie sich verhört hatte.

«Wofür?»

«Wie du mir beigestanden hast, als ich den Toten auf dem WC entdeckt hatte.»

«Das war selbstverständlich. Wie geht es dir?»

«Wenn du das Baby meinst, mit dem ist alles in Ordnung. Mein Bauch ist nicht mehr so hart wie gestern, und ich bin darum herumgekommen, die nächsten Wochen liegend zu verbringen. Dennoch bin ich nach wie vor durch den Wind.»

«Mir geht es genauso.» Andrina fragte sich, ob sie träumte. Ein solches Gespräch hatte sie mit Gabi seit Franks Tod nicht mehr geführt. Wehmut machte sich breit, da diese Situation sie an längst vergangene Zeiten erinnerte, als sie befreundet gewesen waren und Höhen und Tiefen gemeinsam durchgestanden hatten.

Gabi senkte den Kopf und knetete ihre Hände, die sie auf den voluminösen Bauch gelegt hatte. Andrina fragte sich, ob sie in einigen Wochen einen ähnlichen Leibesumfang haben würde, und konnte sich nicht vorstellen, eines Tages wie ein gestrandetes Walross auszusehen. Der zunehmende Bauch bereitete Andrina Mühe. Der Bauch kam häufiger in den Weg – zum Beispiel wenn sie die Schuhe band, etwas aufheben musste, oder sie blieb im wahrsten Sinne des Wortes stecken, wenn sie durch einen engen Bereich schlüpfen wollte, durch den sie früher ohne Probleme hindurchgekommen war.

«Ich müsste dich gleich nochmals um Hilfe bitten.»

Die nächste Überraschung. Das war nicht mehr geschehen, seitdem dieser kriegsähnliche Zustand zwischen ihnen herrschte. Der Satz schien Gabi schwerzufallen, aber sie machte dabei nicht den Eindruck, als ob sie sich am liebsten die Zunge abgebissen hätte.

«Wobei?»

«Bei dem Trailer.»

«Welchem Trailer?»

«Elisabeth möchte einen kurzen Film über das Frühlingsprogramm machen.»

Am Rand hatte Andrina davon mitbekommen. In dem Film sollten die erscheinenden Bücher, die Autoren und die Handlungen zusammengefasst dargestellt werden. Keine einfache Aufgabe, wie sie fand, da die Bücher alle unterschiedliche Themen hatten und sie sich nicht vorstellen konnte, wie man sie am besten zusammen in einem Film darstellen konnte.

«Kilian hat den Job gefasst, wenn ich mich recht erinnere.»

«Er ist gegangen, weil er sich krank fühlt.»

Das hatte Andrina nicht bemerkt.

«Lukas, der ebenfalls technisch begabt ist, ist auch nicht da. Da es eilt, hat Elisabeth mir den Job aufgebrummt, bevor sie vorhin weggegangen ist. Ich komme mit diesem Programm nicht zurecht.»

«Heisst das, nur wir zwei sind da? Wo wollte Elisabeth hin?»

«Das hat sie nicht genauer definiert. Ich habe das Gefühl, es hat mit Herrn Lurati zu tun.»

«Du meinst, sie musste ins Polizeikommando? Das könnte sie uns aber sagen.»

«Du weisst, wie Elisabeth ist. Ausgerechnet sie, die sich stets bemüht, alles richtig zu machen, hat mit der Polizei zu tun. Sie fürchtet um ihren guten Ruf und den Ruf des Verlags. Ich weiss nicht, wie ich es beschreiben soll, aber ich denke, sie wertet die Geschehnisse als persönlichen Angriff.»

Andrina wusste, was Gabi meinte. Allerdings würde sie Elisabeths Verhalten anders beschreiben. Sie erinnerte sich, wie angespannt Elisabeth gewesen war, wenn sie mit Marco zu tun hatte, obwohl es um keine polizeilichen Angelegenheiten ging, sondern das Zusammentreffen rein privater Natur war, wenn er zum Beispiel Andrina abgeholt hatte. Das personifizierte schlechte Gewissen.

«Wann soll der Film fertig sein?», fragte Andrina.

«Nächsten Montag.»

Andrina konnte nicht verhindern, aufzustöhnen.

«Kilian hat gute Vorarbeit geleistet, aber Elisabeth hatte einige Änderungswünsche, die eingebaut werden sollen.»

«Und ausgerechnet ich, die unfähig in technischen Dingen ist, soll dir dabei helfen?»

Ein Lächeln huschte über Gabis Gesicht, was Andrina in erneutes Erstaunen versetzte.

«Ich bin selber nicht besser.»

Andrina musste kichern, und Gabi begann zu lachen.

«Versuchen wir es. Hier oder in deinem Büro?»

Als Antwort stand Gabi auf und schob den Stuhl neben Andrina.

«Uff», sagte Andrina. «Ich glaube, das lassen wir erst einmal so.»

«Das Gleiche würde ich sagen», erwiderte Gabi. «Sonst machen wir es am Ende kaputt.» Sie sicherte den Film und lehnte sich zurück. «Danke.»

«Gern geschehen.» Andrina schielte zur Uhr. Es war kurz

vor halb sechs. Elisabeth war nicht mehr zurückgekommen, und es war still in den Büroräumen, wie ihr auffiel. Fast unheimlich. Sie spürte das Verlangen, zu gehen. Draussen dämmerte es. «Feierabend?»

«So spät?», rief Gabi, als sie auf ihre Armbanduhr schaute. «Verflixt! Ich wollte auf den Weihnachtsmarkt, um zu schauen, ob ich ein Geschenk für Laura finde.» Gabi stand auf und presste die Hand in ihr Hohlkreuz. Sie machte Anstalten, das Büro zu verlassen, drehte sich aber um, als sie die Tür öffnete. «Kommst du mit?»

Das war für Andrina beinahe zu viel Annäherung. Als sie zusammen am Film gearbeitet hatten, war es fast wie früher gewesen, aber Andrina war nach wie vor auf der Hut. Sie war hin- und hergerissen. Ging es Richtung Entspannung in ihrem Verhältnis, oder würde die alte Feindseligkeit aufflammen? Andrina rätselte, was der Grund für Gabis Veränderung war. Lag es an dem gemeinsam erlebten Schock?

Sie warf einen Blick auf die Uhr. Enrico würde erst am späten Abend zurückkommen. Sie hatten heute ihr Weihnachtsessen von der Geschäftsleitung von JuraMed. Lust, alleine zu Hause zu sein, verspürte Andrina nicht. War aber Gabi die richtige Alternative?

«Für Laura?», wiederholte Andrina gedehnt. Meinte Gabi damit Marcos Mutter?

«Es wird dieses Jahr gewichtelt. Ich habe Laura gezogen.»

Andrina dachte an ihr nicht existierendes Verhältnis zu Laura. Als sie Marco kennengelernt hatte, war es gut gewesen, doch als sie ihre Verlobung bekannt gegeben hatten, hatte sich das schlagartig geändert. «Feindselig» war untertrieben. Im Nachhinein gab Andrina Laura eine Mitschuld am Scheitern ihrer Beziehung zu Marco. Als es darauf ankam, hatte sie Marcos Misstrauen gegenüber Andrina geschürt. Sie hoffte, das Verhältnis von Laura zu Gabi sei ein anderes.

«Ich habe keine Ahnung, was ich ihr schenken soll. Es heisst, nur eine Kleinigkeit, aber bin ich überfordert und könnte Hilfe gebrauchen.»

Da soll ausgerechnet ich dir helfen?, dachte Andrina. Bestimmt war es Laura nicht recht, wenn Andrina bei der Wahl des Geschenkes half. Erneut überlegte sie, wie das Verhältnis zu Gabi war. Ähnlich oder besser? Wenn Andrina Gabis Verhalten richtig deutete, musste sie von Ersterem ausgehen, und ihr tat Gabi leid.

«Warum nicht?», hörte Andrina sich sagen. «Enrico kommt heute erst spät.»

«Das Gleiche gilt für Marco. Lass uns in der Stadt eine Kleinigkeit essen.» Andrinas Kopfhaut begann zu kribbeln. Strebte Gabi die Versöhnung an, die sie sich gewünscht hatte, aber an die sie nicht mehr geglaubt hatte? Wo war der Haken?

«Gute Idee», rutschte ihr über die Lippen, bevor sie sich klar geworden war, ob sie eine solche plötzliche Nähe wirklich wollte.

«Prima, ich hole meinen Mantel.»

Zehn Minuten später schlenderten sie an den kleinen Holzhütten, die am Graben aufgestellt waren, Richtung Obertor. Beim Karussell neben dem Tor blieb Gabi stehen und marschierte auf einen Stand zu. Sie kaufte einen kleinen Sack gebrannte Mandeln.

«Die hat Laura bestimmt nicht gerne», sagte Andrina. Sie wusste, wie heikel Marcos Mutter in Fragen in puncto Essen war. Gemäss Marco hatte sie einen guten Appetit und ass alles. Ihr Leibesumfang hatte damals zugenommen. Wenn es aber um die Menus ging, die Andrina gekocht hatte, war es anders.

«Die sind für mich.»

«Wie viel ist da drin?»

«Hundert Gramm.»

«Dafür sind sieben Franken aber ein stolzer Preis.»

«Ich weiss, es ist überteuert, aber für mich gehören gebrannte Mandeln zur Adventszeit. Ausserdem habe ich gebrannte Mandeln gerne. Möchtest du? Sie hielt Andrina den Sack hin.

Andrina nahm zwei Mandeln und steckte sie in den Mund. «Danke. Hast du ein mögliches Geschenk für Laura gesehen?», fragte sie, als sie zurückschlenderten.

«Es ist schwer. Kerzen wären ein neutrales Geschenk, aber einfallslos. Wie findest du diesen Schmuck?» Sie blieb vor einem Stand stehen.

«Da sind schöne Stücke dabei», sagte Andrina. «Zum Beispiel dieses Armband oder die Kette dort. Ob das aber Lauras Geschmack trifft, ist eine andere Sache.»

«Eben, das meine ich.» Gabi setzte sich in Bewegung.

Gerne hätte Andrina sie auf ihr Verhältnis zu Marcos Mutter angesprochen, wagte es aber nicht. Das wäre zu persönlich geworden. Vor der Markthalle blieben sie stehen und schauten nach links zu weiteren aufgestellten Holzhütten.

«Vielleicht wäre eine Kerze wirklich das Beste.» Andrina deutete in die Markhalle. «Dort werden Bienenwachskerzen gezogen. Bestimmt haben sie fertige Gestecke.»

Gabi verschwand im Inneren der Markthalle. Andrina trat aus dem Eingangsbereich auf die Seite, um nicht im Weg zu stehen. Kinder mit halb fertigen Kerzen kamen heraus, drehten mehrere Runden vor der Halle und kehrten ins Innere zurück. Eine Wolke aus frischem Wachsduft begleitete sie. Andrina sog ihn ein. Die friedliche Stimmung tat nach den Ereignissen gut. Weihnachtsstimmung kam aber nicht auf. Zusätzlich schuld daran waren unter anderem der fehlende Schnee, der inzwischen im Mitteland während der Weihnachtszeit zur Mangelware wurde, und die recht milden Temperaturen.

Gabi erschien mit einem kleinen Plastiksack. «Sie hatten spezielle Kerzen mit verschiedenen Mustern. Falls ich nichts mehr finden sollte, ist das eine gute Notlösung.»

Sie gingen den Weg zurück. Vor der Stadtbibliothek blieben sie stehen. Jetzt wäre der Augenblick für den kurzen Imbiss, von dem Gabi gesprochen hatte. Gabi sah unschlüssig aus. Bestimmt bereute sie ihre spontane Idee von vorhin und suchte nach einer Ausrede, sich zu verabschieden.

Sie stellten sich ein wenig abseits an die Treppe, die zur Stadtbibliothek führte, und teilten sich die restlichen Mandeln.

«Ich bin mit der Kerze als Geschenk nicht glücklich», murmelte Gabi.

«Was hältst du von Tee?», fragte Andrina kauend und deutete auf die Stände. «Das steht nicht herum, und man hat Freude. An dem Stand dahinten hatte es verschiedene Sorten, die mich angesprochen hätten. Über die Spezial-Weihnachtsmischung beispielsweise würde ich mich freuen.»

«Ich glaube, sie trinkt keinen Tee», seufzte Gabi. Sie verschluckte sich an einer Mandel und musste husten.

«Oder … oh, hallo, Sarah.»

Eine Frau, die ihre Kappe bis tief in die Stirn gezogen hatte, blieb stehen, und für einen kurzen Augenblick dachte Andrina, sie habe die Frau, die sie eben mit «Sarah» angesprochen hatte, mit ihrer Reiseberaterin verwechselt.

«Hallo … Andrina?»

Sogar in dem schummrigen Licht konnte Andrina die dunklen Ringe unter den Augen erkennen. Sarah musste geweint haben.

«Hat Enrico sich wegen der letzten Details bei dir gemeldet?», fragte Andrina.

«Ja, aber ich habe es an Stefanie weitergegeben, da ich im Moment nicht arbeite. Sie wird es so buchen, wie Enrico geschrieben hat.»

Andrina spürte Gabis Neugierde, aber sie hielt den Blick auf Sarah gerichtet. Sarah machte einen verstörten Eindruck. Unschlüssig trat sie von einem Bein auf das andere, und es war deutlich, wie sie mit sich rang.

«Du bist es, die ihn gefunden hat», brach es aus Sarah heraus.

«Ich? Wen?»

«Meinen Freund.»

Andrina war verwirrt und konnte nichts sagen.

«Antonio Lurati.» Sie schluchzte auf.

«Das ist dein Freund?», fragte Andrina fassungslos.

Sarah wischte mit dem Handrücken über die Augen und nickte.

Erschrocken wechselte Andrina einen Blick mit Gabi.

«Das tut mir leid», brachte sie schliesslich hervor. Wie abgedroschen das klang.

«Danke. Er war Koch und arbeitet bei dem Restaurant, das auch Caterings macht. Als er mir erzählte, sie würden beim Cleve-Verlag den Adventsapéro machen, habe ich zuerst nicht realisiert, dass du dort arbeitest. Erst als die Polizei mit mir gesprochen und gesagt hat, zwei Mitarbeiterinnen hätten Antonio gefunden, habe ich mich daran erinnert.»

NEUN

Als Andrina am nächsten Tag das Büro betrat, sass Lukas bereits vor seinem Computer. Er hob kurz den Kopf und nickte Andrina zu, bevor er sich dem Text zuwandte. Sein Gesicht war versteinert, und den harten Zug um seinen Mund hatte sie bisher nie gesehen. Sogar die Lachfältchen an den Mundwinkeln und Augenecken waren fort. Seine Haare waren nicht zerzaust wie sonst, sondern sahen aus, als habe ihn jemand gerupft.

Trotz seiner abweisenden Haltung ging Andrina zu ihm.

«Schön, dass du zurück bist.»

Keine Antwort. Lukas' Finger huschten über die Tasten. Er markierte ein Wort im PDF-Dokument und fügte einen Kommentar ein. Andrina überflog die Zeilen. Es handelte sich um den Pfahlbautenkrimi.

Unschlüssig, was sie tun sollte, blieb Andrina dort stehen, wo sie war.

«Hast du nichts zu tun?», knurrte Lukas, als einige Sekunden verstrichen waren.

«Eigentlich schon, aber ich möchte wissen, wie es dir geht.»

«Wen soll das interessieren?»

«Mich.»

Er hob den Kopf. Die Brauen waren über der Nasenwurzel zusammengezogen, und eine steile Falte bildete sich zwischen ihnen.

«Was willst du wirklich?»

Andrina machte eine vage Bewegung mit den Händen.

«Neugierde pur.»

«Falsch. Ich mache mir Sorgen um dich.»

«Ha!», sagte er und wandte sich dem Dokument zu. Andrina blieb dort, wo sie war. So schnell gab sie nicht auf.

«Lass mich! Ich habe Mist gebaut. Da muss ich selber durch.»

«Musst du nicht. Wofür gibt es gute Kollegen?»

Neues Schweigen breitete sich aus. Andrina stellte sich erneut die Frage, ob Lukas doch Schuld an Luratis Tod hatte.

«Ich hätte ihm nie den Schlüssel geben und ihn alleine in die Verlagsräume gehen lassen sollen», murmelte Lukas, als Andrina dachte, er werde nichts mehr sagen. «Dann würde er womöglich noch leben.»

«Oder auch nicht.» Andrina lehnte sich gegen die Schreibtischkante. «Der Mörder hätte ihm an einem anderen Ort auflauern und ihn töten können.»

Langsam drehte Lukas sich um. Er sah aus, als sei ihm dieser Gedanke bisher nicht gekommen.

«Zu allem Überfluss ist der Schlüssel weg. Immerhin nehmen die von der Polizei mir inzwischen seine Existenz ab. Das nur, weil Elisabeth sich über mich aufgeregt hat.» Fiel Elisabeth Lukas in den Rücken? Andrina wünschte sich, zu wissen, was sie den Beamten gesagt hatte. «Sie nehmen an, ich habe ihn verschwinden lassen, damit meine Aussage richtig erscheint.»

«Haben sie das gesagt?», fragte Andrina.

«Nicht direkt, aber ich kann zwischen den Zeilen lesen.»

«Glaubst du nicht, du interpretierst zu viel hinein?»

«Du hast den Blick von Herrn Brogli und Herrn Wagner nicht gesehen.»

«Bei einem dringenden Tatverdacht hätten sie dich bestimmt verhaftet.»

Ein Zittern durchlief Lukas' Körper, und Andrina fragte sich, wieso er solche Angst hatte. Und wovor? Lag es wirklich nur daran, dass er Herrn Lurati als letzte Person lebend gesehen hatte oder dass er mit dem Aushändigen des Schlüssels Mist gebaut hatte? Alles sicher ein Grund, um ihn in den Augen der Polizei als möglichen Tatverdächtigen im Auge zu behalten. Zudem würde Elisabeth ihm die Hölle heissgemacht haben. Er musste mit Konsequenzen rechnen.

«Sie haben keine Beweise», flüsterte Lukas. «Elisabeth ist mehr als sauer. Zu Recht. Wer weiss, wer den Schlüssel jetzt hat.»

«Der Mörder», sagte Andrina. Lukas wurde eine Spur blasser, als er ohnehin schon war.

«Er kann jederzeit in die Verlagsräume», sagte er. «Elisabeth ist dran, ein neues Schloss für die Tür zu organisieren.»

Er wandte sich dem Dokument zu und hämmerte auf die Tasten. Anschliessend klickte er wild im Dokument hin und her, was den Verdacht nahelegte, beschäftigt wirken zu wollen.

Andrina nahm ihm die Maus ab. «Trinken wir einen Kaffee, und du erzählst mir, was genau passierte, als Herr Lurati in die Verlagsräume ging.»

«Das habe ich bereits der Polizei berichtet. Mehr als einmal. Jedes Mal, wenn ich dort antreten muss, wollen sie die Geschichte von Anfang an hören. Wahrscheinlich hoffen sie, ich würde verschiedene Versionen erzählen und mich so in Widersprüche verwickeln.»

«Oder sie hoffen, dir fällt irgendwas ein, das du verdrängt hast oder das im Unterbewusstsein schlummert.»

«Lieber nicht.»

«Komm schon. Einen Versuch ist es wert.»

«Oh nein.» Er wedelte mit dem Zeigefinger durch die Luft. «Du willst Polizistin spielen. Und das in deinem Zustand.»

«Ich bin schwanger und nicht krank.»

«Umso mehr solltest du dich nicht in Gefahr begeben.»

«Das habe ich nicht vor. Wenn du mir, also einer Kollegin, davon erzählst, fällt dir womöglich ein Detail ein, das du der Polizei nicht erzählt hast, weil du dort unter Druck standest.»

Lukas sah sie zweifelnd an. «Okay, hilft es nichts, schadet es nichts», sagte er nach einigen Sekunden zu Andrinas Erleichterung.

In der Verlagsküche bereitete Lukas einen Cappuccino für sich und einen Tee für Andrina zu. Gemeinsam kehrten sie in ihr Büro zurück. Andrina setzte sich an ihren Tisch, während Lukas an das Fenster trat und auf die Entfelderstrasse hinunterschaute. Nach einer Weile begann er stockend zu erzählen, wie sie gemeinsam als Letzte das Büro verlassen und mit dem Lift nach unten gefahren waren. Als Erstes hatten sie sich von Luratis Kollegen verabschiedet, die mit dem Wagen des Cateringunternehmens abgefahren waren. Sie waren danach zu Luratis Wagen gegangen und hatten sich die Hand zum Abschied gereicht. Lukas war zu seinem Wagen gegangen, den er auf dem Besucherparkfeld des Verlags abgestellt hatte. Nachdem er seine Taschen in den Kofferraum getan hatte und einsteigen wollte, war Herr Lurati angerannt gekommen. All das kannte Andrina bereits.

«Waren andere Leute zu diesem Zeitpunkt unterwegs?», fragte sie.

«Mir ist keiner aufgefallen, aber das muss nichts heissen. Ich war hundemüde, und es war saukalt. Ich wollte nur eins, so schnell wie möglich ins Bett.»

«Hast du beobachtet, wie Herr Lurati das Gebäude betreten hat?»

«Ja, ich habe ihm nachgeschaut, bis er drinnen verschwunden war.»

«Musste er die Haustür aufsperren, oder war sie offen?»

«Die war bestimmt zu. Ich hatte abgeschlossen, wie es Vorschrift ist.»

«‹Bestimmt zu› reicht nicht. Hast du gesehen, wie Herr Lurati aufgeschlossen hat, oder hat er die Tür aufgedrückt?»

«Das kann ich nicht sagen, da sein Körper alles verdeckte. Wenn ich richtig darüber nachdenke, dauerte es ein oder zwei Sekunden, bis er die Tür öffnete. Das würde für Aufschliessen sprechen, oder?»

«Das läuft unter ‹unbewiesene Vermutungen›.»

Lukas sackte ein Stück zusammen, und Andrina verfluchte sich für ihr mangelndes Einfühlungsvermögen.

«Hast du gesehen, wie er oben angekommen ist?», unternahm sie einen neuen Versuch.

«Nein. Oder warte. Bevor ich losfuhr, ist oben das Licht angegangen. Beim Küchenfenster.»

«Du konntest aber nicht erkennen, ob er alleine war?»

«Von meinem Standort aus nicht. Ausserdem hätte er ans Fenster treten müssen. Zu diesem Zeitpunkt hatte ich keinen

Verdacht, etwas könnte nicht stimmen. Sonst wäre ich mitgegangen.»

«Du bist weggefahren?»

«Ja, wie gesagt, ich war hundemüde.» Lukas hob den Löffel mit Schaum Richtung Mund, hielt aber auf halbem Weg an. «Als ich abgefahren bin, ist ein Mann mit einem dunklen Hund zum Gebäude gegangen.»

«Hat er es betreten?»

«Ja, kurz habe ich mich gewundert, aber später meinte ich, ihn erkannt zu haben, weil er oben wohnt.»

Lukas hatte den Mann erkannt? In den oberen beiden Etagen gab es sechs Wohnungen, wie Andrina wusste. Allerdings wusste sie nicht, wer genau dort wohnte. Hin und wieder war sie Personen im Lift oder im Treppenhaus begegnet, ob es aber Bewohner waren, konnte sie nicht sagen. Erkennen würde sie keinen. Ob einer einen Hund besass, würde sie noch weniger sagen können. Bisher hatte sie nicht darauf geachtet. Hundehaare hatte die Spurensicherung gemäss Susanna nicht gefunden.

«Du meintest, ihn erkannt zu haben?», hakte sie nach, als Lukas nicht weitersprach.

«Er hatte einen Schlüssel, den er aus der Jackentasche genommen hat, als er auf das Gebäude zuging.»

«Konntest du den Schlüssel erkennen?»

«Himmel, Andrina! Sei nicht so spitzfindig.» Er hob die Hand, als Andrina zu einer Erwiderung ansetzte. «Schon gut. Die Polizei legt auch jedes Wort auf die Goldwaage.»

«Herr Lurati hatte bereits aufgeschlossen. Der Mann konnte genauso gut ohne Schlüssel ins Haus.»

«Herr Lurati hat nicht den Hebel der Türfalle umgelegt, damit man die Tür nur aufzustossen braucht. Woher hätte er von ihm wissen sollen? So lange hat er sich ausserdem vor der Tür nicht aufgehalten, und ich hätte es von meinem Standort aus bestimmt gesehen, wenn er an der Tür hantiert hätte.»

Du hast nicht darauf geachtet, dachte Andrina, liess es aber lieber ungesagt. «Okay», sagte sie nach einer Weile gedehnt. «Er muss dort wohnen, sonst käme er nicht rein.»

«Danach bin ich nach Hause gefahren, und den Rest kennst du.»

«Hast du der Polizei von dem Mann erzählt?»

«Das habe ich nicht. Dieser Brogli hat mich derart in die Mangel genommen, und ich konnte nicht klar denken.» Lukas ging zu seinem Tisch.

«Du solltest der Polizei von dem Mann erzählen. Er könnte eine Beobachtung gemacht haben.»

Lukas lachte auf. «Ich denke, sie haben bereits die Bewohner befragt.»

«Falls er aber nicht dort wohnt oder jemanden besuchen wollte, solltest du es erzählen.»

«Vergiss es. Freiwillig begebe ich mich nicht in die Nähe von Herrn Brogli und Co. Warum sollte ausserdem einer mitten in der Nacht jemandem einen Besuch abstatten wollen?»

Auch wieder wahr, dachte Andrina. Nur ein Bewohner würde um diese Zeit das Gebäude betreten. Falls der Mann kein Bewohner gewesen war, musste es sich um den Täter handeln. Wie passten Lukas' Überlegungen mit dem Schlüssel dazu, den der Mann hervorgeholt hatte? Ihr schwirrte der Kopf, und sie überlegte, wie sie Lukas davon überzeugen konnte, mit der Polizei Kontakt aufzunehmen. Lukas stellte die Tasse mit Schwung neben die Tatstatur. Beinahe wäre der Cappuccino übergeschwappt.

«Was mir keine Ruhe lässt ... die Toten sind bis auf Herrn Lurati bei Pfahlbauten abgelegt worden. Ich weiss nicht, ob ich das für einen Zufall oder für Absicht halten soll.» Das Thema hatten sie bereits mehrmals angeschnitten. Wieso kam er hartnäckig darauf zurück? «Man müsste herausfinden, ob sich Herr Lurati für Pfahlbauten interessierte», fuhr Lukas fort.

«Das werden wir nicht so leicht erfahren», hielt Andrina dagegen.

«Der nächste Punkt ist, ich hatte das Gefühl, Herr Dubach kannte Herrn Lurati», sagte Lukas.

Andrina hatte nicht den Eindruck gehabt. Das musste allerdings nichts heissen, da sie die Männer zwar miteinander sprechen gesehen hatte, aber nicht darauf gachtet hatte, ob man aufgrund ihres Umgangs auf eine Bekanntschaft schliessen konnte. Rückblickend konnte sie das genauso wenig beantworten. Dafür war ein anderer Aspekt nicht von der Hand zu weisen: David Dubach schrieb einen Krimi über ein Archäologenteam, das die Pfahlbauer erforschte. Wenn er mit Herrn Lurati bekannt war … Nicht weiterdenken. «Wie kommst du darauf?»

«Die beiden haben sich angeregt miteinander unterhalten.»

Angeregt hatte das Gespräch für Andrina nicht ausgesehen. «Das muss nichts heissen», hielt Andrina dagegen und grub weiter im Gedächtnis, ob sie sich an einen anderen Augenblick erinnerte, in dem sie die beiden miteinander sprechen gesehen hatte, der solche Rückschlüsse zuliess.

«Der Umgang der beiden kam für mich anders rüber», sprach Lukas weiter. «Vertrauter, beinahe wie unter Kollegen.»

Vertraut? Vor ihrem inneren Auge tauchte auf, wie sich die beiden kurz vor der Küche unterhielten, aber das hatte für sie den Anschein gehabt, als sei es ein kurzer Wortwechsel gewesen. Halt, dachte sie. Sie meinte sich zu erinnern, die beiden Männer ein zweites Mal zusammen gesehen zu haben. Sie waren auf dem Balkon verschwunden, um eine zu rauchen. Wie sie aber dort miteinander umgegangen waren, konnte sie beim besten Willen nicht rekonstruieren. «Hast du der Polizei von deinen Vermutungen erzählt?»

«Ich habe mich gehütet.»

Andrina enthielt sich eines Kommentars, da sie das nachvollziehen konnte, obwohl ihr klar war, es wäre vernünftig gewesen, der Polizei diese Beobachtung mitzuteilen. «Obwohl ich das ein wenig weit hergeholt und zu zufällig finde, wäre es gut, herauszufinden, ob die beiden sich wirklich kannten oder woher Herrn Dubachs Interesse für Pfahlbauten herrührt.» Andrina trank den Tee aus und stellte die Tasse neben ihren Computer.

«Ich werde ihn vorsichtig fragen», sagte Lukas. «Er hat mir nämlich in einer E-Mail geschrieben, von dem Mord in der

Zeitung gelesen zu haben. Er ist bestürzt, weil dieser freundliche Mann tot ist.»

Andrina drehte die Wortwahl «freundlicher Mann» im Kopf hin und her. Würde sie so über jemanden sprechen, den sie gut kannte? Freundlicher Mann ... Das konnte alles und nichts bedeuten. Sie hatte mit Lurati nur einige Worte gewechselt und würde ihn durchaus ebenfalls so beschreiben.

«Und ich werde mit Sarah reden, ob Herr Lurati sich für Pfahlbauten interessiert hat», sagte sie entschlossen.

«Wer ist Sarah?», fragte Lukas.

«Seine Freundin.»

Sie konnte Lukas die Verwirrung deutlich ansehen. «Du kennst ... woher weisst du, wer ...»

«Sarah arbeitet in dem Reisebüro, in dem Enrico und ich dabei sind, unsere Reise, zu der wir uns spontan entschlossen haben, zu buchen.»

«Klappt das wirklich? So kurzfristig?»

«Scheint so, als hätten wir Glück.»

«Wohin soll es gehen?»

«Eine Woche nach Lanzarote und eine nach Teneriffa.»

«Cool.» Lukas' Blick war abwesend, als er seinen Cappuccino austrank. «Bitte sei vorsichtig. Mir behagt es nicht, wenn du in Ermittlungen hineingezogen wirst.»

«Und mir behagt es nicht, wenn ein guter Kollege das Gefühl hat, ungerechtfertigt verdächtigt zu werden, und deswegen Paranoia schiebt.»

Das Klingeln des Telefons auf Lukas' Schreibtisch liess sie zusammenfahren. Lukas warf einen Blick auf das Display und runzelte die Stirn. Er nahm den Hörer ab und versteifte sich augenblicklich.

«Das ist richtig», sagte er. Einige Sekunden verstrichen, bevor er weitersprach. «Sie haben nicht danach gefragt.» Einen Augenblick herrschte neue Stille. Sosehr Andrina sich anstrengte, sie konnte nicht verstehen, was die Person am anderen Ende sagte.

«Ich soll was?», rief Lukas. Er starrte Andrina an. Sie las Angst in seinen Augen. «Jetzt? ... Gut, ich komme.» Er hielt den Hörer in der Hand und starrte auf einen Punkt auf seinem Schreibtisch.

«Wer war das?», fragte Andrina.

Lukas fuhr zusammen. So schreckhaft kannte sie ihn nicht. «Ich soll sofort ins Polizeikommando kommen.»

***

Andrina setzte sich an einen freien Tisch in der «90 Grad Bar», die Sarah als Treffpunkt vorgeschlagen hatte, und schaute sich um. Sie war oft vorbeigelaufen, hatte aber die Bar bisher nie betreten. Sarah war nicht da. Oder war sie bereits gegangen? Das hoffte Andrina nicht. Sie hatte sich um beinahe fünfzehn Minuten verspätet, weil ein Telefonanruf dazwischengekommen war, gerade als sie gehen wollte.

Zu dem Zeitpunkt, als sie den Verlag verlassen hatte, war Lukas noch nicht zurückgekehrt. Warum dauerte die Befragung so lange? Inzwischen war früher Nachmittag. Je mehr Zeit verstrichen war, desto hibbeliger war Andrina geworden. Eine böse Vorahnung hatte von ihr Besitz ergriffen. Sie war froh, als sie endlich in die verspätete Mittagspause gehen konnte.

Eine junge Frau trat an den Tisch, und Andrina bestellte einen Tee. Nachdem die Frau den Tee kurz darauf gebracht hatte, behielt sie weiter die Tür im Auge. Durch die grossen Fenster hatte sie ausserdem einen guten Blick auf die Bahnhofstrasse. Passanten eilten mit gesenkten Köpfen gegen den auffrischenden Wind vorbei. Auf der Strasse staute sich der Verkehr. Jedes Mal wenn die Tür geöffnet wurde, zuckte Andrina zusammen, in der Annahme, es sei endlich Sarah.

Doch jedes Mal wurde sie enttäuscht. Zwei Männer betraten den Raum und schauten sich suchend um. Sie fanden einen Tisch in der Ecke gegenüber von Andrina. Drei Frauen und ein Mann betraten als Nächste die Bar. Sie setzten sich an den Tisch neben Andrina, von dem gerade zwei Frauen aufstanden.

Andrina schielte auf die Uhr. Inzwischen waren es bald dreissig Minuten nach ihrer verabredeten Uhrzeit. Wie lange sollte sie warten? Sie holte ihr Handy hervor. Weder ein verpasster Anruf noch eine SMS oder ein WhatsApp. Als sie abgemacht hatten, hatten sie vorsichtshalber ihre Handynummern ausgetauscht. Sie überlegte, ob sie Sarah eine Nachricht schreiben sollte, wo sie blieb, verwarf den Gedanken aber gleich. Das würde aufdringlich erscheinen, und Andrina wollte Sarah nicht bedrängen. Es könnte etwas dazwischengekommen sein – eine weitere Befragung durch die Polizei, oder sie hatte einen Termin beim Bestatter, der länger gedauert hatte und ihr keine Möglichkeit gab, Andrina zu benachrichtigen.

Andrina steckte das Handy zurück in die Handtasche. Sie gab Sarah zehn Minuten. Sie zwang sich, nicht alle paar Sekunden auf die Uhr zu schauen, und beobachtete das Treiben um sie herum. Gerade als sie beschloss zu zahlen, wurde die Tür schwungvoll geöffnet, und Sarah betrat den Raum. Gehetzt schaute sie sich um. Erleichterung huschte über ihr Gesicht, als sie Andrina erblickte.

«Entschuldige», sagte sie atemlos, als sie sich Andrina gegenübersetzte. «Ich habe total die Zeit vergessen.»

«Kein Problem», erwiderte Andrina.

«Hast du schon gegessen?», fragte Sarah.

«Ich wollte damit warten, bis du kommst.»

Sarah nahm die Karte. «Besonders Hunger habe ich nicht, aber ich sehe ein, essen zu müssen.»

Sarah wählte ein Sandwich Caprese, und Andrina nahm «The Original».

«Wow, deins sieht nach einem reichhaltigen Mahl aus», sagte Sarah, nachdem sie ein Bier und Andrina ein Wasser bestellt hatte.

«Ich habe dauernd Hunger.»

Sarahs Blick schweifte zu Andrinas Bauch. Andrina hatte den Verdacht, Sarah wünsche sich ebenfalls ein Kind.

«Wie geht es dir?», fragte Andrina vorsichtig, nachdem die Kellnerin die Getränke und das Essen gebracht hatte.

«Es ist, als lebe ich in einem Vakuum», erwiderte Sarah. «Ein Teil von mir ist wie gelähmt. Der andere kann es nicht wahrhaben, und ich erwische mich regelmässig dabei, das Gefühl zu haben, Antonio müsse jeden Augenblick zur Tür hereinspazieren. Weisst du, wir wollten nächsten Juni heiraten, und er …» Sie brach ab und griff nach ihrem Glas. Konzentriert trank sie einige Schlucke. Andrina waren die Tränen in den Augen nicht entgangen. Sie griff nach der anderen Hand, die zur Faust geballt auf dem Tisch lag. Sarah stellte das Glas ab und wischte sich den Schaum vom Mund.

«Die Polizei glaubt nicht mehr an ein … gesundheitliches Problem. Sie geht von Mord aus.» Sarah war schwer zu verstehen. «Obwohl es nichts ändert, es wäre für mich leichter gewesen, mich damit abzufinden, wenn Antonio normal gestorben wäre.» Sie schluckte und musste weiterhin um Fassung ringen. «All diese Fragen. Er war kein Diabetiker und musste keine Beruhigungsmittel nehmen.»

«Was für Beruhigungsmittel?»

«Bei der Obduktion hat der Rechtsmediziner herausgefunden, dass Antonio Beruhigungsmittel und einen recht hohen Promillewert im Blut hatte.»

Susanna hatte nur Alkohol erwähnt, ohne dabei ins Detail zu gehen, welchen Promillegehalt er hatte. Den Alkohol konnte Andrina sich erklären. Susanna hatte erwähnt, die Angestellten der Cateringfirma dürften keinen Alkohol trinken, aber Andrina ging davon aus, dass man ein Auge zudrückte, wenn ein Glas Wein oder Bier am Ende oder nach dem Anlass getrunken wurde. Sie hätte Lukas fragen sollen, ob sie das getan hatten, bevor sie den Verlag verlassen hatten.

Von Beruhigungsmitteln war bisher nie die Rede gewesen. Weder bei Lurati noch bei den anderen Fällen.

Alkohol zusammen mit Beruhigungsmitteln … Das war nicht gerade der ideale Cocktail. Bei entsprechender Dosierung konnte er gut zum Tod führen. Um welche Medikamente handelte es sich überhaupt? War es nur ein Beruhigungsmittel oder sogar ein Schlafmittel? Das könnte die Theorie des Suizids festigen. Allerdings hätten Medikamentenschachteln vorhanden sein müssen. Vorausgesetzt, Lurati hatte die Schachteln nicht vorher entsorgt. Das hätten der Mann und die Frau bei den Pfahlbauten ebenfalls tun können. Es würde die Theorie Suizid wahrscheinlicher machen. Aber gleich dreimal so dicht hintereinander? Gab es eine Absprache zwischen den Personen? Gehörten sie zum Beispiel zu einer Sekte, die Suizid von ihren Mitgliedern verlangte? Andrina warf Sarah einen Blick zu und überlegte, ob sie das fragen sollte. Sie beschloss, lieber abzuwarten, wie das Gespräch verlief.

«Weder Medikament noch Alkohol kann ich mir erklären», sagte Sarah, und ein Zittern ging durch ihren Körper. Andrina hoffte, sie werde nicht zusammenbrechen. «Die fragten tatsächlich, ob er psychische Probleme habe und für solche Einsätze wie bei euch Beruhigungsmittel nötig habe. Genauso der Alkohol. Antonio hat bestimmt während des Einsatzes nichts getrunken. Sein Arbeitgeber war strikt, und es sind bereits Kollegen entlassen worden, die sich nicht daran gehalten hatten.»

«Und im Anschluss?»

«Du meinst, ob sie einen trinken gegangen sind?»

Andrina nickte.

«Ja, das machten sie, wenn sie alles aufgeräumt und zur Cateringfirma zurückgebracht hatten. Antonio hat gesagt, er wäre meistens zu aufgedreht, um sofort heimzufahren. Aber zu diesem Zeitpunkt wäre er nicht mehr im Verlag gewesen.»

Oder er hatte sich mit Lukas und den anderen einen Schluck genehmigt, bevor sie gemeinsam den Verlag verliessen? Allerdings mussten alle noch fahren.

Falls sie sich einen genehmigt hatten, wäre es ein weiterer Grund, Lukas als möglichen Verdächtigen ins Auge zu fassen, obwohl es nichts in Andrinas Augen heissen musste. Ihr Gedanke kehrte zu dem Aspekt zurück, ob Lurati sich daran gehalten hatte, während des Anlasses keinen Alkohol zu konsumieren.

Sie versuchte den Abend vor ihrem inneren Augen erscheinen zu lassen. Sie hatte Lurati und seine Kollegen nur servieren sehen. Ob und was sie ausserhalb von Andrinas Blickfeld getrunken oder gegessen hatten, konnte sie nicht sagen.

Beruhigungsmittel. Warum hatte Susanna diese nicht erwähnt? Weil bei den beiden anderen Toten kein Medikament im Blut festgestellt worden war oder – die naheliegendere Antwort – gewisse Ermittlungsergebnisse Andrina nichts angingen?

Sarah richtete ihren Blick auf Andrina. «Glaubst du, es könnte einer von euch aus dem Verlag gewesen sein? Zum Beispiel der, der mit ihm bis zum Schluss geblieben war?»

Sie musste auf Lukas anspielen.

«Nein.» Nach wie vor konnte und wollte sie nicht glauben, Lukas habe die Tat begangen. Deutlich sah sie ihn vor sich, wie niedergeschlagen er heute gewesen war. «Ich kann mir das nicht vorstellen», sagte sie mit Nachdruck, der Sarah offenbar nicht entging.

«Psychische Probleme», wiederholte Sarah. «Antonio klang begeistert, als er mir berichtete, für euren Apéro eingeteilt worden zu sein. Er liebte Krimis und hat vom Cleve-Verlag bereits einige gelesen. Mittendrin sein, hat er geschwärmt. Er war sowieso gerne ‹mittendrin›, egal bei was. Mehr Unternehmungslust kann – konnte ...», sie schluckte hörbar, «ein Mensch nicht haben.» Sarah tunkte mehrere der Nacho-Chips in den Guacamoledip und steckte sie in den Mund. Heftig mahlten ihre Kiefer. «Antonio stahl sich mit Leichtigkeit in die Herzen seiner Mitmenschen.» Das konnte Andrina sich bildlich vorstellen. «Welchen Grund sollte es geben, einen solchen Menschen zu töten?», fragte Sarah, nachdem sie geschluckt hatte. «Hinzu kommt, er kannte keinen von euch vorher. Der einzige Kontakt, den er vor dem Anlass gehabt hatte, war am Telefon mit einer Gabi ...» Sie hob die Schultern und drehte die Handinnenflächen nach aussen.

«Hug», kam Andrina ihr zur Hilfe.

«Es ging um letzte organisatorische Dinge.» Sie griff nach dem Glas und leerte es in einem Zug. Bevor sie es vor sich hinstellte, machte sie eine Geste Richtung Servierpersonal. So viel Bier am frühen Nachmittag konnte nicht gut enden, dachte Andrina. Vor allem, wenn sie es in einer solchen Geschwindigkeit trank. «Ausserdem hatte so einer wie er keine Feinde. Wie gesagt, um ihn herum wurde es nie langweilig. Sogar an verregneten oder grauen Nebeltagen schien in seiner Umgebung die Sonne, wenn du weisst, was ich meine.» Andrina verstand, was Sarah ihr sagen wollte. Antonio Lurati hatte die ganze Zeit ein Lächeln auf den Lippen und einen verschmitzten Gesichtsausdruck gehabt. Der Mann hatte eine spezielle Ausstrahlung, die sofort jeden in den Bann ziehen musste. Man konnte gar nicht anders, als ihn sympathisch zu finden.

«So ein Mensch kann keine Feinde haben», wiederholte Sarah mit Nachdruck.

Dessen war Andrina sich nicht sicher, wenn sie es sich genau überlegte. Wer mit dieser Leichtigkeit durchs Leben gehen konnte, zog unweigerlich die Aufmerksamkeit von Neidern an. Ob aus Neid gleich ein Mord resultieren musste, war dahingestellt. Unmöglich war es nicht.

«Gab es wirklich niemanden, der, wie soll ich sagen, einen Groll auf ihn hatte? Es wurden schon Leute wegen Nichtigkeiten getötet. Zum Beispiel kann er das Velo an einer falschen Stelle abgestellt haben.»

«Das haben mich die Polizistinnen auch gefragt. Aber ich kann wirklich keine Person nennen, auf die das zutraf.» Sie schaute an Andrina vorbei. «Als mich Antonios Vater anrief, dachte ich, es wäre ein makabrer Witz, den er sich erlaubte. Er war wie Antonio. Immer zu Spässen aufgelegt.»

«Anrief?», fragte Sarah. «Hast du dich nicht gewundert, als er am Abend nicht nach Hause kam?»

«Ich war an dem Nachmittag in Frick bei meinen Eltern. Da am Abend gefrierender Regen vorausgesagt gewesen war, hatte Antonio es für besser gehalten, ich würde dort übernachten und von dort am nächsten Morgen zur Arbeit fahren, wenn sich die Wetterlage beruhigt hatte. Er war davon ausgegangen, es werde an dem Abend spät.»

Andrina erinnerte sich an die Wetterprognose. Der Eisregen war ausgeblieben.

«Geplant war der Anlass aber nur bis gegen zwanzig Uhr», wandte Andrina ein.

«Das war kein Grund, es nicht zu tun. Antonio hat gesagt, sie würden im Anschluss in den Ausgang gehen. Das wird meistens spät. Aber dazu ist es offenbar nicht gekommen.» Die letzten Worte waren leise, und Andrina hatte sie beinahe nicht verstanden. Wie eben starrte Sarah geradeaus und fixierte einen Punkt hinter Andrina. Schweigen dehnte sich aus. Rund um sie herum herrschte Stimmengewirr, das Sarah nicht wahrzunehmen schien. Es war, als sei sie in Gedanken ganz weit weg.

«Hatte dein Freund Hobbys, oder ist er besonders religiös?», versuchte Andrina Sarahs Aufmerksamkeit auf sich und gleichzeitig auf den Grund zu lenken, weswegen sie sich mit Sarah verabredet hatte.

«Religiös?», fragte Sarah verwirrt. Ihr Blick kehrte zu Andrina zurück.

Das war ein plumper Ansatz gewesen, und Andrina verfluchte sich dafür.

«Wie ist es mit Hobbys?», wiederholte Andrina, als Sarah nicht antwortete.

«Zum Ersten. Er ist streng katholisch erzogen worden, geht aber selten in die Kirche. Und Hobbys: Er hat Handball gespielt, ist gerne Ski gefahren, wenn du das meinst.»

«Interessierte er sich für Geschichte?»

«Geschichte?» Sarah lachte auf. «Antonio? Da sind Feuer und Wasser kompatibler.»

«Auch nicht für Pfahlbauten?»

«Pfahlbauten», wiederholte Sarah. Misstrauen schlich sich in ihre Stimme. «Warum sollte er?»

«Kannte er einen David Dubach?»

«Wen? Warum fragst du das?»

«Nur so.» Mist, dachte Andrina und ärgerte sich. Das lief nicht so, wie sie es sich vorgestellt hatte. Sie sollte solche Fragereien lieber denen überlassen, die davon eine Ahnung hatten.

Sarahs Augen waren weiter auf sie gerichtet. «Er hat nie von einem David Dubach gesprochen. Wer ist das?»

«Einer unserer Autoren.»

«Meinst du, er hat mit Antonios Tod zu tun?»

«Nein, überhaupt nicht.» Abwehrend hob Andrina die Hand. Hoffentlich rückte sie keine Unschuldigen in den Fokus. «Die beiden haben miteinander gesprochen und sahen dabei so aus, als seien sie die besten Kollegen.»

«Das war eine seiner Begabungen. In kürzester Zeit hatte man das Gefühl, man kenne ihn ewig. Besonders, wenn ihm die Person sympathisch war.»

ZEHN

Als Andrina am Montagmorgen das Büro betrat, blies Lukas ein Streichholz aus und setzte sich. Die zweite Kerze am Adventskranz auf dem halbhohen Schrank brannte.

Sie haben ihn nicht verhaftet, dachte Andrina erleichtert. Da er am Freitagnachmittag nicht mehr zurückgekommen war, war Andrina davon ausgegangen. Am Wochenende hatte sie überlegt, ob sie ihn anrufen sollte, um Gewissheit zu erlangen. Am Ende hatte sie es lieber sein gelassen.

Er grüsste knapp und wandte sich seinem Computer zu. Andrina war unschlüssig, was sie tun sollte. Eindeutig signalisierte er, nicht mit ihr sprechen zu wollen.

Zu gerne hätte sie gewusst, wie es ihm auf dem Polizeikommando ergangen war. Ihr setzte die Möglichkeit zu, dass er ein Verdächtiger sein konnte oder, schlimmer, der Täter war.

Andrina beschloss abzuwarten, ob Lukas selber das Wort ergriff, und setzte sich an ihren Schreibtisch.

Sich zu konzentrieren war schwer. In immer kürzeren Abständen schielte sie zu ihm hinüber. Er machte einen konzentrierten Eindruck, aber Andrina war sich sicher, dass es nur eine Maske war. Nach einer knappen Stunde hielt sie es nicht mehr aus.

«Kaffeepause?», fragte sie möglichst unverfänglich.

Lukas hob den Kopf. Im ersten Augenblick dachte Andrina, er wolle ablehnen, schliesslich nickte er.

Schweigend gingen sie in die Küche. Als der Kaffee durch die Maschine tropfte und Andrinas Teewasser zu kochen begann, unterbrach Lukas zu Andrinas Erleichterung das Schweigen.

«Sie konnten mich wegen mangelnder Beweise nicht dabehalten. Ihre Vermutungen reichen nicht.»

«Welche Vermutungen?», fragte Andrina erschrocken. Lukas' Befürchtungen schienen sich zu bestätigen.

«Ich könnte aufgrund meines Diabetes Ahnung von der Materie haben, Menschen mit Insulin ins Jenseits zu befördern.»

Andrina musste diese Aussage erst einmal verdauen. Was sollte Lukas' Krankheit mit den Morden zu tun haben?

«Sie haben mich gefragt, warum ich ihnen meine Krankheit verschwiegen habe.»

«Was hast du daraufhin geantwortet?»

«Sie hätten mich nie danach gefragt.»

«Du musst kein Insulin spritzen.» Nach der Diagnose, die zwei oder drei Jahre zurücklag, hatte Lukas seine Ernährung umgestellt und hatte es geschafft, mit einer speziellen Diät ohne die Gabe von Insulin auszukommen.

«In meinem Kühlschrank daheim habe ich für den Notfall eine Ampulle.»

«Das nehmen sie als Aufhänger?» Wut keimte in Andrina auf. Obwohl sie die Gedankengänge der Beamten nachvollziehen konnte, empfand sie das alles ein wenig zu weit hergeholt. Die Menge aus Lukas' Vorrat reichte bestimmt nicht aus, einen Menschen zu töten.

«Herr Brogli sagt, ich habe mich ausführlich mit dieser Materie befasst. Das heisst, ich weiss, wie man Insulin als Mordwaffe einsetzen könnte, obwohl es bestimmt sicherere Methoden gibt.» Lukas' Kaffee war fertig, und er trank einen Schluck. «Zumindest ich würde anderes wählen als Insulin, falls ich jemanden töten wollte.» Er vermittelte einen lockeren Eindruck mit der Art, wie er das sagte. «Wie war es bei dir letzten Freitag mit der Freundin von Herrn Lurati?», wechselte er das Thema.

«Nichts, was uns weiterhelfen könnte.» Andrina drückte den Teebeutel leicht aus und nahm ihn aus der Tasse.

«Was meinst du mit ‹nichts›? Ist die Freundin nicht gekommen?»

Andrina folgte Lukas zurück zu ihrem Büro. «Sie hat sich verspätet. Gemäss ihrer Erzählung hatte Herr Lurati kein Interesse an Pfahlbauten. Geschichtliches interessierte ihn überhaupt nicht.»

Lukas runzelte die Stirn. «Oder er hat ihr nie was davon gesagt.»

«Was willst du damit sagen?», fragte Andrina.

«Gemäss Herrn Dubach haben die beiden sich am Apéro angeregt über die Pfahlbauer unterhalten.»

«Hast du mit ihm gesprochen?»

«Ja, ich habe mit ihm telefoniert, bevor du heute Morgen gekommen bist.»

«Hat er sich nicht gewundert, weil du ihn das gefragt hast?» Wusste Dubach, dass die Polizei Lukas als möglichen Täter ins Auge gefasst hatte?

«Er hat Herrn Lurati von seinem Pfahlbaukrimi erzählt, und der schien interessiert zu sein», sagte Lukas, ohne auf Andrinas Frage einzugehen.

Sie liess die Szene auf dem Balkon vor ihrem inneren Auge erscheinen. Sie hatten geraucht. Wenn sie genau darüber nachdachte, konnten sie sich durchaus angeregt unterhalten haben. Stopp, ermahnte sie sich. Erinnerungen konnten schnell verfälscht werden, besonders wenn man sich etwas wünschte.

«Das muss aber nichts heissen, da sich bei Herrn Dubach momentan alles um sein Buch dreht, das bald erscheinen wird. Herr Lurati könnte es spannend gefunden haben, mit einem Autor über sein Projekt zu sprechen.»

«Ich habe ihn aber nicht gefragt, ob er das Gefühl hatte, Herr Lurati habe bereits Vorwissen. Er hat sich sowieso gewundert, weil ich solche Fragen gestellt habe.» Da war sie, die Antwort auf Andrinas Frage eben. Sie bekam ein schales Gefühl.

«Hat er sich nicht zusätzlich gewundert, als du ihn deswegen angerufen hast?»

«Für wie plump hältst du mich? Ich habe einen anderen Vorwand angegeben und das Gespräch gekonnt in diese Richtung gelenkt.» Lukas grinste breit. In seinen Augen blitzte es.

Andrina verspürte Erleichterung. Das war der Lukas, den sie kannte, und nicht der bedrückte Mann, den sie seit Luratis Tod erlebt hatte.

Andrina setzte sich auf den Stuhl. «Was bedeutet das für unsere Fragen? Gibt es eine Verbindung von Herrn Lurati zu den Pfahlbauern? Ist der Mord oder sind die Morde wegen der

Pfahlbauer begangen worden? Kannte Herr Lurati die beiden anderen Toten?»

«Viele Fragen auf einmal», sagte Lukas. «Hast du dich nicht bei Sarah erkundigt, ob ihr Freund die anderen Toten gekannt hat?»

«Sarah war misstrauisch genug, als ich ihr solche Fragen stellte. Die Frau ist nicht identifiziert, und den Namen des Mannes habe ich vergessen.»

Lukas begann zu tippen. «Inzwischen gibt es mehr Details», sagte er. «Hier steht ‹B. Lang› und ‹B. Märki›.» Richtig, dachte Andrina. Bernd Lang. Und B. Märki? Das hiesse, die Frau war identifiziert. Er las weiter. «Oh Mann», rief er. «Der Journalist schreibt hier: ‹A. Lurati wurde anscheinend auf ähnliche Weise getötet wie die beiden bei den Pfahlbauten. Gibt es einen Zusammenhang?›» Er hob den Kopf. «Ich kann mir nicht vorstellen, dass die Polizei das so weitergegeben hat. Von einer Pressekonferenz weiss ich nichts.»

«Du musst mich nicht fragen», antwortete sie. «Ich sitze seit Längerem nicht mehr an der Informationsquelle.»

«Na ja, Kontakte hast du.»

Das stimmte. Andrina griff zum Telefon. Inzwischen könnte es etwas geben, das Lukas entlastete, und sie wollte ihm gerne helfen.

«Kann ich dich zurückrufen?», meldete sich Susanna nach dem vierten Klingelzeichen. «Hier ist die Hölle los.»

***

«Für dich», sagte Enrico und hielt Andrina das Telefon hin.

«Es tut mir leid, wenn ich erst jetzt zurückrufe», sagte Susanna. «Im Polizeikommando ging es heute drunter und drüber nach dieser Meldung in den Onlinemedien. Ich nehme mal an, du hast davon gelesen.»

Andrina setzte sich auf das Sofa. Enrico wies mit dem Zeigefinger nach oben. Er hatte beim Nachtessen erklärt, er müsse sich vom Homeoffice ins Geschäft einloggen, da er etwas Wichtiges erledigen müsse, was er heute nicht geschafft hatte. Andrina nickte. «Du meinst die Mitteilung mit dem Zusammenhang von Herrn Lurati und den beiden Toten?»

«Genau», rief Susanna laut ins Telefon, und Andrina hielt den Hörer ein Stück vom Ohr weg. «So ein Blödsinn!»

«Gibt es keinen Zusammenhang?» Vorsichtig hielt Andrina den Hörer dichter ans Ohr, bereit, ihn bei Susannas nächstem Ausbruch gleich wieder wegzunehmen. Der Pfeifton in ihrem Ohr ebbte ab.

«Ja! Nein! Irgendwie doch. Keine Ahnung.» Susanna schnaubte.

«Eure Pressestelle hat nichts in diese Richtung verlauten lassen?», hakte Andrina nach.

«Ganz bestimmt nicht. Ich wundere mich, wo die diese Mitteilung herhaben. Wenn ich den in die Finger bekomme, der so was behauptet.» Deutlich konnte Andrina hören, wie Susanna heftig atmete. «Marco hat uns einzeln zu sich zitiert.» Susanna musste Andrina nicht erklären, was er dabei gesagt hatte. «Er vermutet ein Leck ...»

«Ein Leck?», wiederholte Andrina. «Das hiesse, es gäbe einen Zusammenhang, von dem aber keiner erfahren soll, oder andersherum.» Sie zögerte. «Vielleicht soll den Leuten genau ein Zusammenhang vor Augen geführt werden.»

«Himmel, Andrina!» Erneut musste Andrina das Telefon ein Stück vom Ohr weghalten. «Marco hat erzählt, es habe einen anonymen Anruf bei der Zeitung gegeben. Er sagte, es müsse nicht unbedingt jemand vom Polizeikommando sein. Derjenige, der dort angerufen hat, muss aber über gewisse Einzelheiten Kenntnis haben, die die allgemeine Bevölkerung nicht hat. Ich wüsste gerne, wer das in die Welt gesetzt hat.»

«Was hältst du von dieser Möglichkeit: Der Täter hat diese Info weitergegeben?», sagte Andrina.

Am anderen Ende der Leitung atmete Susanna tief ein und aus. Danach herrschte Stille. Dieses Mal war es Susanna, die nach endlosen Sekunden das Schweigen brach. «Das haben wir schon diskutiert.»

«Es könnte aber jeder gewesen sein», sagte Andrina. «Die Leute machen sich Gedanken. Sie sind beunruhigt. Keiner weiss, was er davon halten soll. Scheinbar gibt es keinen Zusammenhang, aber im nächsten Augenblick sieht es wieder so aus. Die Fragen nach dem Warum und wer das nächste Opfer ist, dürften die sein, die im Moment am meisten gestellt werden. Aber ich glaube nicht, dass die Personen ihre Erkenntnisse den Medien weitergeben.»

«Jemand könnte sich wichtigmachen wollen. Solche Leute gibt es leider genug. Marco hat uns ordentlich in die Mangel genommen.»

«Was ist, wenn es wirklich der Täter ist?», sagte Andrina vorsichtig. «Er geniesst es, im Rampenlicht zu stehen. Das gibt es öfters.»

«Wie gesagt, das haben wir bereits in Betracht gezogen», erwiderte Susanna.

«Das würde aber heissen, die drei Todesfälle hängen zusammen.»

«Falls das der Täter getan hat, wäre das eine besorgniserregende Entwicklung», sagte Susanna. «Erstens würde es sich um einen Serienmörder handeln, und zweitens sucht er die Aufmerksamkeit der Öffentlichkeit, wie ich eben gesagt habe. Wenn das so ist, geniesst er es, im Zentrum der Aufmerksamkeit zu stehen, oder es verleiht ihm einen zusätzlichen Kick. Das würde bedeuten, der nächste Mord wird früher oder später folgen. In dem Fall müssten wir dringend einen sachverständigen Psychologen hinzuziehen.» Ein unterdrückter Fluch folgte.

«Hältst du es für möglich?», fragte Andrina.

«Wenn ich hierauf eine Antwort wüsste», seufzte Susanna. «Es kann genauso alles anders sein. Es kann sich um zwei oder drei Täter handeln, deren einzige Gemeinsamkeit ist, dass sich ihre Morde zufällig zum selben Zeitpunkt ereignet haben. Dagegen sprechen die ähnlichen Befunde. Alle drei Personen hatten Alkohol und Beruhigungsmittel im Blut und wiesen diesen tiefen Blutzuckerspiegel auf. Es ist alles möglich.» Also stimmte das mit dem Beruhigungsmittel, dachte Andrina entsetzt. «Ich weiss nicht, welches Szenario mir lieber wäre. Auf jeden Fall werde ich deine Überlegungen im Team zur Sprache bringen.»

«Ich hätte eine andere Idee. Könnte eine Sekte hinter allem stecken?»

«Eine was?», rief Susanna.

«So als anderer Ansatz. Falls die Toten miteinander in Verbindung stehen und Selbstmord gemacht haben, könnte das eine Sekte sein, die sie dazu angestiftet hat.»

«Meinst du Kollektivselbstmorde, die es auch schon gab?»

«Ja, so was Ähnliches.»

«Andrina! Du hast eine Phantasie.»

Andrina war sich nicht sicher, ob Ärger oder Belustigung in Susannas Stimme mitschwang. Auf einmal fand sie ihre Idee dämlich und völlig aus der Luft gegriffen.

«Entschuldige», sagte sie ausweichend. «Vielleicht ist es wirklich ein wenig weit hergeholt.»

«Wie kommst du überhaupt darauf?»

«Vergiss es. War nur so eine Idee.»

Sie verabschiedeten sich. Als sie aufgelegt hatten, kam Andrina in den Sinn, dass sie vergessen hatte, zu fragen, warum Lukas im Mittelpunkt der Ermittlungen zu stehen schien. Ob es Hinweise gebe, die diese Theorie untermauern würden. Ob sein Diabetes der einzige Hinweis war. Oder ob Lukas überreagierte und zu viel in die Befragungen hineininterpretierte.

Andrina lehnte sich nach hinten und wechselte den Hörer von der einen in die andere Hand. Eine andere Sache hatte sie ausserdem vergessen zu fragen: wer B. Märki war. Sie kannte niemanden mit diesem Nachnamen. Allerdings war sie sich nicht sicher, ob Susanna ihr diese Angaben gegeben hätte. Obwohl sie mit Andrina als Freundin offen über die Fälle sprach, waren Andrina die Grenzen klar. Susanna würde nicht alles preisgeben. Das, was sie ihr sagte, war bereits an der Grenze.

B. Märki … Hatten aber Lang oder Lurati sie gekannt? Wie war es mit Lukas? Am Nachmittag hatte es den Anschein gehabt, er kenne sie nicht. Das musste allerdings nichts heissen.

ELF

Andrina ging an der Verlagsküche vorbei und erblickte Gabi, die gerade eine Tasse in den Geschirrspüler stellte.

«Hallo», sagte Gabi, und Andrina erwiderte den Gruss.

Seit ihrem Ausflug auf den Weihnachtsmarkt hielten sie wieder Distanz. Doch es war keine Feindseligkeit zu spüren gewesen, eher Verunsicherung. Andrina hatte nicht gewusst, wie sie sich in Zukunft verhalten sollte. Es würde ein weiter, schwerer Weg sein, zu dem Zustand ihrer Freundschaft zu gelangen, den sie früher gehabt hatten, falls das überhaupt möglich war.

Sie überlegte, ob sie weiter zu ihrem Büro gehen oder sich zu Gabi in die Küche gesellen sollte. Einfach weiterzugehen, konnte von Gabi falsch aufgefasst werden.

«Ich habe dir etwas mitgebacht», sagte Gabi und nahm Andrina die Entscheidung ab.

«Du mir?» Andrina betrat die Küche und griff nach der Packung, die Gabi ihr hinhielt.

«Den habe ich auf dem Weihnachtsmarkt gefunden, und ich weiss, wie gerne du diese Mischungen hast.»

«Weihnachtstee», sagte Andrina. «Zimt, Kardamom, Hibiskus, Apfel ... Das klingt fein. Vielen Dank.»

Gabi machte einen verlegenen Eindruck, und Andrina wusste ebenfalls nicht, wie sie das Gespräch weiterführen konnte.

«Darf ich dich was fragen?» Das klang vorsichtig.

«Nur zu», sagte Andrina betont locker und wies auf den Tisch. Sie setzten sich einander gegenüber.

Gabi öffnete den Mund, schloss ihn und versuchte einen neuen Vorstoss. «Bist du gestern mit Marco aneinandergeraten?»

«Ich? Nein, wieso?» Andrina forschte in Gabis Gesicht, konnte aber keinen Groll oder die Anschuldigung, Andrina könne sich an Marco herangemacht haben, erkennen, wie sie es tat, wenn sie Andrina normalerweise auf Marco ansprach.

«Wirklich?», hakte Gabi nach.

«Nein. Warum?»

«Ich … Er hat gestern Abend telefoniert und dich im Anschluss verwünscht.»

«Hat er gesagt, er hat mit mir gesprochen?»

«Als ich ihn fragte, wer am Telefon gewesen sei, hat er nicht geantwortet.» Gabi blickte Andrina an, die sich zusehends unwohl fühlte.

Auf einmal kam die Erkenntnis. «Susanna», sagte sie.

«Was?»

«Das ist eine längere Geschichte.»

Gabi neigte den Kopf, als wolle sie Andrina auffordern, fortzufahren. Andrina holte aus und begann bei Lukas und ihren Vermutungen und wie sie Susanna davon berichtet hatte.

«Du meinst, sie hat danach Marco angerufen?», fragte Gabi.

Andrina nickte. «Mein Name könnte durchaus erwähnt worden sein.»

Ein Grinsen huschte über Gabis Gesicht. «Du bist ganz die Alte. Kein Wunder, dass Marco geflucht hat. Er hat es gehasst, wenn du deine Nase in polizeiliche Angelegenheiten gesteckt hast.»

«Das habe ich dieses Mal nicht.»

Gabis Grinsen wurde breiter. «Wirklich nicht?»

«Okay, Lukas und ich haben darüber gesprochen und unsere Schlussfolgerungen gezogen. Wer macht das nicht?»

«Auch wahr. Aber bei dir reagiert Marco eben empfindlich.» Das Lächeln verschwand, und sie wandte den Kopf ab. Die gelöste Stimmung war verschwunden, und es knisterte in der Luft. Andrina suchte nach einer Möglichkeit, das Gespräch in Gang zu bekommen, wusste aber nicht, wie.

«Spricht Marco mit dir über die Fälle?», wagte Andrina einen Vorstoss.

«So wie mit dir?» Feindseligkeit gesellte sich zu dem Knistern zwischen ihnen. Eindeutig war das der falsche Ansatz gewesen. «Nein. Frage ich nach …»

Andrina wartete, ob Gabi weitersprach, was sie nicht tat. Das musste sie nicht. Andrina konnte sich vorstellen, wie Marcos Reaktion ausfiel. Im September hatte sie bereits bemerkt, dass das Verhältnis zwischen Gabi und ihm nicht mit dem zu vergleichen war, das zwischen ihnen geherrscht hatte. «So schlimm?», rutschte es Andrina heraus.

Gabi beugte sich vor und ergriff Andrinas Hand. Andrina war erstaunt über diese Geste. Mehr noch. Sie war überrascht.

«Das, was zwischen euch geherrscht hat, werde ich nie erleben», murmelte Gabi. Die Feindseligkeit war verschwunden und hatte Trauer Platz gemacht, was Andrina erschreckte.

«Ich war nur der Lückenbüsser», fuhr sie leise fort. Andrina war überrumpelt von Gabis Offenheit. Ihre Befürchtung schien sich zu bestätigen.

«Als ich das begriffen hatte, war es bereits zu spät, und der Unfall ist geschehen», sprach Gabi weiter.

«Welcher Unfall?», fragte Andrina irritiert.

Gabi legte die Hand auf ihren Bauch.

Mitleid durchflutete Andrina. Susanna hatte recht gehabt. Sie fragte sich, wie es mit Gabi und Marco weitergehen würde. Es war eindeutig, er war nur wegen des Kindes bei ihr geblieben. Würde die Beziehung Bestand haben? Andrina bezweifelte es.

Die Tür wurde aufgerissen, und Kilian stürmte in die Küche.

«Hier steckt ihr», rief er. «Lukas hat angerufen. Er kommt heute nicht mehr.»

«Ich habe mich gewundert, wo er steckt», sagte Andrina. «Zu Hause habe ich ihn nicht erreicht, und das Handy nimmt er nicht ab. Ist er krank? Das würde mich in Anbetracht der Umstände nicht wundern.»

«Er musste zu neuen Befragungen ins Polizeikommando. Sie haben einen Zeugen gefunden, der eine Person von Lukas' Statur gesehen haben will, die nach Mitternacht das Haus hier betreten hat.»

«Das muss nichts mit dem Mord an Herrn Lurati zu tun haben», sagte Gabi, nachdem sich Kilian zu ihnen an den Tisch gesetzt hatte.

«Der Zeuge hat angegeben, wie er alle aus dem Haus kommen

gesehen hat. Die vom Catering sind weggefahren, und Herr Lurati ist ins Haus zurückgekehrt. Danach sei Lukas weggefahren. Eine oder zwei Minuten später sei eine Gestalt um die Ecke gebogen und im Haus verschwunden.»

«Warum sollte das Lukas sein?», warf Gabi ein. «Er ist weggefahren.»

«Lukas kann das Auto einige Strassen weiter abgestellt haben und zu Fuss zurückgekehrt sein.»

«Du sagtest, die Person habe die gleiche Gestalt und Grösse wie Lukas? Das klingt vage und bedeutet, der Zeuge hat ihn nicht genau erkannt», sagte Andrina. «Lukas ist weder besonders gross noch besonders klein. Die Beschreibung kann auf viele zutreffen.»

«Der Mann habe eine Kappe aufgehabt und den Kragen der Jacke hochgestellt.»

«Wieso ist dieser Zeuge stehen geblieben und nicht weitergegangen?»

«Er ist spät nach Hause gekommen und hat eine geraucht, bevor er in seine Wohnung gegangen ist.»

«Das heisst, er ist existent?», fragte Gabi.

«Ja, und er scheint glaubwürdig zu sein», fügte Kilian an. Er lehnte den Kopf in den Nacken. «Himmel, ich kann es nicht glauben.»

«Lukas hat damit nichts zu tun», rief Andrina heftig.

«Wie es aussieht, doch», sagte Kilian niedergeschlagen.

«Warum sollte Lukas Herrn Lurati töten?»

«Das kann ich nicht beantworten.»

«Wie passen die beiden anderen Toten zu deiner Annahme? Was sollte Lukas' Grund für die beiden anderen Morde sein?»

«Frage mich was Einfacheres», sagte Kilian.

«Kennt er Herrn Lang und diese B. Märki? Wer ist das überhaupt?»

«Bettina Märki», sagte Gabi leise.

Erstaunt wandte sich Andrina ihr zu.

«Marco spricht nicht mit mir über den Fall und hat mir mehr als einmal deutlich gemacht, es gehe mich nichts an. Das hindert mich aber nicht daran, meine Ohren zu spitzen, wenn er zu Hause telefoniert.»

Sie lauschte. Das hatte Andrina während ihrer Beziehung zu Marco nicht gewagt. Es wäre ihr wie ein Vertrauensbruch vorgekommen.

«Es ist nicht das, was du denkst», sagte Gabi, als habe sie Andrinas Gedanken erraten. Sie errötete. «Wenn er laute Telefonate führt, höre ich das automatisch. Da kann mir keiner einen Vorwurf machen. Weil mich das ebenso, wenn auch nur indirekt, betrifft, höre ich eben hin.» Offenbar gingen die Verdächtigungen gegen Lukas ihr ähnlich nahe, und sie wollte informiert sein.

«Weisst du, ob sie mit Herrn Lang und Herrn Lurati zu tun hat?» Andrina witterte die Chance, endlich darauf eine Antwort zu erhalten.

«Wenn ich das richtig verstanden habe, nicht. Aber das ist ohne Gewähr, da ich nur Marcos Seite gehört habe. Bettina Märki wohnte in Dulliken und arbeitete in Olten, wo ihre Eltern leben, mit denen sie nur sporadisch Kontakt hatte. Das scheint aber nicht unbedingt an einem zerrütteten Verhältnis zu ihnen gelegen zu haben. Sie kannte weder Herrn Lang noch Herrn Lurati. Kontakt zu dem Cateringunternehmen hatte sie ebenfalls keinen. Marco hat Susanna lang und breit am Telefon erzählt, wie er die Mitarbeiter auf das hin befragt hat.»

«Wie ist es mit Lukas?»

«Er kam bei dem Telefonat leider nicht zur Sprache.»

«Apropos Lukas. Wurde er verhaftet?», fragte Andrina leise.

«Nein. *Noch* nicht. Die Beschreibung des Täters ist kein ausreichender Beweis für eine Verhaftung. Er steht aber weiterhin zuoberst auf der Liste.»

Sie hätten ihn für vierundzwanzig Stunden dabehalten können, dachte Andrina und war froh, weil dies nicht geschehen war. Das konnte jederzeit passieren.

«Elisabeth wird nicht begeistert sein», sagte Gabi. «Ich kann sie direkt hören. Das ist Negativpublicity für unseren Verlag.» Sie ahmte Elisabeths Tonfall nach, wenn sie sauer war. Wider Willen musste Andrina grinsen.

«Es kann anders sein», sagte Kilian. «Skandal!» Mit den Händen zeichnete er einen grossen Kreis in die Luft. «Der Buchabsatz wird boomen.»

Jetzt musste Andrina kichern. Gabi fiel mit ihr ein, und es gipfelte in allgemeinem Gelächter, welches befreiend war.

«Weiss Elisabeth es überhaupt schon?», fragte Andrina, nachdem sie sich beruhigt hatten.

«Ich denke nicht. Sie ist heute ausser Haus.»

Das hatte Andrina vergessen.

«Wir sollten sie informieren», sagte Gabi. «Ich denke, ansonsten wird sie überrumpelt, wenn sie zum Beispiel in den Medien hört: ‹Verlagsmitarbeiter unter dringendem Tatverdacht›. So was wird sie überhaupt nicht schätzen.» Unausgesprochen hing die Frage in der Luft, wer das Informieren übernehmen würde.

«Ich mache das», sagte Andrina und stand auf. Vorher würde sie aber etwas anderes erledigen. Ohne eine Erwiderung der anderen abzuwarten, ging sie in ihr Büro, um Susanna anzurufen.

Andrina kam nicht dazu. Bevor sie den Hörer in die Hand nehmen konnte, klingelte es bereits. Hätte sie der Nummer auf dem Display entnehmen können, wer sich dahinter verbarg, hätte sie das Gespräch nicht entgegengenommen.

«Darf ich Sie bitten, ins Polizeikommando zu kommen?», sagte Brogli. «Ich möchte ein weiteres Mal Ihre Aussage durchgehen.»

Andrina verkniff sich die Frage, warum das nötig sei. Es war ohnehin klar. Er wollte prüfen, ob sie bei ihrer Aussage zu Dienstagabend blieb oder ob sie sich in Widersprüche verwickelte. Brogli könnte glauben, sie decke Lukas. Als Andrina sich auf den Weg machte, hoffte sie, er werde sie nicht alleine vernehmen, sondern Susanna sei dabei.

Sie wurde enttäuscht. Als Brogli sie in das Vernehmungszimmer führte, das sie bereits von früher kannte, wartete dort Aeschlimann.

Sie setzte sich den beiden Beamten gegenüber an den Tisch und lehnte sich zurück, in der Hoffnung, möglichst entspannt zu wirken und den Beamten zu signalisieren, dass sie nichts zu verbergen hatte.

«Beschreiben Sie bitte nochmals den Abend, an dem der Adventsapéro stattgefunden hat», kam Brogli ohne Umschweife zur Sache.

Andrina tat ihm den Gefallen und achtete dabei genau darauf, nichts auszulassen oder hinzuzufügen, was sie gegebenenfalls bei den ersten Gesprächen ausgelassen hatte.

«Wer war alles dort?», fragte Brogli, als sie geendet hatte. Er zog ein Blatt aus einer Mappe und legte es vor sich auf den Tisch. Wenn Andrina das Geschriebene richtig deutete, handelte es sich um eine Liste. Warum fragte er sie das, wenn er eine Zusammenstellung der Anwesenden besass?

«Sie haben die Auflistung vor sich», sagte sie, anstatt auf seine Frage einzugehen.

«Ich möchte es von Ihnen hören.»

Andrina konnte gerade ein «Warum ausgerechnet von mir?» zurückhalten und sagte: «Ich weiss nicht, ob ich alle Personen aus dem Kopf zusammenbekomme und ob alle unserer circa dreissig Autoren anwesend waren. Soviel ich weiss, haben sich zwei oder drei kurzfristig abgemeldet. Alles in allem waren viele da, zusätzlich wir vom Verlag und die Mitarbeiter vom Catering.»

«Ich nehme an, das Verlagsteam war vollständig.»

«So ist es.»

Brogli musterte das Blatt vor sich. «Frank Amrein?»

«Was ist mit ihm?»

«War er da?»

«Das sollte da draufstehen.» Andrina deutete auf das Blatt. Sie beugte sich vor und erkannte Gabis Namen in der Kopfzeile. «Wenn Frau Hug Ihnen die Aufstellung gegeben hat, wird sie vollständig sein.»

«Haben Sie ihn nicht gesehen?», fragte Brogli Andrinas Einwand ignorierend.

Andrina konnte sich ein «Was soll das?» verkneifen und liess sich auf das Spiel ein. Sie forschte in ihrem Gedächtnis. Sie war sich nicht sicher, allen Gästen die Hand geschüttelt zu haben.

«Er war da», sagte sie, als ihr einfiel, Frank Amrein begegnet zu sein. Der Mittfünfziger kam gerade mit einem Teller Apérohäppchen aus der Küche. «Er war da», wiederholte sie als Bestätigung.

«Ich weiss, diese Information kann mir jeder vom Verlagsteam geben, aber ich möchte sie von Ihnen hören. Von wo kommt er, und worum geht es in seinen Büchern?»

Verdutzt starrte Andrina ihn an. Broglis und Aeschlimanns Augen waren auf sie gerichtet. War Frank Amrein verdächtig? Das konnte sie sich nicht vorstellen. «Er wohnt in Chur und hat bereits drei Bücher bei uns veröffentlicht. Es geht dabei um eine Polizeibeamtin, die im Engadin mysteriöse Fälle löst.»

«So wie unsere?»

Andrina konnte ein Grinsen nicht unterdrücken, bemühte sich darum, gleich wieder ernst zu werden. «Nein. Es hat nichts mit einem Todesfall in einem Verlag oder Toten bei Pfahlbauten zu tun.» Unweigerlich huschten ihre Gedanken zu David Dubach, als sie den Inhalt der Bücher wiedergab. Gleichzeitig überlegte sie, ob die Beamten annahmen, einer der Krimis könnte als Vorlage dienen. Sobald sie diesen Gedanken zu Ende geführt hatte, wurde ihr heiss. Abwegig war das nicht. Das würde den Kreis möglicher Verdächtiger ausweiten. Nicht nur ausweiten. Es würde der Suche nach der Nadel im Heuhaufen gleichkommen, da der Täter nicht unbedingt einer der Autoren sein musste, sondern genauso gut einer der Leser sein konnte. Ihre Gedanken drifteten zu Dubachs Krimi. Dieser war nicht veröffentlicht und erschien erst im Februar. Zwar fand man den Klappentext im Internet. Detailliert war das nicht.

«Woran denken Sie?», riss Brogli sie aus den Gedanken.

Andrina realisierte, dass sie aufgehört hatte zu sprechen. Sie zwang sich zur Konzentration und berichtete weiter über Amreins Krimis.

«Wie ist es mit Franziska Bauer und ihren Krimis?»

Wollte er alle Autoren mit ihr durchgehen? Das wäre in Andrinas Augen planlos und würde nichts bringen, ausser wertvolle Zeit zu vergeuden, die sie für die Ermittlungen dringend nötig hatten. Andrina hatte nämlich das Gefühl, der Polizei renne die Zeit davon. Der nächste Mord würde nicht allzu lange auf sich warten lassen.

Anscheinend hatte Brogli genau das vor und bestätigte Andrinas Befürchtung, als er den nächsten Namen auf seiner Liste nannte.

Während sie Broglis Liste durchgingen, fragte sie sich, was sie bei David Dubach antworten sollte. Würde sie Lukas' Korrektorat von seinem Krimi über ein Archäologenteam erwähnen, wusste sie, was als Nächstes passieren würde. Kurz erwog sie, nur über Dubachs ersten Krimi zu sprechen und den neuen aussen vor zu lassen. Immerhin war er zum jetzigen Datum nicht erschienen und konnte keine Krimileser in Sachen Mord inspirieren. Würde sie das tun, konnte Brogli ihr vorwerfen, falls es herauskam – und das würde es –, sowohl Lukas als auch David Dubach zu decken oder die Ermittlungen zu behindern.

Zum Glück kam es nicht mehr so weit. Es klopfte an der Tür, und Marco Feller steckte den Kopf herein. In seinem Gesicht blitzte Erstaunen auf, als er Andrina erblickte. «Ich dachte, ihr seid fertig.»

«Nein. Wir gehen die Liste durch.»

Marco runzelte die Stirn. «Wir können die Infos anders bekommen und bei einem Verdacht gezielt nachfragen. Das habe ich mehrmals bei der Sitzung betont.» Er betrat das Zimmer und blickte auf das Blatt vor Brogli, auf dem er hinter jedem Namen, den sie bereits besprochen hatten, ein Häkchen gesetzt hatte.

«Ich wiederhole mich gerne, das bringt nichts.» In seiner Stimme schwang ein Grollen mit.

Brogli setzte eine beleidigte Miene auf und legte die Blätter in die Mappe. Er stand auf und bedeutete Aeschlimann mit einer Kopfbewegung, ihm zu folgen. Als Aeschlimann aufstand, wurde Andrina bewusst, ihn völlig ausgeblendet zu haben. Aeschlimann steckte den Stift in das Notizbuch und klappte es zu. Sie erhob sich, als er ihr zunickte und hinter Brogli den

Raum verliess. Marco Feller schloss die Tür, was Andrina alles andere als recht war, und sie ertappte sich bei dem Gedanken, lieber mit Brogli alleine in einem Raum zu sein als mit Marco. Er trat auf sie zu und hob die Hände an. Andrina befürchtete, er wolle sie umarmen, und wich zurück, bis sich der Stuhl zwischen ihnen befand. Marco senkte die Hände.

«Schon länger nicht mehr gesehen», sagte er. Das klang neutral. Andrina musterte ihn. Seine dunklen Haare konnten einen neuen Schnitt vertragen.

«Unsere Begegnung am Hallwilersee liegt gar nicht so lange zurück.»

«Okay, in dem Fall lange nicht mehr gesprochen.»

«Es sind knapp drei Monate», erwiderte Andrina.

Seine blauen Augen glitten über ihren Körper und blieben an der Wölbung ihres Bauches hängen. Andrinas Unwohlsein verstärkte sich. Ihr kamen seine Bemühungen in den Sinn, wie er sie im September hatte zurückgewinnen wollen. Gleichzeitig sah sie die Verzweiflung von Gabi vor sich.

«Wie geht es dir?», fragte er.

«Abgesehen davon, dass es in meinem Umfeld Tote gibt, kann ich nicht klagen.»

Seine Mundwinkel zuckten leicht nach oben. «Ich hätte dich gerne unter anderen Umständen wiedergetroffen.»

Ich dich lieber nicht – weder in der einen noch in der anderen Situation, dachte Andrina, sprach es aber nicht aus. Wenn sie Gabis Aussage richtig deutete, war sie der Grund, weshalb sie sich als Lückenbüsser fühlen musste. Andrina hatte gehofft, Marco werde sich endlich mit ihrer Trennung abfinden und bereit sein, seinen Lebensweg mit einer anderen Partnerin fortzusetzen, ohne dass Andrina ihm im Wege stand. Wie so oft in der Vergangenheit fragte sie sich, ob er das je können würde. Gerne hätte sie den Kontakt mit ihm aufrechterhalten – als Freund, aber so war das nicht möglich. Andrina hätte gerne gewusst, ob sie das Thema von Marcos und Gabis Gesprächen war. Hatte Marco Gabi gegenüber zugegeben, nicht sie und stattdessen nach wie vor Andrina zu lieben? Oder lief es auf einer subtilen Ebene ab? Gab es zum Beispiel Vergleiche, was Andrina besser gekonnt hatte?

«Ich würde gerne wissen, wieso ausgerechnet in deiner Nähe Leute sterben.» Sein Blick wurde durchdringend. Er hat den Modus auf Ermittler gewechselt, dachte Andrina und war augenblicklich stärker auf der Hut. «Okay, für die ersten beiden kannst du wahrscheinlich nichts. Wobei in meinen Augen alles möglich wäre.»

Andrina konnte knapp verhindern, die Luft scharf auszustossen. Wollte er damit andeuten, sie habe mit den Morden zu tun und wolle damit ablenken, wenn sie die Toten als Erste «entdeckte»?

Es knisterte zwischen ihnen. Er misstraute ihr, oder er traute ihr alles Mögliche zu. Offenbar hatte sich nichts verändert. Andrina hielt Marcos Blick stand. Die verbale Lücke dehnte sich zwischen ihnen aus.

«Du meinst damit, für Herrn Luratis Tod kann ich aber schon etwas?», rutschte es Andrina heraus, als die Sprechpause unerträglich wurde, und verwünschte sich dafür. Sei ruhig, ermahnte sie sich. Du solltest wissen, wie solche Gespräche funktionieren, immerhin hatte er ihr selber von dieser Taktik, die eine seiner liebsten war, mehr als einmal berichtet.

«Das wollte ich damit nicht sagen. Der Mord im Verlag gehört zu – wie soll ich sagen – deinem Umfeld. Mit den anderen Personen hattest du nie zu tun.»

«Warum habt ihr Lukas im Visier?», platzte es aus Andrina heraus.

Marco antwortete nicht.

«Er ist einer der friedlichsten Menschen, die ich kenne.»

«Sogar der friedlichste kann zum Mörder werden, wenn er einen Grund hat.»

«Nicht Lukas!», rief Andrina. «Dieser ominöse Zeuge …»

«Dieser ominöse Zeuge ist glaubhaft.»

«Wer ist das überhaupt?»

«Das darf und will ich dir nicht sagen. Leider konnte er uns keine detaillierte Beschreibung liefern. Er sprach von einer Person, vermutlich einem Mann, der die gleiche Statur wie Lukas Sandmeier hat. Er trug ähnliche Kleidung – Jeans, schwarze Jacke.»

«Das tun viele bei diesem Wetter», hielt Andrina dagegen.

«Leider hatte er die Kapuze hochgezogen und ging gebeugt. Unser Zeuge konnte von seinem Standort aus das Gesicht nicht sehen», sagte Marco, ohne auf Andrinas Unterbrechung einzugehen. «Er hat das Haus betreten und sich dort leider nicht umgedreht, als er von der Beleuchtung erfasst wurde. Eine Überwachungskamera gibt es an dem Haus nicht.»

Wieso sollte es eine dort geben?, fragte Andrina sich. In den beiden unteren Etagen gab es Büros von Rechtsanwälten, KMUs und das des Cleve-Verlags. In den oberen Stockwerken befanden sich Zwei- und Drei-Zimmer-Wohnungen. «Es gibt viele, die Lukas' Grösse und Figur haben», wiederholte sie laut. «Er ist ungefähr einen Meter fünfundachtzig gross, von schlanker Statur und normal gebaut. Das heisst, kein Muskelprotz und nicht zu schmächtig. Personen, die Jeans und eine dunkle Jacke mit Kapuze tragen, sind ebenfalls nicht selten. Besonders, wie eben gesagt, zu dieser Jahreszeit.»

«Das ist uns bewusst, und wir lassen es nicht ausser Acht», ging Marco endlich auf ihren Einwand ein. «Wir müssen uns aber an die Anhaltspunkte halten, die wir haben.»

Zweifelhafte Punkte, dachte Andrina, sprach es aber nicht laut aus. Es hätte zu Diskussionen geführt, die nicht weitergeholfen hätten.

Unangenehmes Schweigen stellte sich ein. Andrina wollte nur eins. Weg. Wusste aber nicht, wie sie ihren Abgang hinbekommen sollte. Grünes Licht vonseiten der Polizei, als Zeugin nicht mehr gebraucht zu werden, hatte sie nicht bekommen.

«Komm, ich bringe dich nach unten», sagte Marco zu Andrinas Erleichterung nach einigen Sekunden weiteren Schweigens.

Andrina folgte ihm. Sie atmete auf, als Marco ihr vor dem Polizeikommando die Hand reichte. Obwohl er ihre eine Weile festhielt, schien er endlich verstanden zu haben, dass sie lieber Abstand wahrte.

«Habt ihr Lukas verhaftet?», stellte Andrina die Frage, die ihr seit Kilians Information auf der Zunge brannte und die sie Susanna hatte stellen wollen.

«Nein. Dazu waren die Angaben des Zeugen zu vage. Aber wir behalten ihn genau im Auge. Ich bin mir sicher, er wird früher oder später einen Fehler machen.»

Andrina lief es eiskalt den Rücken hinunter. Offenbar war er in Marcos Augen nicht mehr nur tatverdächtig, sondern der Mörder. Es war nur eine Frage der Zeit, bis Lukas in Gewahrsam genommen werden würde.

Andrina stieg nach dem Kreisel vom Velo. Den Tellirain hochzufahren vermochte sie nicht. Dazu war ihr die Steigung zu steil. Früher wäre ihr das nicht passiert. Sie hatte eine Kondition gehabt, um die sie mancher Sportler beneidet hätte.

Andrina erreichte die Kreuzung, sass auf und bog rechts in die Laurenzenvorstadt Richtung Altstadt ab.

Ihre Gedanken kreisten um Marco Fellers letzte Aussage. Lukas' Verhaftung war in Andrinas Augen keine Frage von Tagen, sondern von Stunden. Was, ausser der vagen Zeugenaussage, hatte die Polizei gegen Lukas zusätzlich in der Hand? Das Insulin im Kühlschrank? Es musste weitere Anhaltspunkte geben. Nach wie vor wollte Andrina nicht wahrhaben, Lukas könnte einen oder sogar alle Morde begangen haben. Wenn sie wüsste, wie sie Lukas helfen könnte. Eine Idee nahm in ihrem Kopf Form an. Wo könnte er sich verstecken? Sollte sie ihm Unterschlupf bei ihr anbieten? Keine gute Idee. Enrico konnte ihre Zweifel an Lukas' Schuld nachvollziehen, aber das würde ihm zu weit gehen.

Falls Lukas der Täter war, würde sie sich ein Problem aufhalsen – Mithilfe. Der Gedanke blieb hartnäckig. Lukas würde zugrunde gehen, wenn er ins Gefängnis musste. Tatenlos konnte Andrina das nicht zulassen. Sie musste Lukas helfen. Die Frage war nur, wie. Ganz einfach, beantwortete sie sich die Frage selber: Du musst den Täter finden.

ZWÖLF

«Ob Lukas morgen Abend zu unserem Weihnachtsessen kommt?», fragte Kilian. Sie sassen am Tisch des Sitzungszimmers.

«Ich hoffe es für ihn», erwiderte Elisabeth. Das klang barsch. «Ich meine, es würde ihm guttun», fügte sie versöhnlicher an, als sie sich der Blicke bewusst wurde, die sich augenblicklich auf sie richteten.

Zu Andrinas Erstaunen hatte sie sich hinter Lukas gestellt, als Andrina ihr von den weiteren Entwicklungen der Ermittlungen berichtet hatte.

«Ich habe ihm gesagt, er könne sich freinehmen. Er war froh, weil er im Moment nicht richtig bei der Sache ist. Aber den Krimi von David Dubach mache er fertig. Es sei ihm wichtig, angefangene Arbeit zu beenden. Bei den anderen wäre er froh, wenn ihr die übernehmen könntet.» Sie schaute abwechselnd von Gabi zu Andrina.

Das durfte nicht wahr sein. Jetzt rächte sich Elisabeths Sparpolitik. Früher oder später hatte es zu diesem Engpass kommen müssen. Sie waren knapp besetzt und konnten sich nie über zu wenig Arbeit beklagen. Elisabeth wollte vorerst keine weiteren Mitarbeiter einstellen. Ein Dauer-Streitthema. «Ein kleines funktionierendes übersichtliches Team ist mir lieber als eine Menge Leute, bei denen der eine nicht weiss, was der andere gerade tut», hatte sie erklärt. Kilians Einwand, dass es sich bei einem oder zwei Mitarbeitern nicht um eine Menge Leute handle und zudem ein Büroraum leer stand, der extra dafür ins Auge gefasst gewesen war, als der Verlag vor bald drei Jahren umgezogen war, hatte sie nicht gelten lassen. Im Prinzip funktionierten sie gut, aber es durfte keiner ausfallen. Das war die Krux eines kleinen Verlages, dessen Programm in den letzten beiden Jahren ansehnlich gewachsen war.

Lukas hatte Elisabeth im Rahmen des Budgetierens für das

nächste Jahr auf den angestiegenen Umsatz hingewiesen. Auf seine Schlussfolgerung, das Budget könne ein oder zwei neue Mitarbeiter vertragen, hatte Elisabeth ihn angefahren: «Du musst mir nicht meine Finanzen erklären.»

«Macht erst einmal eure Krimis fertig, an denen ihr gerade dran seid», sagte Elisabeth. «Es sind die, die als Nächste erscheinen werden. Im Anschluss daran schauen wir, welcher dringend ist. Ich weiss, es ist schwer, aber ich bitte euch, schnell und konzentriert zu arbeiten. Hat sonst jemand was?»

Allgemeines Kopfschütteln.

Sie kehrten in ihre Büros zurück, und Andrina öffnete sofort ihren Text. Sie versuchte mehr schlecht als recht, die Geschehnisse der letzten Tage auszuklammern, und machte sich an die Arbeit. Anscheinend hatte sie sich mehr in das Korrektorat vertiefen können, als sie gedacht hatte, sodass sie zusammenzuckte, als Kilian in den Raum stürmte und zum Radio hastete.

«Hast du das gehört?», fragte er.

«Was?»

«Still.» Er drehte das Radio laut.

«… in den kommenden Tagen wird uns der Nebel fest im Griff haben. Ob die Sonne ihren Weg durch das Grau finden wird, wage ich zu bezweifeln …», sagte der Moderator von Radio Argovia.

«Das sind wirklich *die* Breaking News, die ich unbedingt nicht verpassen darf», sagte Andrina und konnte es nicht verhindern zu grinsen.

«Das war nicht das. Darf ich?»

Verwundert rutschte Andrina ein Stück zur Seite und überliess Kilian ihren Computer. Er rief das Internet auf und surfte auf den Seiten verschiedener Onlinemedien. Es dauerte eine Sekunden, bis er fündig wurde.

«Hier steht es.» Er klickte auf einen Beitrag.

«Spaziergänger haben im Aargauer Wasserschloss an den Ufern der Aare unweit von Lauffohr am Vormittag eine Leiche gefunden», las Kilian laut vor. «Über den Zustand und um wen es sich bei der Toten handle, sei bisher nichts bekannt.

Die Polizei werde informieren, sobald es Erkenntnisse gebe.» Andrina nahm ihm die Maus ab und klickte sich durch die Slideshow. Das erste Bild zeigte einen Parkplatz, den Andrina wiedererkannte. Vor einigen Wochen hatte Enrico dort das Auto abgestellt. Er hatte Andrina gebeten, ihm zu erklären, was es mit dem Wasserschloss auf sich habe. Er wohne bereits lange im Aargau, aber er wisse zu wenig über seine Wahlheimat. Sie waren am Ufer der Aare entlangspaziert. Leider hatte das Wetter zu wünschen übrig gelassen, und es war nur ein kurzer Ausflug gewesen.

Jetzt standen dort anstelle vereinzelter Autos mehrere Polizeiwagen und ein Krankenwagen.

Das nächste Bild zeigte die Stelle, an der auf der gegenüberliegenden Seite die Reuss in die Aare mündete. Ein kleiner Teil war vom diesseitigen Ufer zu erkennen – Büsche und weiter vorne am Wasser Geröll. Idyllisch, wenn nicht die Absperrbänder gewesen wären und ein weisses Zelt auf dem Geröll des Ufers stehen würde.

Andrinas Hand umklammerte die Maus. Sie war unfähig, weiterzuklicken. Sie dachte an ihre Befürchtungen, die gestern im Polizeikommando aufgekeimt waren, es werde sich bald ein weiterer Mord ereignen. Stand dieser Leichenfund im Zusammenhang mit den übrigen Toten? Pfahlbauten gab es dort nicht, aber es wäre ein grosser Zufall, wenn es keinen Zusammenhang gäbe. Andrinas Herzschlag beschleunigte sich weiter.

Kilian drehte sich um, und in seinen Augen erkannte sie den gleichen Schrecken, den sie empfand.

«Warum liegen im Moment überall Leichen herum?», flüsterte Andrina.

«Oder anders ausgedrückt, warum treibt sich da draussen jemand herum, der Leute umbringt?», formulierte Kilian Andrinas Frage um.

«Da steht nichts von einem Zusammenhang. Haben die so was im Radio gesagt?» Andrina deutete auf das Radio, aus dem inzwischen der Hit des vergangenen Sommers schallte.

Kilian stellte die Musik ab. «Was ist überhaupt das Aargauer

Wasserschloss? Eine Burg oder ein Schloss sehe ich auf den Bildern nicht.»

Kilian arbeitete erst seit August im Verlag. Er kam aus dem Thurgau, wie man an seinem Akzent hörte. Warum es ihn ausgerechnet in den Aargau verschlagen hatte, hatte er nie erzählt, wie Andrina auffiel. Oder sie war nicht dabei gewesen, was durchaus bei den Ereignissen vom letzten August und September möglich gewesen war.

«Es handelt sich hierbei um kein Gebäude», sagte sie und wies mit dem Kopf auf den Bildschirm. «Es ist die Gegend um Lauffohr, Gebenstorf und Vogelsang in der Nähe von Brugg, wo die Aare, Limmat und Reuss zusammenkommen und später über die Aare bei Koblenz in den Rhein fliessen.» Sie räusperte sich. «Warum gehen sie gleich von Mord aus?»

«Okay, im Artikel steht wenig drin. In den Nachrichten haben sie ebenfalls nicht viel gesagt. Die Frage, die sich stellt: Ist es nach den letzten Tagen nicht naheliegend?»

«Nicht unbedingt. Die Frau könnte gestürzt sein oder einen Herzinfarkt gehabt haben.»

«Warum ausgerechnet dort? Ich meine, wieso sollte sie die Böschung hinunterklettern?»

Andrina zuckte mit den Schultern.

«Das sind Mutmassungen genauso wie die Spekulationen in den Medien. Was sicher ist, die Polizei muss sich an die Arbeit begeben, wenn eine Leiche gefunden wird.»

Andrina konnte sich nicht konzentrieren. Dabei hatte sie genug zu tun, besonders, da Lukas für unbestimmte Zeit ausfiel. Er hatte um Urlaub gebeten. Elisabeth hatte ihn ihm gewährt, wobei sie gesagt hatte, es werde ihm nicht vom Saldo seiner Ferientage abgezogen. Bei Elisabeth gab es so gut wie keine Kompromisse, und sie hatte grosse Erwartungen ans Verlagsteam, die sich zunehmend verschärften. Wenn aber Zusammenhalt und Unterstützung notwendig waren, tauchte der weiche Kern unter der harten Schale auf, die sich in den letzten Jahren verdickt hatte und Elisabeths menschliches Verhalten in den Hintergrund drängte.

Andrinas Blick wanderte zur Uhr oben rechts am Bildschirm. Zehn nach elf Uhr. Sie legte die Maus neben die Tastatur und lehnte sich zurück. Dabei vermied sie es, zu Lukas' Arbeitsplatz zu schauen. Seine Abwesenheit machte alles schlimmer. Würde er ein Alibi für die letzten zwölf Stunden haben? Soweit Andrina wusste, lebte er alleine und hatte zurzeit keine Freundin. Andrina war sich sicher, die Frau war irgendwann zwischen gestern Abend und heute Morgen ermordet worden. Sie musste hier raus. Eine frühe Mittagspause könnte helfen.

Als Andrina Richtung Ausgang lief, öffnete sich die Tür zu Gabis und Kilians Büro, und Gabi trat heraus. Sie streifte ihre Jacke über und blieb erstaunt stehen, als sie Andrina sah.

«Gehst du in die Stadt?», fragte sie.

«Ich brauche frische Luft.»

«Wollen wir …» Gabi zögerte. «… zusammen gehen?»

Diese freundlich anmutende Stimmung, die seit einigen Tagen zwischen ihnen herrschte, obwohl sie weiterhin auf Distanz blieben, verwirrte Andrina mehr und mehr. Sie fragte sich, ob es dazu gekommen wäre, wenn die Morde nicht passiert wären. Oder was war sonst Gabis Motivation, die Krisenstimmung aufzugeben und einen Schritt Richtung normales Verhältnis zu machen? Brauchte Gabi Andrina aus irgendeinem Grund? Falls das so war, für was?

Sie liefen die Entfelderstrasse Richtung Altstadt, überquerten den Zebrastreifen bei dem Kreisel mit der Turbine in der Mitte und gelangten schliesslich zur Bahnhofstrasse.

«Wohin?», fragte Andrina.

«Du meinst, was ich gerne essen würde?»

Andrina nickte.

«Ehrlich gesagt habe ich keinen grossen Hunger. Seit einigen Tagen habe ich das Gefühl, das Baby drückt mir auf den Magen, und ich habe Sodbrennen. Nicht gerade appetitfördernd ist zusätzlich alles, was in den letzten Tagen geschehen ist.»

«Mir geht es ähnlich. Spazieren wir durch die Stadt, vielleicht sehen wir spontan was, worauf wir Lust haben.»

Sie überquerten schweigend die Bahnhofstrasse und gingen

geradeaus in die Hintere Vorstadt. Andrina überlegte, worüber sie mit Gabi sprechen könnte. Das Thema Lukas und die Morde wollte sie beim besten Willen nicht ansprechen. Sie brauchte ein Thema, das sie ablenkte. Früher, als alles zwischen ihnen in Ordnung war, war es nie ein Problem gewesen, Gesprächsstoff zu finden. Sie fühlte sich befangen. Zur Befangenheit hatte zusätzlich beigetragen, was sie über Gabis und Fellers Beziehung erfahren hatte. Suchte Gabi nach einer Person, mit der sie über Vertrautes sprechen konnte? Warum war ihre Wahl ausgerechnet auf Andrina gefallen? Oder wollte sie Andrina als Verbündete? Gegen Marco Feller? Das wollte Andrina auf keinen Fall. Sie wollte keine Details über deren Beziehung erfahren. Gabi musste Andrina zudem weiterhin als mögliche Konkurrenz ansehen, die ihre Beziehung zu Marco gefährden konnte. Wäre es nicht schlauer gewesen, sich an andere Leute zu wenden? Hatte Gabi überhaupt Kontakt zu ihren früheren Freunden, die sie gemeinsam mit Frank gehabt hatte? Wenn Andrina das damals richtig verfolgt hatte, hatten sich die Bekannten nach und nach zurückgezogen. Genau zu dem Zeitpunkt, als Gabi Unterstützung besonders dringend nötig gehabt hätte.

Das Klingeln ihres Handys riss Andrina aus den Gedanken.

«Marco», sagte sie erstaunt, als sie auf das Display blickte. Sie spürte, wie Gabi sich neben ihr versteifte.

«Ja?», sagte sie vorsichtig in den Hörer.

«Hast du gerade Zeit?», fragte Marco.

«Wieso?» Wollte er sie etwa fragen, mit ihr gemeinsam Mittagspause zu machen? Andrina hoffte es nicht und warf einen Seitenblick auf Gabi, die starr geradeaus schaute. In ihrem Gesicht arbeitete es. Der Zug um ihren Mund hatte sich verhärtet.

«Kannst du ins Polizeikommando kommen?» Das war eher ein Befehl als eine Frage.

«Warum?»

«Das erkläre ich dir, wenn du hier bist.» Das klang ungehalten. Andrina warf einen neuen Blick zu Gabi. Nach wie vor sah sie starr geradeaus.

«Okay», sagte sie und beendete das Gespräch. Was sollte

das? Die Härte, die in Marcos Stimme mitgeschwungen hatte, machte ihr Angst. Sie dachte an damals, wie er sich schleichend verändert hatte. Der Prozess dauerte an. Das würde einiges erklären. Wie sie Gabi einschätzte, musste sie unter seiner Härte leiden. Würde das Kind etwas daran ändern?

«Was will er von dir?» Die Feindseligkeit war zurück.

«Keine Ahnung. Ich soll ins Polizeikommando kommen. Dabei klang er so, als hätte ich was ...» Sie suchte nach einem passenden Wort. «Angestellt.»

«Angestellt?», wiederholte Gabi. Keine Feindschaft, sondern Verwunderung schwang in dem Wort mit.

«Gestern, nachdem ich meine Aussage unterschrieben hatte, hiess es, wenn mir etwas einfällt, solle ich mich melden. Da dachte ich, es sei erst einmal abgeschlossen.»

«Wohl oder übel wirst du gehen müssen.» Das sollte offenbar flapsig klingen, aber der gequälte Gesichtsausdruck stand im deutlichen Widerspruch dazu. Ging sie davon aus, Marco habe Andrina als Vorwand ins Polizeikommando bestellt?

Andrina war eingeschüchtert. Vier Beamte sassen ihr gegenüber: Brogli, Wagner, Aeschlimann und Marco. Wobei Letzterer sie am meisten nervös machte. In ihren Augen hatte er hier nichts zu suchen. Auch wenn sie nicht mehr seine Partnerin war, konnte ihre gemeinsame Vergangenheit durchaus einen Einfluss auf sein Verhalten haben. Andrina fragte sich, was das Aufgebot sollte. Gab es einen neuen Hinweis, der sie in Beziehung mit dem Tod der beiden Personen an den Pfahlbauten oder von Herrn Lurati brachte? Bisher war das Insulin die einzige Gemeinsamkeit, wobei nach wie vor nicht klar war, ob es ein Täter war oder ein zweiter die Idee kopiert hatte. Allerdings war von dem Insulin in den Medien bisher nicht die Rede gewesen. Ein Nachahmungstäter würde wegfallen.

Nachdem Marco sie am Empfang abgeholt hatte, hatte er sie wortlos nach oben begleitet und in den Raum gebracht, in dem die anderen bereits sassen.

Endlich kam Bewegung in die Männer. Brogli holte einen

Stift aus der Tasche hervor, die an seinem Stuhl lehnte. Als Nächstes förderte er eine Mappe zutage, die er Marco reichte. Marco öffnete sie und entnahm ihr ein Blatt, das in einer Klarsichtmappe steckte. Er legte es umgedreht auf den Tisch.

«Ich nehme an, du hast von der Toten gehört, die im Wasserschloss gefunden wurde.»

Andrina nickte, da sie keinen Ton hervorbrachte. Eine böse Vorahnung beschlich sie, mit ihrer Befürchtung recht zu haben.

«Ich bin der verantwortliche Ermittler für den Fall von Lauffohr», sagte Marco.

Das erklärte seine Anwesenheit.

«Die Frau, Anfang dreissig, hatte nichts bei sich», begann er.

Warum erzählte er ihr das? Das waren Details, von denen in den Medien nichts berichtet worden war und die bestimmt zurückbehalten worden waren.

«Damit meine ich, sie hatte keine Ausweise, Kleidung oder anderes bei sich, um sie zu identifizieren.»

Warum bin ich hier?, lag zuvorderst auf Andrinas Zunge, aber sie hielt die Frage zurück.

«Das ähnelt den anderen Fällen. Zwar steht die Obduktion aus, aber ich befürchte, sie wird ähnliche Befunde liefern.» Er machte eine Pause, und Andrina hatte das Gefühl, als erwarte er, sie werde sich dazu äussern. Das Schweigen dehnte sich aus. «Obwohl ich Silvan Broglis Gedankengänge nicht nachvollziehen kann, meinte er, wir sollten dich fragen, ob du die Frau eventuell kennst.»

Komm endlich auf den Punkt, dachte sie.

Marco legte die Hand auf das Blatt in der Mappe und zögerte einige Sekunden, bevor er es umdrehte. Dabei war sein Blick auf Andrina gerichtet, den sie erwiderte. Sein Kopf neigte sich leicht nach unten, was der Aufforderung gleichkam, das Bild anzuschauen.

Warum ausgerechnet ich?, dachte Andrina. Inzwischen hatte sie genug Tote gesehen.

Langsam senkte sie den Blick. Der Schrei blieb in ihrem Hals stecken, als sie das Gesicht der Frau erblickte. Sie krallte sich an der Tischkante fest und begann unkontrolliert zu zittern. Der Kopf der Frau war beinahe bildausfüllend. Vom restlichen Körper konnte Andrina nur die Schlüsselbeinknochen erkennen. Die kurzen blonden Haare waren nass. Umrahmt wurde der Kopf von einer Metallunterlage. Offenbar lag sie auf einem der Tische in der Rechtsmedizin. Das Foto verschwamm stärker vor ihren Augen. Trotzdem hielt sie den Blick darauf gerichtet. In Andrinas Ohren rauschte der Puls. Sie meinte, Stimmen zu hören, aber sie kamen wie von weit weg. Sie hatte das Gefühl, in ein tiefes Loch zu stürzen. Es wurde dunkler, bis es ganz schwarz um sie herum war.

«Ihr seid solche Idioten!»

Das war Susanna. Andrina fragte sich, wo sie herkam, und als Nächstes, wo sie sich selber überhaupt befand. Sie lag auf einer harten Unterlage.

«Ruft die Ambulanz. So ein Schock kann eine Fehlgeburt auslösen.»

Mit wem sprach Susanna? War sie bei ihr zu Hause?

Ein kühles Tuch wurde auf ihre Stirn gelegt. Fehlgeburt? Ihr Inneres verkrampfte sich. Was war passiert?

«Steht nicht hier herum und macht endlich!»

Andrina öffnete ihre Augen und hätte beinahe aufgeschrien. Dicht beugte sich Marco über sie. Schnell presste Andrina die Augen zusammen. Hatte sie einen Unfall gehabt? Sie horchte in sich hinein. Nichts tat ihr weh. Sie dirigierte die Gedanken zu ihrem Bauch. Deutlich spürte sie die Bewegungen des Babys, was sie beruhigte. Andrina öffnete ein Auge. Marco war nach wie vor über sie gebeugt, hatte aber den Abstand vergrössert.

«Geht es?», fragte er.

Sie rappelte sich hoch, wurde von Marco sanft, aber bestimmt nach unten gedrückt.

«Liegen bleiben», sagte er.

Jemand schob ihn zur Seite, und im selben Augenblick beugte sich Susanna über sie. Ihre dunklen Augen waren geweitet, und ihre Haare hingen wirr um ihren Kopf.

«Wo bin ich?», fragte Andrina und neigte den Kopf auf die Seite. Stuhl- und Tischbeine. Ein Sitzungszimmer? Gleich darauf erinnerte sie sich. Sie war im Polizeikommando. Andrina rappelte sich von Neuem auf und liess sich dieses Mal nicht zurück auf den Boden drücken. Schwankend stand sie auf und rutschte auf einen der Stühle.

«Entschuldigt bitte», murmelte sie. Wie peinlich.

«Dir muss nichts leidtun. Auf so eine Idee können nur Männer kommen. Und dazu so taktlos.» Wütend starrte Susanna Marco an.

Andrina erblickte Wagner und Brogli, die an der Wand neben der Tür lehnten und von einem Bein auf das andere traten. Sie sahen schuldbewusst aus. Marco gesellte sich zu ihnen.

«Es ist …», sagte Andrina.

«Könnt ihr endlich einen Arzt holen!», herrschte Susanna die Beamten an.

«Ich brauche keinen Arzt», sagte Andrina.

«Du bist ohnmächtig geworden.»

«Das kann passieren.» Sie musste sich zusammenreissen. Es war wichtig, ihnen schnell zu sagen, wer die Frau auf dem Bild war. «Ich denke, mein niedriger Blutdruck ist schuld.»

Susanna verzog das Gesicht. «Wie geht es dem Kind?»

Andrina legte die Hand auf den Bauch und spürte zu ihrer Erleichterung weitere Bewegungen im Inneren. «Gut.»

«Keine Wehen?»

«Dazu ist es zu früh.»

«Mensch, Andrina!»

«Uns geht es gut.» Eindringlich schaute sie Susanna in die Augen. «Ich brauche keinen Arzt.»

«Du bist auf den Boden gefallen.»

«Ist sie nicht», widersprach Wagner. «Sie ist auf dem Stuhl zusammengesackt, und wir haben sie auf den Boden gelegt.»

Andrina drückte Susannas Hand. «Es ist alles in Ordnung», wiederholte sie.

Sie wandte den Blick zu Marco. Sein Gesicht war eine nichtssagende Maske. Trotzdem merkte Andrina ihm an, wie ihm die

Situation nicht gefiel. Sein Blick wanderte zu ihrem Bauch, was ihr Unbehagen verursachte. Andrina verschränkte die Arme davor.

«Das auf dem Foto ist Sarah Bertschi», sagte Andrina mit fester Stimme.

***

«Hast du es bequem?», fragte Seraina.

«Ja.»

Hände mit warmem Öl strichen über ihren Rücken. «Du bist total verspannt. Kein Wunder bei all dem, was los ist.»

Nach den Ereignissen heute hatte ihre Schwester beschlossen, Andrina vorwiegend zu massieren. Andrina sass auf einem Spezialstuhl und hatte sich nach vorne gelegt. Ihr Kopf lag auf der Stütze, und Andrina hatte ihre Augen geschlossen, um so besser dem Druck von Serainas Fingern nachspüren zu können, die sich durch ihre verspannte Rückenmuskulatur kneteten. Der Schmerz, den sie dabei empfand, war angenehm.

«Solche elenden Trottel», sagte Seraina. «Von dem Verein halte ich immer weniger.»

«Sie machen nur ihren Job», murmelte Andrina.

«Das plumpe Vorgehen ist alles andere als professionell. Egal, ob die Person, die man befragt, schwanger ist oder nicht. Von Marco kann man aber nichts Besseres erwarten.»

«Wie hätten sie mich sonst fragen sollen, wenn sie mir nicht das Foto gezeigt hätten?»

«Um die Tote zu identifizieren, hätten sie dich nicht gebraucht. Sie hätten selber wissen müssen, wer sie ist. Immerhin haben sie Herrn Luratis Freundin befragt und hätten Sarah erkennen sollen.»

«Die Befragung von Sarah war Susannas Aufgabe. So, wie ich sie verstanden habe, hat sie eine andere Beamtin bei Sarahs Befragung dabeigehabt. Die Übrigen von Marcos Team hatten keinen persönlichen Kontakt mit Sarah und haben sie nie zu Gesicht bekommen.»

«Ich bleibe dabei. Sie hätten das Bild erst einmal Susanna, der anderen Beamtin oder anderen Kollegen zeigen können. Ich werde das Gefühl nicht los, in dem Team ist einiges im Argen, und keiner weiss, was der andere gerade tut. Ich meine, die Koordination untereinander ist mangelhaft, und ich habe den Eindruck, sie sind total überfordert, wenn solche Fehler passieren, die nie geschehen dürfen.»

Andrina war der gleichen Meinung, sagte aber nichts. Sie sah Susanna vor sich, wie sie sich vor Brogli, Wagner und Marco aufgebaut und ihnen das Gleiche wie Seraina eben an den Kopf geworfen hatte, als sie realisierte, wer die Tote war.

Andrina zuckte zusammen, als Seraina sich dem rechten Schulterblatt entlangarbeitete.

«War das zu fest?»

«Nein, es ist gut so.»

«Hier ist es besonders stark verspannt», murmelte Seraina und knetete weiter die Muskulatur durch. «Ich bin nach wie vor froh, dass du dich von Marco getrennt hast», sagte sie. «Feingefühl wird zunehmend für ihn zu einem Fremdwort.»

«Es ist sein Job, herauszufinden, wer die Tote ist.»

«Aber nicht so. Er hätte das Ganze schonender angehen sollen. Zum Beispiel hätte er dich fragen müssen, ob es okay ist, wenn er dir das Bild einer Toten zeigt. Wieso kam er überhaupt auf die Idee, ausgerechnet dich zu fragen?»

«Das war nicht seine Idee, sondern die von Herrn Brogli.»

«Der Typ passt perfekt in Marcos Team. Oder anders gesagt, Gleich und Gleich gesellt sich gerne.»

«Mach mal einen Punkt. Herr Brogli verhält sich dieses Mal mehr oder weniger neutral mir gegenüber.»

«Ach ja? Eine grössere Katastrophe als die beiden zusammen kann ich mir nicht vorstellen.»

«Sie hatten keinen Namen, und sie sahen keine andere Möglichkeit, Sarah zu identifizieren.»

«Seine Wahl hätte nicht ausgerechnet auf dich fallen müssen. Es gibt genug andere Leute, wenn wir mal die Möglichkeit, zuerst im eigenen Team nachzufragen, aussen vor lassen.»

«Weder Lukas noch Kilian kennen Sarah.»

«Woher wollen sie das wissen? Haben sie die beiden gefragt?»

Darauf konnte Andrina keine Antwort geben.

«Was ist mit Gabi?», wollte Seraina wissen, als Andrina weiter schwieg.

«Gabi hat sie einmal gesehen, aber ich bezweifle, dass sie Sarah auf dem Foto erkannt hätte. Ausserdem ist Gabi ebenfalls schwanger und in einer schlechteren Verfassung als ich. Und nochmals: Marco und Herr Brogli hatten keine Anhaltspunkte, wer die Frau sein könnte. Woher sollten sie wissen, wer sie identifizieren konnte?»

«Da kommen sie ausgerechnet auf dich? Ich denke, Sarah hatte nichts dabei. Das heisst, es gab keine Verbindung zu dir.» Andrina setzte zu einer Antwort an, aber Seraina kam ihr zuvor. «Vermutlich werden wir nie erfahren, wieso sie ausgerechnet zu dir einen Zusammenhang hergestellt haben. Lassen wir das. Woher kennst du Sarah Bertschi? Diesen Namen habe ich vorhin im Zusammenhang mit Herrn Luratis Tod zum ersten Mal von dir gehört, aber du klingst, als würdest du sie von früher kennen.»

«Sie war die Reiseberaterin, die sich um unsere Reise gekümmert hat.»

Andrina berichtete, wie sie Sarah kennengelernt hatte. Als sie geendet hatte, schwiegen sie. Das einzige Geräusch machten Serainas Hände, die über den öligen Rücken fuhren.

«Das würde bedeuten, Herr Brogli hat recht mit seiner Annahme, die Tote beim Wasserschloss hängt mit den anderen Fällen zusammen. Gibt es eine Verbindung zu den Toten bei den Pfahlbauten?»

«Ich glaube, bisher nicht.» Andrina dachte an die mögliche Todesursache durch zu viel Insulin. Als sie im Polizeikommando gewesen war, hatte keiner der Anwesenden Informationen zu Sarahs Todesursache verlauten lassen. Die Ergebnisse der Obduktion standen weiterhin aus.

Sie wurde das Gefühl nicht los, bei Sarah könnte es die gleiche Todesursache haben. «Es fehlt nach wie vor ein Motiv», sagte sie. «Soviel ich weiss, kannten die Personen einander nicht, ausser Herr Lurati und Sarah.»

«Ich finde das, was du erzählst, verwirrend», sagte Seraina. «Es scheint nichts zusammenzupassen. Der Täter muss sich gezwungen gesehen haben, Sarah zu töten. Hatte sie was herausgefunden, oder kannte sie den Mörder?»

«Das kann ich nicht beantworten.»

«Der Mörder kann genauso gut das Gefühl gehabt haben, Sarah könne ihm gefährlich werden. Hat Sarah beim letzten Treffen eine Andeutung gemacht, die in diese Richtung gehen könnte?»

«Nein. Sie machte nicht den Eindruck, etwas zu wissen oder eine Ahnung zu haben, wer ihren Freund ermordet hat. Auf der anderen Seite waren wir nicht so gut bekannt, dass sie sich mir anvertraut hätte.»

«Du sagtest, die Todesursache bei den anderen Toten sei Insulin gewesen», sagte Seraina. «Hat das die Polizei so gesagt? Ich habe nämlich nichts darüber in den Medien gelesen oder gehört.»

Andrina berichtete, dass ein zu hoher Insulingehalt im Blut bei nicht genügender Aufnahme von Nahrung nicht unbedingt zum Tod führen müsse. Da die Leichen aber einen erhöhten Promillewert an Alkohol aufwiesen, es im Bereich des Möglichen liegen könne.

«Das klingt nicht unbedingt nach der todsicheren Methode», sagte Seraina. «Warum wählt der Täter eine so ausgefallene Methode? Hat er Hoffnung, man findet so die Todesursache nicht heraus?»

«Frage bitte Einfacheres», sagte Andrina.

«Der Täter muss jedenfalls gut Bescheid wissen. Entweder ist er selber Diabetiker oder ein Arzt.»

Darüber hatte Andrina bisher nicht nachgedacht oder besser nicht nachdenken wollen. «Oder Krankenpfleger … Apotheker.»

«Du hast erzählt, man habe kein Spritzwerkzeug gefunden, was einen Selbstmord ausschliesst. Ausserdem würde ich nie auf die Idee kommen, mich mit Insulin umbringen zu wollen. Wenn es nicht klappt, kann man zum Beispiel ins Koma fallen, und wenn man daraus erwacht, Hirnschäden oder so davontragen und sein Leben lang ein Pflegefall bleiben.» Seraina strich seitlich dem Hals entlang bis zu den Oberarmen. «Ich würde es genauso nicht zulassen, mir etwas spritzen zu lassen.»

Das war ein guter Punkt. Andrina hatte keine Kenntnis darüber, ob die Opfer gefesselt gewesen waren, als sie getötet wurden. Bei Lurati und den Opfern von den Pfahlbauten hatte man eine hohe Dosis Beruhigungsmittel im Blut gefunden. Beruhigungsmittel und Alkohol verlangsamten die Reaktion. Bei höherer Dosierung konnte sie sich vorstellen, wie die Koordination eingeschränkt war. Das würde bedeuten, der Mörder hatte dem Opfer erst Alkohol mit Beruhigungsmittel verabreicht. Hiess das, die Opfer kannten den Täter und waren mit ihm auf einen Umtrunk unterwegs? Oder hatte er die Opfer entführt und mit Alkohol und Beruhigungsmittel ruhiggestellt oder gar «eingeschläfert», damit er in Ruhe das Insulin verabreichen konnte? Was wiederum die Frage aufwarf: Wozu das Insulin? Eine Überdosis an Schlafmitteln hätte es auch getan.

«Bleibe locker», sagte Seraina und klopfte leicht über den Rücken. «Hat Sarah keine Andeutungen gemacht, ob sie einen Verdacht hat oder ob es was vor dem Tod ihres Verlobten gab, was sie im Nachhinein als verdächtig ansah?»

«Wie gesagt, so gut kannten wir uns nicht, dass sie mir einen Verdacht anvertrauen würde. Das wird sie eher bei der Polizei gemacht haben.»

«Wenn nicht?», fragte Seraina. «Herr Lurati könnte in dunkle Geschäfte verwickelt gewesen sein, was ihm das Leben gekostet hat.»

«Du meinst, Sarah hat davon gewusst, falls das so war, und würde sich daher nicht der Polizei anvertrauen, weil sie befürchten musste, selber ins Visier zu geraten? Oder sie wollte selber herausfinden, wer der Mörder war?»

«Das klingt zugegebenermassen weit hergeholt. Ich würde eher sagen, es ist ein Serienmörder, der wahllos mordet.»

Andrina verkrampfte sich mehr.

«Locker lassen», wiederholte Seraina und bearbeitete den rechten Schultermuskel. «Lass uns das Thema wechseln. Oder besser, wir sagen nichts mehr, und du konzentrierst dich auf die Massage.»

Das war leichter gesagt als getan. Schweigen stellte sich ein, und Andrina versuchte, ihre Gedanken in eine andere Richtung zu lenken, was nur halbwegs gelang. Immerhin konnte sie sich ein wenig entspannen.

Nach einer Weile strich Seraina mehrmals von den Schultern Richtung Gesäss. «Fertig», sagte sie.

«Schon?» Andrina blieb einige Sekunden in der Position, um dem Druck von Serainas Finger auf ihren Muskeln nachzufühlen.

Als sie sich aufrichtete, wusch Seraina ihre Hände und trocknete sie ab.

«Bleibst du eine Weile?»

Andrina warf einen Blick auf die Uhr. «Eine halbe Stunde habe ich. Wo ist Regina?»

Andrina hatte es bedauert, Serainas Tochter nicht angetroffen zu haben, als sie gekommen war. Obwohl sie wusste, dass Seraina Regina abgab, wenn sie beim Behandeln war, hatte sie gehofft, im Anschluss mit ihrem Gottemeitli spielen zu können.

«Sie ist mit Mikes Mutter auf dem Weihnachtsmarkt und kommt in einer Stunde zurück. Möchtest du was trinken?»

«Gerne einen Tee von einer deiner Teemischungen.»

Andrina folgte Seraina nach oben in die Küche. «Ich finde die Variante ‹Serienmörder› beunruhigend, wenn es sich um jemanden handelt, der wahllos mordet», knüpfte sie an ihr Gespräch an, da sie das Bedürfnis hatte, darüber zu sprechen. Es würde ihr eh keine Ruhe lassen.

«Da fragt man sich, ob man nicht das nächste Opfer sein wird, weil man sich zum falschen Zeitpunkt am falschen Ort aufhält», sagte Seraina.

Dass es wahllos war, bezweifelte Andrina. Erneut kamen ihr die Pfahlbauten in den Sinn. Inzwischen war Andrina überzeugt, der Grund musste bei den Pfahlbauten liegen. Immerhin waren dort die ersten Opfer gefunden worden. Das Gedankenkarussell begann sich schneller zu drehen. Lurati hatte das Catering im Cleve-Verlag gemacht. Dubach schrieb den Pfahlbautenkrimi, den Lukas Korrektur las. Sarah war Luratis Verlobte. Und die anderen beiden Leichen? Irgendwo bei den Pfahlbauten musste der Zusammenhang liegen. Sie musste mit der Polizei reden und auf Dubachs Buch aufmerksam machen, was sie längst hätte tun sollen – obwohl es ihr widerstrebte und sie sich wie eine Verräterin vorkam.

Seraina reichte Andrina eine Tasse mit Tee. «In den Medien – besonders bei den Boulevardblättern – gibt es bereits wilde Spekulationen, warum die Morde ausgerechnet in der Adventszeit geschehen», sagte sie.

Andrina starrte sie an. War alles andere zu weit hergeholt und der Grund ganz einfach in der Weihnachtszeit zu suchen? Dem Fest, an dem alles friedlich sein sollte, an dem man mit Freunden und Familie Ruhe und Besinnlichkeit suchte, was in der modernen Welt zu einem schwierigen Unterfangen geworden war. Wollte der Mörder dies stören? Aus welchem Grund? Weil er einsam war und es den anderen nicht gönnte, die Tage mit der Familie zu verbringen?

Als Andrina nach Hause kam, stand Susannas weisser Opel in der Einfahrt vor der Garage. Andrina blieb stehen und musterte den Wagen. Auf dem Heimweg war ihr Entschluss ins Wanken geraten, die Polizei wegen Dubachs Krimi zu kontaktieren. Falls der Grund in der Weihnachtszeit zu suchen war und die Morde nichts mit dem Cleve-Verlag und den Krimis zu tun hatten, musste sie nicht die Aufmerksamkeit weiter auf Lukas lenken, der in ihren Augen mit einem Bein im Gefängnis stand.

Susannas Anwesenheit glich dem Wink mit dem Zaunpfahl. Ihr Blick wanderte zum Haus. Die Fenster waren dunkel. Das bedeutete, Enrico war nicht zu Hause. Nein, das musste es nicht heissen. Er konnte im Wohnzimmer sein. Dieses Fenster ging nach hinten in den Garten hinaus.

Die Tür des Opels öffnete sich, und Susanna stieg aus. Ihre

Miene war ernst, aber zu Andrinas Erleichterung umarmte sie sie und gab ihr drei Küsse auf die Wangen.

«Wartest du schon lange?», fragte Andrina.

«Fünf Minuten. Kann ich mit dir sprechen?»

«Komm mit rein», sagte Andrina und führte sie zum Haus. «Bist du offiziell oder inoffiziell da?», fragte sie, als sie die Haustür schloss und Susanna die Winterjacke abnahm.

«Etwas dazwischen.»

Andrina beliess es erst einmal dabei. «Möchtest du was trinken?»

«Nein danke.»

Andrina machte eine Geste Richtung Wohnzimmer. Susanna setzte sich auf das Sofa, während Andrina den Schwedenofen in Augenschein nahm. Da sie das Gefühl hatte, Susanna werde nicht gleich auf den Punkt kommen, und sie sich nicht sicher war, wie sie Dubachs Buch zur Sprache bringen sollte, schichtete sie Holz in das Innere, da sie eine Tätigkeit brauchte, die sie ablenkte. Sie hielt das Streichholz an das Holzwolleknäuel und beobachtete die Flammen, die am Holz hoch zu lodern begannen. Andrina schloss das Türchen und begab sich zum Sofa. Susanna verfolgte jede ihrer Bewegungen, und Andrina fühlte Nervosität aufsteigen.

«Was ist passiert?», fragte sie entgegen ihrem Vorhaben, das nicht zu tun.

«Wie gut kanntest du Sarah Bertschi?»

«In dem Fall bist du offiziell hier.»

«Beantworte bitte meine Frage. Marco weiss nichts von meinem Besuch hier.»

«So gut, wie man jemanden kennt, der mit einem eine Reise plant und den man danach einmal auf dem Weihnachtsmarkt trifft. Ich will damit sagen, ich kannte Sarah nicht persönlich, sondern nur geschäftlich.» Als sie das letzte Wort sagte, malte Andrina mit den Fingern Anführungszeichen in die Luft.

«Du hast sie kein weiteres Mal getroffen?»

Andrina kam sich ertappt vor und dachte an das Treffen in der «90 Grad Bar». Sie war hin- und hergerissen, zuzugeben,

Sarah ein weiteres Mal gesehen zu haben, beschloss aber, es lieber zu lassen.

«Nein», sagte sie hastig und hoffte, Susanna durchschaue sie nicht. «Bevor du weiterfragst: Ich mochte Sarah. Als sie mir auf dem Weihnachtsmarkt sagte, dass Herr Lurati ihr Verlobter war, hat mir das zu schaffen gemacht.»

«Ihr kanntet euch näher.» Schärfe schlich sich in Susannas Stimme.

«Sarah weiss – wusste, dass ich in dem Verlag arbeite, in dem die Cateringfirma den Auftrag hatte. Sie wusste von Gabi und mir, den beiden Frauen im Team, die dort angestellt sind – okay, Elisabeth mal ausgenommen. Daher vermutete sie, dass ich eine der Personen war – sein musste, die ihren Verlobten fanden.»

«Du sprichst in der Du-Form von ihr.» Susanna fixierte sie mit den Augen. «Heutzutage ist man schnell per Du. Trotzdem wundere ich mich darüber.»

«Bei unserem ersten Besuch im Reisebüro haben wir uns gleich geduzt. Es sei bei ihnen so üblich, hat sie uns erklärt. Auch die Kunden werden geduzt. Vorausgesetzt, es hat niemand etwas dagegen. Uns war es recht.»

Susanna war anzusehen, wie sie überlegte, ob die Erklärung plausibel war. Andrina war froh, weil es der Wahrheit entsprach.

«Hat Frau Bertschi dir gegenüber eine Andeutung gemacht wie zum Beispiel, dass ihr Verlobter besorgt gewesen war, oder gab es einen Vorfall kurz vor seinem Tod?»

«Nein», antwortete Andrina.

«Auch im Nachhinein nicht?»

«Wie gesagt, ich kannte sie nicht gut, und ich habe sie nur zweimal getroffen. Aber ihr werdet sie bestimmt gefragt haben.»

«Sie hat mir und Paula nichts sagen können.»

Oder sagen wollen, ergänzte Andrina im Stillen. An Sarahs Stelle hätte sie es der Polizei nicht preisgegeben, falls Lurati in dunkle Machenschaften verwickelt war und sie davon gewusst hatte. Wie schon oft in den letzten Tagen liess Andrina Lurati vor ihrem inneren Auge erscheinen. Sie konnte sich ihn nicht als Kriminellen vorstellen. Vorstellen können war das eine, Tatsachen jedoch etwas ganz anderes. Nur, was könnte das gewesen sein, und was hatte es mit den Pfahlbauten zu tun? Hatte es mit Drogen zu tun? Vage konnte sie sich erinnern, dass es in Dubachs Krimi um Heroin gegangen war. Einer der Archäologen war drogenabhängig gewesen, und einer seiner Kollegen hatte sich sein Gehalt mit Dealerei aufgebessert. Andrina straffte die Schultern. Jetzt wäre der Zeitpunkt, Susanna auf den Krimi hinzuweisen, doch Susanna kam ihr zuvor.

«Welchen Eindruck machte Frau Bertschi auf dich, als ihr im Reisebüro wart?», fragte sie.

«Normal, würde ich sagen.»

«Kannst du das besser definieren?»

«So wie jede Reiseberaterin sich verhalten würde: Sie war freundlich, locker und immer zu einem Scherz aufgelegt. Der Job machte ihr offenbar Spass.»

«Hattest du das Gefühl, es sei eine Fassade?»

«Da ich sie das erste Mal getroffen habe, kann ich dir das nicht sagen. Immerhin weiss ich nicht, wie sie sich im Alltag verhielt, wenn es zum Beispiel gerade keine Kunden hatte. Das musst du ihre Bekannten, Freunde und ihre Familie fragen.»

Susanna lehnte sich nach hinten. «Die können nichts Hilfreiches beisteuern. Gemäss den Berichten gab es nichts, was die beiden beunruhigt haben könnte, oder an Vorfällen in der letzten Zeit. Sarah Bertschi und Herr Lurati waren glücklich und wollten heiraten.»

Andrina fiel gerade rechtzeitig ein, eine Reaktion zeigen zu müssen, und liess einen bestürzten Laut entweichen. Warum hatte sie in dieser Angelegenheit ein solch schlechtes Gewissen? Das konnte nicht nur an dem Verschweigen von Dubachs Krimi liegen. Wiederum unternahm sie einen Anlauf, Susanna von dem Buch zu berichten, aber erneut kam sie ihr zuvor.

«Du hast nicht gewusst, was Sarah Bertschi beunruhigt haben könnte?»

«Nein. Wieso hast du das Gefühl, ausgerechnet ich könnte dir bei Sarah weiterhelfen?»

«Du hast eine gute Beobachtungsgabe. Ich hatte gehofft, dir könnte im Nachhinein was auffallen.»

«Es tut mir leid, wenn ich dir nicht helfen kann.»

«Wie war es, als du sie auf dem Weihnachtsmarkt getroffen hast?»

«Sie war am Boden zerstört, was ich verständlich finde. Beunruhigung oder Angst habe ich nicht bemerkt. Nur Trauer.»

Susanna betrachtete konzentriert die Hände und schwieg.

Andrina wandte sich zum Schwedenofen. Das Feuer brannte so, wie es sollte. Leider blieb das Gefühl von Gemütlichkeit und Geborgenheit aus, das sich normalerweise einstellte. Gemütlichkeit ... Weihnachten ... «Der Grund könnte ein anderer sein», sagte Andrina.

Susanna runzelte die Stirn. «Welcher?»

«Die Weihnachtszeit.»

«Spielst du auf die Vermutungen der Zeitungen an, die Morde könnten mit der Adventszeit zu tun haben?»

Andrina nickte.

«Die Frage haben wir uns bereits selber gestellt. In dieser Zeit kommen viele Emotionen hoch. Enttäuschungen werden mehr gewichtet. Trennungen sind tragischer. Wenn man alleinstehend ist, fühlt man sich eventuell mehr ausgeschlossen, was den Ausbruch von aufgestauten Aggressionen zur Folge haben könnte. Bis jetzt haben wir keinen Hinweis in Bezug auf Weihnachten gefunden und warum der Mörder gerade jetzt zuschlägt. Liegt der Auslöser für die Taten in der Weihnachtszeit, muss es nicht unbedingt einen Zusammenhang zwischen den Opfern geben, und sie sind zufällig ausgewählt worden.» Andrina hatte das Gefühl, Susanna glaube nicht, was sie gerade geschlussfolgert hatte.

«Wieso habt ihr das Gefühl, die Fälle hängen zusammen?», fragte Andrina. «Wegen der Einstiche und des Insulins? War Sarah auch unterzuckert?»

«Ja.» Andrina war erstaunt, dass Susanna ihr ohne Weiteres diese Auskunft gab. «Der Rechtsmediziner kam zum gleichen Befund wie bei den drei anderen Opfern. Sie war ebenfalls keine Diabetikerin und hatte Insulingaben nicht nötig.»

«Das ist aber nicht alles», sagte Andrina gedehnt.

«Es gibt bei Frau Bertschi einen Unterschied.» Susanna zögerte. «Sie wurde vergewaltigt.»

Andrina sog die Luft ein.

«Es gibt zwar keine Abwehrspuren, aber die hohe Konzentration an Beruhigungsmitteln wird sie unfähig gemacht haben, sich zu wehren.»

Ein Zittern durchlief Andrinas Körper, und sie presste die Hände vor ihr Gesicht.

«Ich hoffe, sie hat aufgrund der hohen Dosis geschlafen und nicht mitbekommen, was mit ihr geschah.»

Warum sagte Susanna ihr das? Kaum hatte Andrina sich die Frage gestellt, wusste sie, warum. Susanna nahm an, sie wisse etwas, das sie nicht preisgeben wollte.

Andrina setzte zum dritten Mal an, um Susanna von dem Krimi zu berichten. Dieses Mal kam Susanna ihr mit keiner Frage zuvor und liess sie aussprechen. Als Andrina geendet hatte, wartete sie auf einen Wutausbruch. Der blieb aus.

«Wieso sagst du das erst jetzt?», fragte Susanna so leise, dass Andrina sie fast nicht verstand.

***

«Vergewaltigt?», fragte Enrico. «Das wird immer schlimmer.» Er machte eine kurze Pause. «Sarah war eine junge, hübsche Frau. Das könnte ihn dazu verleitet haben.»

«Frau Märki war im gleichen Alter», erwiderte Andrina.

«Wenn die Taten zusammenhängen, wird der Mörder brutaler. Das finde ich beunruhigend.»

«Susanna meinte, es könnten bei Sarah persönliche Gründe mitspielen.»

«Das würde bedeuten, dass der Täter die Opfer kennt. Bisher schien es keine Verbindung zu geben, und es machte einen zufälligen Eindruck.»

«Herr Lurati und Sarah waren verlobt.»

«Das ist die einzige Übereinstimmung.»

«Vergiss die Pfahlbauten nicht.»

Enrico machte eine abweisende Bewegung mit der Hand. Im Gegensatz zu Andrina glaubte er nicht an einen Zusammenhang und hielt es für einen Zufall, dass die beiden ersten Opfer dort gelegen hatten. Auch als Andrina Dubachs Roman erwähnt hatte, war er skeptisch geblieben.

«Gibt es Erkenntnisse, ob die Opfer, die bei den Pfahlbauten lagen, sich gekannt hatten?»

Andrina dachte an das, was ihr Susanna erzählt hatte. «Nein. Die Befragungen bei Freunden und Bekannten hat nichts ergeben. Das muss nichts heissen. Alle vier Opfer hatten einen grossen Bekannten- und Freundeskreis, der im Laufe der Jahre gewechselt hat. Sie haben nicht mit allen einen engen Kontakt gepflegt. Es könnte einen flüchtigen Kontakt zwischen ihnen und Herrn Lurati und Sarah gegeben haben, von dem niemand weiss. Eventuell nur im Rahmen von Sarahs Job beim Reisebüro.»

«Du meinst, die beiden Toten von den Pfahlbauten haben bei Sarah eine Reise gebucht? Das soll der Grund sein, weshalb Sarah und Herr Lurati geötet wurden?»

«Ich weiss, das klingt weit hergeholt.»

«Das finde ich auch. Wenn es eine Verbindung gibt, musss die enger gewesen sein.»

Enrico lehnte sich zurück und starrte zum Fenster. Andrina folgte seinem Blick. Draussen war es dunkel. Sie war froh, wenn die Tage wieder länger wurden. Die Dunkelheit lähmte sie gewissermassen. Eigentlich hatte sie nichts gegen den Winter, aber er musste kalt und verschneit sein. Das andauernde Nebelwetter zwischen null und sieben Grad im Mittelland war alles andere als angenehm. Auf der anderen Seite war sie froh, wenn es am Abend früh dunkel wurde. So sah man wenigstens das graue Nieselwetter draussen nicht.

Andrina dachte an ihre Reise. Stefanie aus Sarahs Team hatte die letzten Planungen übernommen und erledigte das kompetent. Sie hatte ihnen Vorschläge für die Unterkünfte geschickt und bereits einen Vorschlag gemacht, wie lange sie auf den einzelnen Inseln bleiben sollten. Allerdings freute Andrina sich nicht auf die Reise. Sie stand mit Sarah in Verbindung. Als die E-Mail am Nachmittag mit den Links zu den Unterkünften eingetroffen war, hatte sie gleich Sarahs lachendes Gesicht vor sich gesehen und war zunächst unfähig gewesen, die Unterkünfte anzuschauen. Mehrmals hatte sie überlegt, ob sie Enrico bitten sollte, die Reise abzusagen. Das wollte sie ihm nicht antun. Er hatte sich darauf gefreut, mit ihr alleine unterwegs zu sein, bevor das Baby ihren Alltag umkrempeln würde. Es sollte eine vorgezogene Hochzeitsreise sein. Andrina war realistisch genug, nicht zu glauben, es werde mit dem Kind alles wie bisher weitergehen. Ausserdem hatte sie ihre Schwester als gutes Beispiel gehabt, obwohl Regina sich als pflegeleicht entpuppt hatte. Erneut tauchte Verunsicherung auf, wenn sie an das Baby dachte. Obwohl sie es nicht erwarten konnte, bis das Baby da war, waren Zweifel da. Mehrmals hatte sie mit Enrico darüber gesprochen, ob sie dem gewachsen war und eine gute Mutter sein werde.

«Keiner ist vorbereitet», hatte er gesagt. «Es gibt keine Lehrgänge zum Thema ‹gute Eltern sein›, und das ist gut so. Du wirst sehen, du wirst in die Aufgabe hineinwachsen.»

«Woran denkst du?», fragte Enrico.

«An die Antriebslosigkeit, die mich im Moment befallen hat.»

«Es wird Zeit, dass wir an die Sonne kommen. Das Grau lähmt dich wie mich, und ich frage mich jeden Winter, was ich am Schweizer Mittelland finde.»

«Das fehlende Licht ist nicht der alleinige Grund», sagte Andrina.

«Das ist mir bewusst», erwiderte Enrico. «Umso wichtiger ist für uns die Reise. Es ist wichtig, hier rauszukommen und diese negative Dynamik, die sich im Moment rund um uns herum entwickelt, hinter uns zu lassen.» Er legte den Arm um ihre Schultern. «Was beschäftigt dich sonst?»

«Ich habe keine Lust auf das Weihnachtsessen vom Cleve-Verlag morgen.»

«Verständlich.»

«Normalerweise ist es ein witziger Anlass. Ich bin mir nicht sicher, ob Lukas kommen wird. Elisabeth hat überlegt, es abzusagen, will es aber trotzdem stattfinden lassen.»

«Ich stimme ihr zu. Das ist genau das, was ihr braucht. Obwohl es vielleicht nicht so lustig wie sonst wird, gibt es euch ein Gefühl des Zusammenhaltes, das ihr dringend nötig habt. Für dich ist es besonders wichtig, da sich das Verhältnis zu Gabi zu ändern scheint.»

«Was ihre Wandlung ausgelöst hat, weiss ich nicht. Ich hoffe, es bleibt so.» Andrina starrte ein weiteres Mal zum Fenster. Sie dachte daran, wie unglücklich Gabi ausgesehen hatte, als sie über ihre Beziehung zu Marco gesprochen hatte. Die ganze Zeit hatte sie es vermutet, aber es von Gabi ausgesprochen zu hören, hatte sie betroffen gemacht. Davon hatte sie Enrico bisher nichts erzählt. Kurz überlegte sie, ob sie es ihm berichten sollte, entschied sich aber dagegen. Das würde sie in den Ferien tun. Vorher musste sie mit sich ins Reine darüber kommen, was sie bei dieser Bestätigung empfand. Zusätzlich hatten sie genügend Negatives im Moment um sich herum. Ihre Gedanken kehrten zu Sarah zurück. «Wenn ich mir ausmale, was sie in den letzten Minuten ihres Lebens durchgemacht hat.»

«Das darfst du nicht.»

«Es passiert automatisch. Wo hatte er ihr aufgelauert? Wenn das stimmt, was Susanna sagt, und sie ihren Mörder kannte, wusste sie, dass sie sterben musste? Ist sie freiwillig mitgegangen? Ab wann wusste sie, dass sie in Gefahr war?»

Enrico fasste ihr Gesicht mit beiden Händen und drehte es zu sich. «Nicht, Andrina. Es macht dich kaputt.»

DREIZEHN

Andrina musterte die Menukarte, die ihr die Kellnerin gereicht hatte. Elisabeth hatte einen Tisch im Meat's Steakhouse an der Bahnhofstrasse reserviert. Als sie mit Elisabeth den Verlag verlassen hatte, hatte Andrina keinen Appetit verspürt. Als sie das Restaurant betreten und den Essensgeruch wahrgenommen hatte, hatte ihr Magen signalisiert, Hunger zu haben.

«Wie wäre es mit dem Rinds Tomahawk?», sagte Lukas.

Andrina hatte sich gefreut, als er auf dem Weg zum «Meat's» zu ihnen gestossen war. Bis zum Schluss hatte er offengelassen, ob er käme. Elisabeth hatte ihn herzlich begrüsst und ebenfalls ihre Freude zum Ausdruck gebracht. Andrina war froh darüber. Elisabeth hielt offenbar weiterhin zu Lukas. Andrina konnte sich vorstellen, dass andere Arbeitgeber es in einer solchen Situation, in der Lukas steckte, anders handhaben würden.

«Rinds Tomahawk? Du willst allen Ernstes ein Kilo Fleisch essen?», rief Andrina.

«Ich weiss nicht, wie lange ich noch frei herumlaufen kann, bevor sie zuschlagen. Morgen muss ich vielleicht bereits ein Zimmer mit Stangen vor dem Fenster beziehen. Da ich nicht weiss, wie das Essen in dieser Unterkunft sein wird, muss ich es ausnutzen, ein feines Essen zu bekommen. Es könnte für lange Zeit das letzte sein. So hätte ich immerhin auf Vorrat gegessen», versuchte er zu spassen. Andrina tat ihm den Gefallen und verzog ihr Gesicht zu einem Lächeln.

«Wo bleibt Gabi?», fragte Lukas, während er weiter durch die Karte blätterte.

«Gabi hat gesagt, wir sollen vorgehen», beantwortete Elisabeth Lukas' Frage. «Sie wollte eine E-Mail fertig machen und nachkommen.» Sie blickte auf die Uhr. «Ich denke, sie wird jeden Augenblick eintreffen. Was nehmt ihr?»

«Was ist gebratenes Vermicelles?», fragte Kilian. «Gebraten klingt in diesem Zusammenhang spannend.»

«Du fängst natürlich hinten auf der Karte an.» Andrina merkte, wie die Anspannung der letzten Tage ein wenig von ihr abfiel.

Kilian schaute schuldbewusst. «Ich fange wie gewöhnlich mit dem Hauptgang an.»

«Süsses?»

«Das ist für mich grundsätzlich der Hauptgang.»

«Du kannst es immerhin vertragen», sagte Elisabeth und fuhr sich über den Bauch.

In den letzten Monaten hatte sie an Gewicht zugelegt und damit den Erfolg ihrer letzten Diät zunichtegemacht.

«Die Weihnachtszeit ist schuld», hatte sie gesagt und eins der Weihnachtsguetzli in den Mund geschoben, die Gabi mitgebracht und neben der Kaffeemaschine deponiert hatte. «Warum muss es in der Adventszeit so viel Feines zu essen geben?»

«Ich brauche Essen nur anzuschauen, und die Kilos springen mir auf die Hüfte», sagte Elisabeth frustriert.

«Für mich gilt das Gleiche», sagte Andrina.

«Du hast immerhin eine Entschuldigung. Wisst ihr, was ihr nehmen wollt? Ich meine, ausser dem sogenannten Hauptgang?» Sie zwinkerte Kilian zu.

«Gabi ist noch nicht da», sagte Lukas. «Wollen wir nicht warten?»

Elisabeth blickte ein weiteres Mal auf die Uhr und runzelte die Stirn. «Seltsam», murmelte sie. «Ich hatte nicht das Gefühl, es werde lange dauern. Ob sie die Zeit vergessen hat?» Sie holte ihr Handy heraus. «Der Anrufbeantworter. Im Verlag scheint sie nicht mehr zu sein. Sie wählte ein zweites Mal. «Ans Handy geht sie auch nicht ran.» Sie schaute ratlos von einem zum anderen.

«Ob sie es sich anders überlegt hat?», fragte Andrina und liess ihren Blick zu den Wänden mit der Baumstammdeko und weiter zum Fenster schweifen, in der Hoffnung, Gabi zu erblicken, die ins Restaurant hastete.

«Soll ich nachschauen gehen?», bot Kilian an. «Ich wäre in spätestens zehn Minuten zurück.»

«Das Baby könnte ihr einen Strich durch die Rechnung gemacht haben», fügte Lukas an. «Sie hat über das häufige Ziehen im Bauch geklagt.»

«Dazu ist es zu früh», sagte Elisabeth.

«Sie hat in letzter Zeit öfter geklagt, wie es beschwerlicher wird. Sie könnte direkt nach Hause gegangen sein», warf Kilian ein.

«Ohne uns das zu sagen?», fragte Lukas. «Das passt nicht zu ihr.»

«Soll ich bei ihr zu Hause anrufen?», fragte Andrina und holte ihr Handy hervor.

«Und dabei Gefahr laufen, deinen Ex an der Strippe zu haben?», fragte Lukas.

«Gabi hat erzählt, er sei heute Abend ebenfalls nicht da.» Andrina stellte die Telefonnummer ein, die sie nach wie vor auswendig wusste. Nach dem vierten Klingelzeichen meldete sich der Anrufbeantworter. Offenbar war Gabi nicht zu Hause angekommen. Andrina war unschlüssig, ob sie eine Nachricht hinterlassen sollte, und legte auf, als ein Pfeifen ihr signalisierte, dass ihre Gesprächszeit abgelaufen war.

«Sie hat sich auf das Weihnachtsessen gefreut und lässt es sich bestimmt nicht entgehen», sagte Elisabeth brüsk. «Ich denke, sie kommt jeden Augenblick. Lasst uns bestellen.» Elisabeth nickte der Kellnerin zu, die bereits zweimal an ihrem Tisch gewesen war.

Alle bestellten Nüsslisalat zur Vorspeise. Die beiden Männer wählten Angussteak mit Zündholz-Pommes, während Elisabeth und Andrina sich für das Rindsfilet entschieden. Als die Salate gebracht wurden, holte Elisabeth ein weiteres Mal das Telefon hervor und wählte. Auch bei diesem Versuch erreichte sie Gabi weder am Telefon im Verlag noch auf ihrem Handy.

«Sie könnte es sich anders überlegt haben», sagte Kilian kauend. «Ich glaube, sie war heute extrem angeschlagen.»

«Sie könnte uns wenigstens Bescheid geben.» Elisabeth klang mehr als verstimmt.

VIERZEHN

Andrina war ins Korrektorat versunken und merkte nicht, wie sich ihre Bürotür öffnete.

«Andrina?»

Sie fuhr hoch. «Himmel, Kilian!»

Er hob die Hände. «Entschuldigung. Ich wollte dich nicht erschrecken.»

«Schon gut.»

«Hat Gabi sich bei dir abgemeldet?»

«Wieso abgemeldet?»

«Sie ist nicht da.»

Andrina warf einen Blick auf die Uhr. Es war bald halb neun Uhr. Ihr Blick wanderte zu Lukas' Tisch. Er war ebenfalls nicht gekommen. Vage erinnerte sich Andrina, dass er etwas von einem Termin gesagt hatte. Allerdings wusste sie nicht mehr, von was für einem. Gabi aber müsste längst da sein. Normalerweise kam sie spätestens um acht Uhr.

«Ich weiss von nichts.»

«Elisabeth ist sauer.»

«Das passt nicht zu Gabi. Hast du nochmals versucht, sie zu erreichen?»

«Ja. Auch dieses Mal ohne Erfolg.»

Ein mulmiges Gefühl breitete sich aus. Erst gestern das unentschuldigte Fernbleiben beim Weihnachtsessen und jetzt das. Gab es Komplikationen mit dem Baby?

«Hast du es bei Marco versucht?»

«Nein.» Die Bitte in seinen Augen war deutlich.

«Wieso ich?», rief Andrina ungehalten. Sie wollte den Kontakt zu Marco nur auf das Nötigste beschränkt halten. Andererseits war es eine Ausnahmesituation. Falls es Komplikationen gab und sie vergessen hatten, den Verlag zu informieren, würde das Elisabeths Ärger verrauchen lassen.

Andrina beschloss, es im Polizeikommando zu versuchen,

und hoffte, jemand anderer würde abnehmen und Bescheid wissen, was los war.

Andrina hatte halbwegs Glück. «Marco?», fragte Susanna. «Ja, der ist da.» Die Verwunderung, warum Andrina anrief und ausgerechnet Marco Feller verlangte, war herauszuhören. «Moment, er ist gerade reingekommen. Ich gebe ihn dir.»

«Halt, du kannst mir eventuell ...» Weiterhelfen, hatte Andrina sagen wollen, aber Susanna hatte das Telefon bereits weitergereicht.

«Was gibt es?» Marco klang ähnlich erstaunt wie Susanna.

«Weisst du, wo Gabi ist?»

«Warum? Sie ist bei euch.»

«Eben nicht», sagte Andrina. «Und zu Hause nimmt sie das Telefon nicht ab.» Sie hörte, wie Marco Luft holte, und kam ihm rasch zuvor. «Es könnte etwas mit ihr sein.»

«Ich habe keine Zeit, Babysitter zu spielen.»

«Es könnte ihr nicht gut gehen.» Vor Andrinas innerem Auge tauchte ein Szenario auf. Sie sah Gabi zu Hause wegen Schmerzen zusammengekrümmt auf dem Boden liegen. Hoffentlich hatten keine Wehen eingesetzt. Beim Stress der vergangenen Tage eine durchaus denkbare Möglichkeit, da sie wiederholt einen harten Bauch bekommen hatte und nur knapp an der Verordnung vorbeigekommen war, die Wochen bis zur Geburt liegend zu verbringen.

«Wenn es ihr nicht gut geht, kann sie zum Arzt gehen.» Andrina erschrak über die Härte, mit der er das sagte.

«Sie könnte gestürzt sein und kann nicht ...»

«Hör genau zu. Als ich heute Morgen ging, war sie bereits fort.»

Andrina war verwirrt. Meistens war es Marco, der am Morgen zuerst das Haus verliess. Zumindest war das damals so gewesen.

«Um welche Zeit war das?»

«Gegen Viertel nach acht. Ich hatte verschlafen, aber aus gutem Grund.» Andrinas Verwunderung wuchs. Dieser defensive Tonfall passte nicht zu Marco. «Ich bin gestern aus dem Bett geklingelt worden, bevor sie heimgekommen ist. Als ich in der Nacht zurückkam, habe ich auf dem Sofa geschlafen, weil sie es nicht leiden kann, wenn ich mitten in der Nacht ins Bett komme, und sie es hasst, aufgeweckt zu werden.» Die Härte in der Stimme war zurück. «Wenigstens war sie heute Morgen leise genug und hat *mich* nicht geweckt. Ich habe genug anderes zu tun, als mich darum zu kümmern, wenn Gabi den Job schwänzt. Es gibt Wichtigeres zu tun, nämlich eine Verhaftung vorzubereiten.»

Bevor Andrina antworten konnte, hatte er das Gespräch beendet. Fassungslos starrte sie den Telefonhörer in ihrer Hand an. Sie hatte mit allem gerechnet, aber nicht mit dem. Gabi, wo bist du?, dachte sie.

Kilian nahm ihr den Hörer aus der Hand und stellte ihn auf die Station. «Das lief offenbar nicht so, wie du gedacht hattest.»

«So ein elender Idiot!», rief Andrina. «Es geht um seine schwangere Freundin und sein Kind! Ignoranz pur. Als ob er der einzige Mensch auf der Welt wäre!»

«Beruhige dich.» Kilian legte die Hand auf Andrinas Arm. «Was hat er genau gesagt?»

In wenigen Sätzen gab Andrina das Gespräch wieder.

«Er steht unter Druck, diesen oder diese Mörder zu finden», sagte Kilian.

«Das rechtfertigt diese Reaktion nicht.»

«Er steht unter Druck», wiederholte er.

«Nimm ihn nicht in Schutz», brauste Andrina auf.

Kilian hob beschwichtigend die Hände. «Das tue ich nicht und gebe dir recht. Ich versuche nur zu erklären. Es ist seltsam. Gestern kommt sie nicht zum Essen, und heute kann man sie nicht erreichen.»

«Weisst du was? Ich schaue bei ihr zu Hause vorbei.» Entschlossen stand Andrina auf.

«Das scheint mir übertrieben.»

«Sie könnte Hilfe brauchen, weil sie gestürzt ist oder die Wehen eingesetzt haben oder –»

«Okay», unterbrach Kilian sie. «Ich komme mit.»

Kilian hielt mit seinem VW in der Einfahrt von Marco Fellers Haus. «Es sieht nicht aus, als ob jemand da ist.»

«Wieso meinst du?»

«Es brennt kein Licht.»

«Das muss nichts heissen.»

«Bei dem trüben Wetter schon.»

Er stieg aus. Andrina folgte ihm zur Haustür. Sie klingelte. Als nach mehreren Sekunden nichts geschah, betätigte sie die Türglocke ein weiteres Mal.

«Sie scheint nicht da zu sein.»

Andrina holte ihr Handy aus ihrer Jackentasche und wählte. Keine zwei Sekunden später hörten sie Marcos Festnetztelefon im Inneren des Hauses. Nach dem vierten Mal schaltete sich der Anrufbeantworter ein.

Andrina wiederholte das Ganze. «Gabi?», sagte sie, als sich der Anrufbeantworter ein weiteres Mal einschaltete. «Wenn du da bist, geh bitte ran.» Sie wartete. «Es ist wichtig.» Nichts. «Wenn du nicht kannst, mach dich sonst wie bemerkbar. Wir sind vor dem Haus.» Ein Pfeifen signalisierte das Ende ihrer Gesprächszeit.

«Und jetzt?», fragte sie. «Hatte sie einen Termin, zum Beispiel beim Frauenarzt, den wir vergessen haben?» Falls das so war, machten sie sich gerade lächerlich.

«Davon weiss ich nichts», sagte Kilian und holte seinerseits das Handy hervor. «Nur Lukas hat gesagt, er komme später, weil er zum Zahnarzt müsse. Vielleicht ist er schon da.» Er hielt das Handy ans Ohr und hob den Finger. «Ich bin es. Ist Gabi da?»

Kurz schilderte er ihr Problem. Nach einer Weile beendete er das Gespräch. «Sie ist inzwischen nicht gekommen.» Er wandte sich zur Haustür. «Jetzt mache ich mir definitiv Sorgen.»

«Warte mal.»

Andrina ging zum Gartenhaus.

«Was machst du da?», rief Kilian ihr hinterher.

«Früher hatte Marco dort den Schlüssel deponiert, wenn beispielsweise in seiner Abwesenheit Handwerker ins Haus mussten.» Andrina betrat den Schuppen. Es sah wie früher aus. Sie fand die Werkzeugkiste sofort und öffnete sie.

«Spinnst du?», sagte Kilian, der ihr gefolgt war. «Du willst in das Haus eines Polizisten einsteigen?»

«Ich steige nicht ein, sondern betrete es durch die Haustür.»

«Das ist in meinen Augen das Gleiche. Du wohnst nicht dort, und weder du noch sonst wer hat seine Erlaubnis.»

«Es ist ein Notfall. Ausserdem schliesse ich auf und ab, wenn wir gehen. Keiner wird bemerken, dass jemand im Haus war.»

«Andrina!»

«Okay, ich rufe Susanna an», sagte sie und hielt sich das Handy ans Ohr. «Combox», brummte sie und hinterliess eine Nachricht. «Und jetzt?», fragte sie, nachdem sie ihr Handy in die Jackentasche gesteckt hatte. «Marco werde ich bestimmt kein zweites Mal anrufen, nachdem er mich so abserviert hat.» Ihr Blick wanderte zum Haus, und sie fasste einen Entschluss, egal was Kilian davon hielt. Andrina wandte sich der Kiste zu.

Sie wühlte sich durch die Schraubenzieher. «Wenn er den Schlüssel darin deponiert hat, könnte er jemanden erwarten, der in seiner Abwesenheit ins Haus muss.» Sie machte eine ausschweifende Handbewegung.

«Falls das so ist, erwartet er gewiss nicht uns», sagte Kilian und reckte den Hals, um in die Werkzeugkiste zu spähen. «Eine andere Möglichkeit ist, er könnte den Schlüssel vergessen haben.»

«So ein pingeliger und gewissenhafter Typ wie Marco Feller?» Andrina stiess ein heiseres Lachen aus. «Da ist er ja.» Andrina hielt den Schlüssel hoch, der an einem ledernen Anhänger hing.

«Du willst allen Ernstes da rein?»

Andrina sagte nichts und marschierte an Kilian vorbei aus dem Schuppen.

«Andrina!», rief er und holte sie ein. «Das ist Einbruch.»

«Ist es nicht. Wenn was mit Gabi ist, ist es unterlassene Hilfeleistung.»

«Das wird dein Ex, fürchte ich, anders interpretieren.»

Andrina liess sich nicht beirren und steckte den Schlüssel

ins Schloss der Haustür. Als sie die Tür geöffnet hatte, hielt sie inne und horchte. Es war still im Haus. Was hatte sie erwartet? Gestöhne oder schwache Hilferufe? Andrina schlüpfte hinein.

Kilian trat hinter ihr ein, blieb aber in der Nähe der Haustür.

«Gabi?», rief Andrina.

Keine Antwort.

«Ich bin es. Andrina.»

Stille war die Antwort.

Sie streifte die Schuhe von den Füssen und machte einige Schritte Richtung Wohnzimmer.

«Das ist keine gute Idee», sagte Kilian.

«Ich will nichts stehlen. Falls Gabi nicht hier ist, verlasse ich alles so, wie es ist, und lege den Schlüssel zurück.» Andrina blickte ins Wohnzimmer. Es war leer. Kurz liess sie den Blick schweifen. Obwohl Marco Möbel ausgetauscht und alles umgestellt hatte, war es vertraut. Andrina war erstaunt über den Stich in ihrem Inneren. Dann kam ihr in den Sinn, warum sie hier war. Im selben Atemzug fiel ihr ein, wie Marco gesagt hatte, er habe im Wohnzimmer geschlafen. Andrina blickte auf die zusammengefaltete Wolldecke auf dem Sofa. Darauf lag ein Kopfkissen. Bei ihnen war es ebenfalls ein Thema gewesen, wenn er nachts losmusste. Andrina hatte meistens danach nicht mehr einschlafen können. Dennoch war es für sie nie eine Option gewesen, getrennt zu schlafen. Sie fragte sich, ob Gabi wirklich darauf bestanden hatte oder ob das Ganze von Marco ausging. Ihrem Gefühl nach würde Andrina auf die zweite Version tippen. War das das Indiz für das zunehmende Auseinanderdriften der Beziehung der beiden? Andrina dachte an das Kind, das die beiden erwarteten. Sie hoffte, es werde Gabi und Marco zusammenschweissen. Gleichzeitig war sie sich bewusst, dass eine Beziehung, die man nur wegen eines Kindes aufrechtzuerhalten versuchte, meistens früher oder später in die Brüche ging. Erneut empfand sie Mitleid mit Gabi. Sie hätte ihr alles Glück der Welt nach der Katastrophe mit Frank gewünscht.

Hinter sich hörte Andrina ein Räuspern.

«Mach voran», flüsterte Kilian. Er blickte zur Haustür, die er inzwischen geschlossen hatte.

«Ich schaue oben nach.»

Andrina wartete die Antwort nicht ab und lief die Treppe hoch. Wiederholt rief sie Gabis Namen. Zuerst öffnete sie die Schlafzimmertür. Hier hatte Marco alles so belassen, wie sie es kannte, was sie ein weiteres Mal aus dem seelischen Gleichgewicht brachte. Da sich niemand in dem Zimmer befand, schloss Andrina schnell die Tür und eilte zum Badezimmer. Auch hier klopfte sie an, bevor sie die Tür öffnete. Leer. Ratlos drehte sie sich um.

«Gabi?»

Vorsichtshalber schaute Andrina in den beiden anderen Räumen nach. Im Arbeitszimmer war Gabi genauso wenig wie im anderen, das offenbar das Kinderzimmer werden sollte. Viel war nicht eingerichtet, aber ein Kinderbett und eine Wickelkommode standen an der rechten Wand. Damals, als sie mit Marco zusammen gewesen war, hatte er ihr erklärt, dass dieses sein Kinderzimmer gewesen war. Trotz der beiden Möbelstücke war das Zimmer kahl. Enrico und sie waren eindeutig weiter mit der Einrichtung.

«Und?», rief Kilian vom Erdgeschoss hoch. Die Dringlichkeit in seiner Stimme war nicht zu überhören.

«Nichts.» Andrina drehte sich einmal um ihre eigene Achse. Sie hatte keinen Raum ausgelassen. Ratlosigkeit machte sich breit. Halt, dachte sie. Unten im Gästezimmer hatte sie nicht nachgeschaut. Genauso wenig im Keller. Sie eilte die Treppe nach unten und an Kilian vorbei. Im Gästezimmer war niemand. Andrina trat an das Bett, auf dem eine Tagesdecke lag, und fragte sich, warum Marco nicht hier geschlafen, sondern das Sofa gewählt hatte, das eindeutig unbequemer war.

«Lass uns gehen», drängte Kilian, der zu ihr in den Raum gekommen war. Er schaute sich gehetzt um.

«Der Keller», rief Andrina. «Sie könnte die Treppe hinuntergestürzt sein und ist bewusstlos.»

«Warum sollte sie?»

«Sie kann ausgerutscht sein.» Andrina erinnerte sich, wie Gabi sich darüber beklagt hatte, dass auch ihr Gleichgewichtssinn sie mit fortschreitender Schwangerschaft öfters im Stich liess.

Als sie die Kellertür öffnete, trat Kilian zur Haustür und legte demonstrativ die Hand auf die Türklinke. In derselben Sekunde zuckte seine Hand hoch, als habe er sich verbrannt. Er holte ein frisches Papiertaschentuch aus dem Hosensack und rubbelte über die Klinke.

«Du glaubst, er wird in seinem Haus nach Fingerabdrücken suchen, obwohl er dazu keine Veranlassung sieht?», fragte Andrina.

«Wer weiss», antwortete Kilian. «Falls er das tut, möchte ich nicht, dass er meine findet.»

«Du bist paranoid. Wir haben nichts angestellt.»

«Wir sind eingebrochen.»

«Sind wir nicht. Wir machen uns nützlich.»

«So ein Blödsinn. Komm lieber.»

Andrina liess sich nicht beirren. Als sie die Stufen nach unten lief, stöhnte Kilian laut auf.

Im Keller hatte sich ebenfalls nichts verändert. Doch Andrina fand Gabi auch hier nicht.

«Das ist seltsam», sagte Elisabeth.

Nachdem Andrina und Kilian den Schlüssel zurückgelegt hatten, waren sie zum Verlag zurückgekehrt. Da Gabi inzwischen dort auch nicht erschienen war, hatten sie alle gebeten, ins Sitzungszimmer zu kommen, und berichtet, dass Gabi wie vom Erdboden verschwunden sei.

«Ich muss zugeben, langsam bin ich ebenfalls besorgt», sagte Elisabeth.

«Hast du Marco verständigt?», fragte Lukas.

Andrina berichtete von dem Gespräch.

«Das ist eine merkwürdige Reaktion», sagte Lukas.

«Das ist nicht das, worüber wir uns den Kopf zerbrechen sollten», sagte Elisabeth. «Lasst uns den gestrigen Tag Revue passieren. Gabi bleibt im Büro, als wir gehen, weil sie etwas fertig machen möchte, kommt aber nicht nach. Sie war den Tag durch bedrückt, machte aber den Anschein, als freue sie sich auf den Anlass, und hat zu keinem gesagt, sie werde nicht kommen?»

Synchrones Kopfschütteln.

«Wer von euch war heute Morgen zuerst im Büro?»

«Ich», sagte Kilian.

«War die Tür verschlossen?»

«Ich musste sie aufschliessen.»

«Das heisst, Gabi muss den Verlag verlassen und abgeschlossen haben.»

«Muss das automatisch heissen, dass sie gegangen ist?», fragte Kilian.

«Ich schliesse ab, wenn ich abends die Letzte bin und länger bleibe», mischte Andrina sich ein.

«Hast du jemanden gesehen, als du gekommen bist?», wandte Elisabeth sich an Kilian.

«Niemand war da», erwiderte er.

«Wie ist es mit den Toiletten?», fragte Andrina. «War dort schon jemand?»

«Ich war auf dem WC, habe aber nur das rechte benutzt.» Kilian schaute sich um. Als keiner antwortete, stand er auf und verliess das Büro. Bitte nicht, dachte Andrina. Nach nicht einmal einer Minute kehrte er zurück. «Leer.»

Andrina merkte, wie sie die Luft angehalten hatte. Sie stiess sie aus und liess sich gegen die Stuhllehne sinken.

«Okay», sagte Elisabeth. «Gabi muss definitiv den Verlag verlassen haben. Aber sie ist weder im Steakhouse noch bei sich zu Hause angekommen.»

«Das können wir nicht mit Bestimmtheit sagen», widersprach Kilian. «Wir können nur sagen, dass sie nicht zu uns gekommen ist. Ob sie nach Hause gegangen ist, wissen wir nicht.»

«Marco hat sie nicht angetroffen», sagte Andrina.

«Das muss nichts heissen. Er ging davon aus, dass sie bei

uns ist, und später wollte er sie nicht stören. Gabi könnte nach Hause gegangen und erst heute Morgen verschwunden sein.»

Das «verschwunden sein» hallte in Andrinas Kopf nach. Der schale Geschmack im Mund verstärkte sich.

«Das kann bei ihr zu Hause oder auf dem Weg in den Verlag passiert sein.»

«Ich mache mir Sorgen», sagte Elisabeth. «Eigentlich hätte ich das früher tun sollen, da dieses Verhalten nicht zu Gabi passt. Aber ich war sauer.»

«Gabi hat sich verändert», sagte Lukas.

«Obwohl sie nicht mehr so wie früher war, war sie zuverlässig», erwiderte Elisabeth.

«Was machen wir jetzt?», fragte Lukas in das entstandene Schweigen hinein.»

«Wir verständigen die Polizei», erwiderte Elisabeth.

«Das hat Andrina bereits versucht», warf Kilian ein. «Ausserdem bin ich mir nicht sicher, ob sie nach einem Tag Gabi zu einem Vermisstenfall erklären.»

«Immerhin geht es um die Partnerin eines Polizisten. Da werden sie etwas unternehmen», sagte Lukas.

Hoffentlich, dachte Andrina und erinnerte sich gleichzeitig an Marcos Reaktion.

«In dem Fall müssten wir ihm erklären, in seinem Haus gewesen zu sein», sagte Kilian.

«Das müssen wir nicht. Wir können genauso gut sagen, dass wir geklingelt haben. Da niemand die Tür geöffnet hat, sind wir unverrichteter Dinge abgezogen», sagte Andrina.

«Wir sollten nicht Marco, sondern jemand anderen verständigen», mischte sich Lukas ein. «Nach Andrinas Schilderung bin ich mir nicht sicher, wie und ob er reagiert. Falls Gabi aber was zugestossen ist und wir unseren Verdacht nicht gemeldet haben, machen wir uns der unterlassenen Hilfeleistung schuldig.»

War das wirklich so?, fragte sich Andrina.

«Das habe ich heute schon einmal gehört.» Kilian schnitt eine Grimasse und machte eine Handbewegung in Andrinas Richtung.

«Du kennst einige von diesem Verein», wandte Lukas sich an Andrina. «Das würde eventuell helfen.»

«Ich kann nochmals versuchen, Susanna zu erreichen.» Sie hatte auf deren Rückruf gehofft, der aber ausgeblieben war.

«Marco wird früher oder später davon erfahren», sagte Lukas.

«Und begreifen, dass etwas nicht stimmt», entgegnete Kilian.

Hoffentlich, dachte Andrina und stand auf.

«Da bin ich», sagte Susanna und setzte sich auf den Stuhl, den Lukas frei gemacht und ihr angeboten hatte. Er selber lehnte sich gegen die Fensterbank. Susannas Verwunderung nahm eindeutig zu, als Kilian das Büro betrat und sich zu Lukas gesellte. Ihr Blick wanderte von einem zum anderen.

Als Andrina sie angerufen und gebeten hatte, zum Verlag zu kommen, hatte sie gesagt: «Ich bin unterwegs und fahre gerade bei euch vorbei.»

Fünf Minuten später stand sie in Andrinas Büro.

«Was ist los?», fragte sie.

«Du hast demnach deine Combox nicht abgehört?»

«Combox? Nein, habe ich nicht.»

«Gabi ist verschwunden», sagte Andrina.

Entgeistert starrte Susanna sie an. «Wie, verschwunden? Davon hat Marco nichts gesagt.»

«Er weiss es nicht. Oder besser, er glaubt mir nicht.»

«Wovon sprichst du?»

«Wie du weisst, habe ich ihn heute Morgen angerufen», sagte Andrina und berichtete ein weiteres Mal von dem Gespräch.

«Er hat nicht gesagt, was dein Anliegen gewesen ist, aber nun verstehe ich seine schlechte Laune.»

«Er hat es als unwichtig abgetan.»

«Er könnte ihr etwas angetan haben», sagte Lukas.

«Was?», rief Susanna, und Andrina starrte Lukas entgeistert an. Wie kam er auf diese Annahme?

«Lass mich von vorne erzählen», sagte Andrina, bevor Susanna zu einer Erwiderung ansetzen konnte.

«Das wäre hilfreich.» Susanna verschränkte die Arme vor der Brust und schaute Andrina herausfordernd an.

«Aber ich bitte dich, gewisse Dinge für dich zu behalten.»

Susanna runzelte die Stirn, erwiderte aber nichts, was Andrina als Aufforderung ansah, mit dem Bericht zu beginnen. Susanna unterbrach sie nicht und schaute sie die ganze Zeit mit unbewegter Miene an. Als Andrina zu der Stelle kam, als sie mit Kilian Marcos Haus betreten hatte, ging ein Ruck durch ihren Körper.

«Du hast was?»

Andrina senkte den Kopf und betrachtete konzentriert ihre Fingernägel.

«Ich nehme an, das ist der Punkt, den ich für mich behalten soll.»

«Marco wollte nicht glauben, dass mit Gabi etwas nicht in Ordnung ist. Ich dachte, sie brauche Hilfe. Das Baby. Vorzeitige Wehen oder – keine Ahnung. Du hast das Telefon nicht abgenommen. Aus diesem Grund sind wir reingegangen.» Sie hob den Kopf. «Bitte sag es ihm nicht», fügte Andrina eindringlich an.

«Früher oder später wird es sich nicht vermeiden lassen. Ich kann Marco verstehen, wenn er abweisend reagiert. Die beiden haben öfter eine ...» Sie brach ab. Was hatte sie sagen wollen? Auszeit gebraucht? Kurzzeitige Trennung? Andrina dachte an ihre damalige Beziehungspause, um die Marco sie gebeten hatte. Der Anfang vom definitiven Ende ihrer Beziehung.

In dem Fall wäre Gabi nicht zum ersten Mal verschwunden. Allerdings hatten sie nie etwas davon mitbekommen. Gabi war trotz allem zur Arbeit erschienen.

Susanna machte eine kurze Pause. «Du hättest früher einen von uns kontaktieren sollen, der nicht befangen ist.»

«Wie gesagt, ich habe versucht, dich zu erreichen.»

Susanna stand auf. «Ich werde zuerst mit Marco darüber sprechen. Unter vier Augen. Vielleicht gibt es für alles eine logische Erklärung, und es ist falscher Alarm.»

Hoffentlich, dachte Andrina und hatte dabei Marcos Reaktion am Telefon im Kopf. Hoffentlich war es wirklich nur eine

Auszeit, die Gabi sich genommen hatte. Würde Marco offen zu Susanna sein? Und was wusste sie genau über die Beziehung der beiden?

***

«Ich hoffe, Susanna erzählt Marco nichts oder er findet nicht auf einem anderen Weg heraus, dass du in seinem Haus warst», sagte Enrico und klappte den Geschirrspüler zu. Er richtete sich auf und musterte Andrina. Mit diesem Blick hatte Marco Andrina bedacht, wenn er mit etwas nicht einverstanden gewesen war. Manchmal empfand Andrina die Ähnlichkeit der Halbbrüder unheimlich. Damit war nicht das Aussehen gemeint, sondern die Gesten und die Mimik.

Eindeutig hiess Enrico Andrinas Aktion nicht gut. Sie war ihm aber dankbar, weil er sich eines Kommentars enthielt.

«Ich weiss, es war nicht richtig, und ich weiss, ich sollte mich um meine Angelegenheiten kümmern. Das kann ich nicht. Es ist schwer, Gabi unglücklich zu sehen.»

Enrico runzelte die Stirn. «Ich weiss, ihr hegt inzwischen einen normaleren Umgang, aber geht es nicht zu weit, zu glauben, Gabi sei unglücklich?»

Andrina stand vom Küchentisch auf und füllte ihr Wasserglas am Hahn nach. Sie hatte nicht mit ihm darüber gesprochen, was Gabi ihr anvertraut hatte.

«Hat sie gesagt, sie sei unglücklich?», hakte Enrico nach, als Andrina nichts erwiderte.

«Nicht wortwörtlich, aber indirekt schon.»

«Ist das eventuell nicht eine Interpretationsfrage?»

«Du hättest sie sehen sollen. Ich kenne Gabi lange, und wir waren mal eng befreundet. Da sieht man gewisse Dinge oder hört die unausgesprochenen Worte zwischen den Zeilen. Das Gleiche gilt für Susannas Reaktion.»

Enrico setzte sich an den Küchentisch und machte eine Geste mit der Hand auf den zweiten Stuhl.

«Es ist nicht die grosse Liebe zwischen den beiden», sagte er.

«Das ist mir völlig klar. Die Startvoraussetzungen waren nicht ideal, und die ungewollte Schwangerschaft ist ebenfalls keine gute Basis. Solange er nicht von dir loskommt, wird es keine Zuneigung geben.»

Andrinas Herz machte einen Sprung. Bisher hatten sie dieses Thema vermieden. Seit dem letzten Kontakt im September kam Marco so gut wie gar nicht zur Sprache. Andrina wollte Enricos Blick ausweichen, konnte es aber knapp unterdrücken.

«Ich weiss nicht, was während meiner Entführung zwischen euch vorgefallen ist, und ich möchte es auch nicht wissen. Oder falls es für mich wissenswert wäre, gehe ich davon aus, du hättest es mir gesagt.»

Andrina verfluchte sich, dieses Thema angeschnitten zu haben, aber sie machte sich Sorgen um Gabi. Enrico blickte sie weiterhin an, und in den Augen lag die Frage, ihm zu sagen, was geschehen war. Andrina war klar, er fürchtete, sie könne sich in dieser Zeit mit Marco eingelassen haben.

«Ich habe mich nicht ...» Andrina suchte nach Worten. «Wir hatten nichts miteinander.» Sie war froh, ihrer Stimme einen festen Klang geben zu können.

«Davon gehe ich aus, dass du nichts in diese Richtung unternommen hast. Aber er wird es versucht haben. So verstört, wie du damals reagiert hast, als er nach Abschluss des Falles bei uns vorbeigekommen ist.»

«Ja, er hat es versucht.» Jetzt war es raus.

In Enricos Augen loderte es. War es Hass? Andrina wünschte sich, geschwiegen zu haben. Gleichzeitig sah er so aus, als habe er es geahnt und nur die Bestätigung gebraucht. Kurz keimte in Andrina die Angst auf, er stände auf und würde Marco zur Rechenschaft ziehen. Sekunden verstrichen. Eindeutig arbeitete es in Enricos Kopf. Die Luft knisterte, als sei sie elektrisch aufgeladen.

Nach einer gefühlten Ewigkeit beugte er sich vor und griff nach Andrinas Hand. «Warum hast du nichts gesagt?»

«Für mich war es nicht relevant, weil ich weiss, was ich will und was nicht.»

«Na ja», sagte er und machte eine kurze Pause. «Hat er dich fest bedrängt?»

Andrina dachte an den Kussversuch. «Er hat es einmal versucht, und ich habe ihm klargemacht, dass es für mich vorbei ist und ich deine Frau bin.»

«Er wird es wieder versuchen. Ich bitte dich in diesem Fall, sofort mit mir darüber zu sprechen.»

Was sollte das bringen?, fragte sich Andrina, nickte aber. Dieses eine Mal liess Enrico es seinem Halbbruder offenbar durchgehen. Was würde er bei einer Wiederholung unternehmen? Andrina kannte Enrico nicht als jähzornig und unüberlegt. Allerdings war dies eine persönliche Angelegenheit, und sie war sich nicht sicher, was passieren würde, wenn Enricos südländisches Temperament durchbrach.

«Zurück zum eigentlichen Thema», unterbrach Enrico Andrinas Gedanken. «Solange Marco nicht von dir loskommt, hat die Beziehung der beiden einen schweren Stand. Wenn sie nicht sogar chancenlos ist. So wie du Gabi beschrieben hast, wird sie sich dessen bewusst sein. Daraus resultierte ihr Hass dir gegenüber. Mich wundert es nur, dass sie sich wieder auf dich zubewegt hat. Anscheinend hat sie begriffen, dass du nichts für diese vertrackte Situation kannst, in der sie steckt.»

Das Gleiche hatte Andrina sich wiederholt gefragt. Sie hatte aber das Gefühl gehabt, Gabi sei einsam und suche nach einer Vertrauten, mit der sie darüber sprechen konnte. Früher hatten Gabi und Frank viele Freunde gehabt, aber Gabi hatte einmal erwähnt, mit ihnen nicht die gleiche vertraute Ebene wie mit Andrina zu haben beziehungsweise gehabt zu haben. Das hiesse, sie würde mit keinem über ihre Gefühle sprechen, was ihre Beziehung zu Marco betraf. Andrina ging davon aus, dass Gabi Angst gehabt hatte, Andrina könne Marco zurückhaben wollen und sie werde mit einem Kind alleingelassen. Die Kehrtwende in Gabis Verhalten hatte Andrina verunsichert und tat es weiterhin.

Sie dachte an Susannas Andeutungen. «Ob sie ihn verlassen hat?» Andrina zuckte zusammen, als sie realisierte, laut gesprochen zu haben.

«Durchaus möglich», sagte Enrico.
«Warum weiss Marco nicht, wo sie ist?»
«Hat er das so gesagt?», fragte Enrico.
«Ähm, nein, nicht direkt jedenfalls. Susanna wusste von nichts. So wie sie reagiert hat, hatte sie aber eine Vermutung.»
«Er wird es nicht gleich kundtun. Okay, sie sind ein Team und arbeiten länger zusammen. Das heisst in meinen Augen nicht automatisch, dass man über alle persönlichen Angelegenheiten redet. Immerhin, wenn ich dich richtig verstehe, könnte Gabi im Begriff sein, sich von ihm zu trennen. Das wäre mit dir die zweite Frau innerhalb von zwei Jahren, die ihn verlässt. Ich denke, er wird wissen, wo Gabi ist, aber nicht darüber sprechen wollen, dass sie sich von ihm getrennt hat.»
Skeptisch sah Andrina ihn an. Wenn sie alles von einem anderen Blickwinkel betrachtete, konnte Enrico mit seiner Einschätzung recht haben. Wie sie Marco kannte, würde er es mit sich alleine ausmachen wollen, falls Gabi sich von ihm getrennt hatte, wie Enrico vermutete. Sie selber hoffte, die Beziehung der beiden sei nicht zu Ende, sondern es handle sich um eine Beziehungspause. Allerdings konnte selbst eine kurze Auszeit den Anfang vom Ende bedeuten, wie sie aus eigener Erfahrung wusste.
«Ich weiss, das wird dir schwerfallen, aber halte dich da heraus», sagte Enrico. «Es ist nicht deine Angelegenheit, und es wird nicht gut kommen, wenn ausgerechnet du dich einmischst. Gabi und Marco müssen das selber klären.»
«Warum meldet sie sich nicht beim Verlag ab?»
Enrico hob die Hände. «Ich weiss nicht, was in ihrem Kopf vor sich geht. Eine mögliche Erklärung wäre, dass sie mit sich selber ins Reine kommen muss. Ich stelle es mir nicht leicht vor, hochschwanger eine Beziehung zu beenden. Das bedeutet Unsicherheit und kann Existenzängste auslösen. Sie wird keine Vorstellung haben, wie sie die Zukunft als Alleinerziehende managen wird. Hinzu kommen unweigerlich die Fragen von eurer Seite. Sie braucht Zeit, um sich einen ersten Schlachtplan zurechtzulegen. Ich denke, am Montag wird sie zurück sein

und es wird sich klären. Wenn sie aber nicht da sein sollte und Marco nichts unternimmt, kannst du auch nichts tun. Du hast sie als vermisst gemeldet, und nun ist es die Angelegenheit der Polizei, etwas zu machen.»

FÜNFZEHN

Andrina entschied sich ausnahmsweise für den Lift. Normalerweise vermied sie Bequemlichkeiten wie Liftfahren. Sie musste dranbleiben und den Alltag weiterhin als Trainingslauf nutzen.

Sie war spät dran, da sie beim Arzt hatte warten müssen. Im zügigen Tempo war sie von der Praxis zum Verlag marschiert und ausser Atem. Da konnte sie ohne schlechtes Gewissen eine der wenigen Ausnahmen machen. Immerhin war der Arzt zufrieden mit ihrem Schwangerschaftsverlauf. Sie könne unbesorgt reisen und solle sich einen neuen Kotrolltermin geben lassen, wenn sie zurück waren.

Andrina eilte zum Büro des Verlags, als sie im zweiten Stock angekommen war. Vor der Tür blieb sie stehen. Gabi kam ihr in den Sinn. Das Wochenende über hatte sie nicht gehört, ob es Neuigkeiten zu ihrem Verbleib gab. Nur schweren Herzens hatte sie sich an Enricos Ratschlag gehalten und weder Marco noch Susanna angerufen.

«Guten Morgen, kann ich Ihnen behilflich sein?»

Andrina fuhr herum und sah sich einem braunhaarigen Mann um die vierzig gegenüber. Seine stechenden grauen Augen musterten sie von oben bis unten, und Unbehagen machte sich breit.

«Nein danke, ich arbeite hier.» Ein Moment verstrich. Die Augen bohrten sich in ihre, als schien er zu überlegen, ob es stimme, was Andrina sagte. «Suchen Sie jemanden?», fragte sie, als der Mann sie weiter taxierte.

«Nein, ich wohne hier», sagte er und wandte sich ab. Er stieg die Treppen hoch. Bevor er aus Andrinas Blickfeld verschwand, drehte er sich um und musterte sie kurz.

Er wohnte hier? Andrina hatte ihn nie gesehen. Das musste nichts heissen. Bisher hatte sie auf die Bewohner nicht geachtet, und mehr als einen flüchtigen Gruss hatte sie nicht gewechselt. Allerdings war Andrina überzeugt, dass der Mann ihr aufgefallen wäre. Er könnte erst vor Kurzem eingezogen sein.

Sie öffnete die Tür. Als sie eintrat, kam ihr Kilian entgegen. Er sah gestresst aus.

«Was ist los?»

«Elisabeth hat eine saumässige Laune.» Er schnitt eine Grimasse und eilte an Andrina vorbei zu seinem Büro. Als er es öffnete, warf sie einen Blick hinein. Gabis Arbeitsplatz war leer.

«Ist Gabi heute nicht da?», fragte sie.

«Das ist ja der Grund für Elisabeths miese Laune. Gabi scheint nicht aufgetaucht zu sein. Jedenfalls habe sie sich nicht gemeldet.»

«Weisst du, was die Polizei dazu meint? Wird sie inzwischen als Vermisstenfall behandelt?»

«Keine Ahnung», knurrte Kilian.

Andrina setzte zu einer Erwiderung an, aber er kam ihr wieder zuvor. «Dieses Mal gehe ich sie nicht suchen. Ich habe genug zu tun.» Die Tür fiel mit einem Knall ins Schloss.

Andrina beschloss, zuerst Elisabeth aufzusuchen.

«Immerhin bist du endlich da», wurde ihr als Begrüssung entgegengeschleudert, als sie den Kopf ins Büro steckte. Wo war ihre Besorgnis von letzter Woche?

Sie waren Elisabeths Stimmungsschwankungen und Änderungen ihrer Ansichten von heute auf morgen inzwischen gewohnt. Trotzdem brauchte Andrina einen Moment, bis sie diese Kehrtwende in Elisabeths Verhalten verarbeitet hatte.

«Ich war zur Kontrolluntersuchung und musste länger warten, weil es einen Notfall gab.»

Elisabeth liess sich gegen die Stuhllehne fallen. «Himmel, das hatte ich vergessen. Ich dachte, es färbt ab und du kommst neuerdings auch nicht mehr, ohne dich abzumelden.» Sie stand auf und kam um den Tisch herum. «Eine Lehre ziehe ich aus dieser Situation. Ich werde nach zwei zusätzlichen Angestellten schauen.» Andrina glaubte, sich verhört zu haben. Warum musste es erst so weit kommen, bis Elisabeth bei diesem ewigen Streitthema einlenkte? «Auf jeden Fall einen für das Lektorat, weil ich nicht weiss, wie es nach der Geburt eurer Babys weitergehen wird.» Sie starrte Andrina an, aber die schaffte es, sich nicht aus der Reserve locken zu lassen.

«Lass dich nicht drängen», hatte Enrico gesagt, als sie einmal mehr über dieses Thema gesprochen hatten. «Ich kann Elisabeth verstehen, wenn sie Klarheit möchte, aber du weisst nicht, wie der Alltag mit einem Kind sein wird. Diese Entscheidung muss wohlüberlegt sein und sollte nicht übers Knie gebrochen werden. Elisabeth sollte endlich Vernunft annehmen. Mit ihrem Sparkurs, der alles andere als notwendig ist, schadet sie dem Verlag am Ende mehr, als ihm zu nützen.»

Andrina lehnte gegen die Wand und blickte zum Fenster in den grauen nebeligen Tag hinaus.

«Ist alles in Ordnung mit dir?» Elisabeth machte auf einmal einen besorgten Eindruck.

«Alles bestens.»

«Bist du sicher?» Sie trat dicht vor Andrina, und sie war gezwungen, Elisabeth anzuschauen. «Du bist blass und siehst erschöpft aus.»

Wen wundert es in der aktuellen Situation, dachte Andrina. «Der Arzt ist zufrieden, meinte aber, ich solle kürzertreten.»

«Heisst das, du reduzierst dein Arbeitspensum?» Elisabeth machte einen alarmierten Eindruck.

«Vor unserer Reise nicht», erwiderte Andrina. «Danach denke ich schon.»

Elisabeth öffnete das Fenster und holte aus ihrer Tasche eine Zigarettenpackung. Sie steckte sich eine an und zog den Rauch tief in die Lunge. Wiederholt hatte sie versucht, mit dem Rauchen aufzuhören. Dieses Mal war sie bereits nach einem Monat rückfällig geworden. Elisabeth blies den Rauch in das Nieselwetter, aber er wurde vor einem Luftzug in den Raum geweht. Andrina wich ein Stück zur Seite. Mehrmals hintereinander zog Elisabeth gierig an der Zigarette, bevor sie sich Andrina zuwandte. «Hat Gabi dir was gesagt? Oder hat sie etwas erwähnt, das rückblickend einen Hinweis für ihr Verhalten geben könnte?»

«Nein.»

Elisabeth drückte die Zigarette in dem Aschenbecher aus, der auf der äusseren Fensterbank stand und überquoll. Sie steckte sich eine neue an. Als sie den Rauch inhalierte, musste sie husten und brauchte einen Moment, bis sie sich beruhigt hatte. «Sag nichts. Ich weiss, ich sollte es endlich bleiben lassen, aber das ist nicht einfach.»

Nachdenklich ging Andrina zu ihrem Büro. Sie würde nach Arbeitsschluss ein weiteres Mal bei Marcos Haus vorbeischauen. Egal, ob es sie etwas anging oder nicht.

***

Unschlüssig stand Andrina vor Marcos Haustür. Sie fühlte sich erschöpft. Ihr kam in den Sinn, was der Arzt gesagt hatte. Er war nicht begeistert zu hören, was gerade alles los war. Es war alles mit dem Kind in Ordnung, aber der Stress konnte Andrinas Zustand und den des Babys schnell ändern.

«Wenn Sie nicht kürzertreten, werde ich Sie arbeitsunfähig schreiben», hatte er angekündigt. «Ich gehe nicht davon aus, dass Sie die Tage bis zur Geburt liegend verbringen möchten.»

Das hatte wie eine Drohung geklungen, und Andrina hatte versprochen, auf sich achtzugeben.

Sie sollte sich daran halten und lieber nach Hause fahren und sich hinlegen, anstatt sich in Probleme hineinzureiten. Die würde es bestimmt geben, wenn sie an Marcos Haustür klingelte. Andrina warf einen Blick auf ihre Uhr. Kurz nach siebzehn Uhr. Um diese Zeit war er bestimmt nicht zu Hause. Andrina trat einige Schritte zurück und musterte das Haus. Auf der Seite, an der sich das Küchenfenster befand, meinte sie, einen Lichtschimmer zu erkennen. Die Küche war Gabis Domäne. Offenbar war sie zurück. Erleichterung machte sich breit. Andrina überlegte, ob sie mit Gabi sprechen oder sie in Ruhe lassen sollte. Sie entschied sich für Ersteres, da sie Gabi gerne wissen lassen wollte, jederzeit für sie da zu sein, wenn sie jemanden brauchte. Andrina zögerte. Das hatte sie ihr schon einmal angeboten. Damals hatte Gabi ihr Angebot nicht angenommen.

Heute war die Situation anders. Entschlossen kehrte Andrina

zur Haustür zurück. Marco würde nicht da sein. Ideal für ein Gespräch mit Gabi.

Der Klang der Glocke war ihr vertraut und setzte unvermittelt eine Flut von Bildern vor ihrem inneren Auge in Gang. Warum kam diese Wehmut auf? Offenbar hatte sie nicht ganz mit damals abgeschlossen. Rückblickend hatte es viele schöne Momente in ihrer Beziehung zu Marco gegeben. Besonders am Anfang.

Lass das, dachte sie. Sie sollte ihre Gedanken beieinanderhaben.

Es dauerte einige Sekunden, und Andrina konnte durch das Milchglas der Haustür erkennen, wie das Licht im Gang eingeschaltet wurde. Einige weitere Sekunden später öffnete sich die Haustür.

Andrina konnte das «Hallo, Gabi» gerade zurückhalten. Mist, dachte sie, als sie sich Marco gegenüber vorfand.

Die anfängliche Überraschung in seinem Gesicht wechselte zu Unwillen.

«Was willst du?», knurrte er.

«Hallo.» Andrina setzte ein Lächeln auf. «Ich möchte Gabi besuchen und schauen, wie es ihr geht.»

«Was soll das?»

«Genau das möchte ich sie fragen, weil sie nicht zur Arbeit kommt und sich auch heute nicht abgemeldet hat. Da dachte ich, ich könnte auf dem Heimweg bei euch einen kurzen Stopp einlegen.»

«Das hatten wir am Freitag bereits. Es ist nicht dein Job. Offenbar hast du aus der Vergangenheit nicht gelernt. Hör auf, deine Nase in alles hineinzustecken!» Marco machte Anstalten, die Tür zu schliessen, hielt aber inne, als Andrina die Hand hob.

«Was ist los?», fragte sie, obwohl sie wusste, es besser auf sich beruhen zu lassen. «Ich mache mir Sorgen. Das wird erlaubt sein. Freitag war sie nicht da, und niemand konnte sie erreichen. Heute auch nicht. Ich hoffe, es ist ihr nichts zugestossen.»

Marcos Schultern sackten nach unten, und die Aggressivität, die er bis eben ausgestrahlt hatte, verschwand.

«Komm rein.»

Verdutzt über die Wendung, blieb Andrina stehen. Marco machte eine ungeduldige Bewegung mit der Hand. Zögernd kam sie der Aufforderung nach und betrat das Haus. Seit ihrer Trennung hatte sie das Haus nicht mehr in seiner Anwesenheit betreten. Andrina ärgerte sich über die Befangenheit, die in ihrem Inneren aufkeimte.

Sie streifte die Schuhe ab und folgte Marcos Aufforderung, mit ins Wohnzimmer zu kommen. Verstohlen sah Andrina sich um. Decke und Kissen waren vom Sofa verschwunden.

«Setz dich.» Er wies auf das Sofa. «Möchtest du etwas trinken?»

«Nein danke. Ich will nicht lange stören.»

Deutlich sah sie ihm an, wie ihm die Frage auf der Zunge brannte, ob Enrico wusste, dass sie hier war. Ein zweites Mal deutete Marco mit der Hand zum Sofa.

Widerwillig setzte sich Andrina. Sie legte die Hände in den Schoss. Dieses Sofa ähnelte dem alten, war jedoch neu, wie sie realisierte. Das Polster war härter als das des alten, und sie fand es unbequem. Andrina rutschte ein wenig nach hinten, widerstand aber dem Drang, sich anzulehnen.

«Warum tauchst ausgerechnet du hier auf? Gabi besuchen zu wollen, nehme ich dir nicht ab. Besonders nach dem Wirbel, den du am Freitag veranstaltet hast. Verdammt, du spazierst in mein Haus, unter dem Vorwand, Gabi zu suchen! Wenn ich wollte, könnte ich …» Er brach ab.

Andrina biss sich auf die Lippen und machte sich auf Beschuldigungen gefasst.

«Woher das plötzliche Interesse an ihr?», fragte er stattdessen zu Andrinas Verwunderung in einem ruhigen Tonfall, der beinahe resigniert klang. «Ich hatte das Gefühl, ihr würdet euch nach Möglichkeit aus dem Weg gehen?» Marco setzte sich Andrina gegenüber auf einen Sessel. Er blieb mit durchgestrecktem Rücken sitzen und sah ähnlich angespannt aus, wie Andrina sich fühlte. Es war definitiv keine gute Idee gewesen, herzukommen.

«Das hat sich in der letzten Zeit geändert.»

Er beugte sich vor. «Kannst du das näher beschreiben?», fragte er und vermittelte den Eindruck, als gefiele ihm die Möglichkeit nicht, dass Andrina und Gabi sich einander angenähert hatten.

«Nein.» Andrina widerstrebte es, dass Marco wie ein Polizist über Gabi wachte. Darüber, was sie tat und mit wem sie verkehrte. Was lief zwischen den beiden genau ab? «Darf ich mit Gabi sprechen?», fragte sie mit Nachdruck.

«Sie ist nicht da.» Marco sackte gegen die Rückenlehne des Sessels, als sei alle Kraft verpufft. «Sie ist und bleibt seit Freitag verschwunden», fügte er leise an. «Hast du unseren Aufruf nicht gesehen oder gehört?»

Das hatte sie nicht.

«Dies ist ein Aufruf der Polizei», hallte es in ihrem Kopf. Öfter hatte sie kurz vor der Tagesschau diese kurzen Beiträge der Polizei gesehen, wenn sie die Bevölkerung um Mithilfe bei der Suche vermisster Personen aufrief. Andrina hatte das Gefühl, keine Luft zu bekommen.

Bevor sie eine Erwiderung zustande brachte, kam Marco ihr zuvor. «Es tut mir leid, wenn ich dich am Freitag abgewimmelt habe. In der letzten Zeit ... lief es nicht so gut zwischen uns.» Er wich Andrinas Blick aus.

Nur in letzter Zeit?, dachte sie, liess es aber unausgesprochen. «Hast du eine Idee, wo sie hingegangen sein könnte?»

«Nein.» Marco schaute an Andrina vorbei und fixierte den Blick irgendwo hinter ihr. «Es ist ja nicht das erste Mal, dass sie verschwindet. Im September hatten wir bereits eine ...» Es war nicht zu übersehen, wie er nach einem Wort suchte. «Gabi ist damals vorübergehend ausgezogen.»

In dem Fall stimmten ihre Annahmen.

Von dem vorübergehenden Auszug hatte Gabi nie was gesagt. Gut, sie hatten selten miteinander gesprochen, aber Andrina hatte nicht gewusst, dass es so schlecht um die Beziehung der beiden stand. Immerhin war Gabi da erst gerade mit Marco zusammengezogen. Das Warum brannte auf ihrer Zunge, aber sie hielt es zurück. Es geht dich nichts an, sagte sie sich wie in einem Mantra.

«Nach einer oder zwei Wochen kehrte sie zurück. Sie hat mir nicht gesagt, wo sie gewohnt hat, mir nur kurz eine Mitteilung geschickt, es gehe ihr gut und sie brauche Zeit. Zeit, zu überlegen, was sie wolle. Zuerst wollte ich sie zur Rede stellen, tat es aber nicht, da ich froh war, dass sie zurück war.»

Er sah niedergeschlagen aus, als er das sagte. Andrina fragte sich, ob er mehr für Gabi empfand, als sie bisher vermutet hatte. «Es könnte eine Kurzschlusshandlung sein, da es nach wie vor nicht gut zwischen uns ist. Es steht zu viel ...» Er suchte offenbar nach einer Formulierung. Als er fortfuhr, meinte Andrina, der Boden würde sich unter ihr auftun. «Du stehst zwischen uns.»

«Das tue ich nicht», brachte Andrina hervor. Sie wollte nicht wissen, wie oft sie das Streitthema zwischen Gabi und Marco gewesen war.

«Das ist es nicht. Es ist ...» Er legte den Kopf in den Nacken. «Ich kann mich damit nicht abfinden.»

Andrina fühlte sich wie gelähmt. Es hat sich nichts geändert, dachte sie. Enrico hatte mit seinen Befürchtungen recht. Marcos Blick wurde eindringlich. Andrinas Augen huschten zur Tür. Weg hier, dachte sie.

«Keine Angst, ich werde dir nicht zu nahe treten.»

Andrina dachte an das, was Gabi ihr erzählt hatte. «Ich kann sie verstehen», hörte sie sich sagen.

«Ohne Kind hätten wir uns bestimmt getrennt.»

«So sind das keine guten Voraussetzungen.»

«Das ist uns beiden klar. Wir wissen nicht, was wir tun sollen. Gabi hegte zwischendurch die Hoffnung, es werde sich ändern, sobald das Baby da ist.»

«In meinen Augen ist das Selbstbetrug.»

«Mag sein. Wenn man aber drinsteckt ...» Marco änderte die Haltung. «Dich hat sie nicht eingeweiht, wohin sie gegangen ist?»

«Wäre ich sonst hier?»

«Ihr habt engen Kontakt, wenn ich das richtig verstehe. *Sonst* wärst du nicht hier.»

«Als eng würde ich es nicht bezeichnen. Es hat von feindselig zu normal gewechselt. Wir waren zusammen in der Stadt. Auf dem Weihnachtsmarkt oder gemeinsam mittagessen.»

Seiner Reaktion nach zu urteilen, hatte Gabi nicht mit ihm darüber gesprochen. Sie musste Angst davor gehabt haben, wie er reagierte. So viel mangelndes Vertrauen, dachte Andrina und verspürte Traurigkeit. Vielleicht hatte Enrico recht, und die Beziehung der beiden war zu Ende.

«Worüber habt ihr gesprochen?», fragte Marco.

«Über dies und das», wich Andrina aus. Würde sie Marco das berichten, was Gabi ihr gesagt hatte, käme es ihr wie ein Vertrauensbruch vor. «Hast du keinen Verdacht, wo sie das letzte Mal gewesen war?»

«Nein. Wie gesagt, damals hat sie sich nach einem Tag gemeldet und mich wissen lassen, es gehe ihr gut. Mehr nicht.»

«Dieses Mal nicht?»

«Nein.»

Andrina bekam ein schales Gefühl im Mund.

«Ihr muss was passiert sein. Sie könnte einen Unfall gehabt haben, oder es gibt Komplikationen mit dem Kind.»

Abermals verneinte Marco. «Ich habe bereits in den Spitälern angerufen. Nichts. Es ist, als habe sich eine Erdspalte aufgetan.»

***

Andrina legte den Finger zwischen die Seiten und klappte das Buch zu, nachdem sie den Dialog zum fünften Mal gelesen hatte. Sie war mit den Gedanken nicht bei der Sache, und es war zwecklos, der Handlung folgen zu wollen. «Ich weiss, ich sollte mich nicht einmischen, aber das kann ich in dem Fall nicht. Ich mache mir Sorgen.»

Enrico faltete die Zeitung zusammen und legte sie auf das Wohnzimmertischchen. «Ich muss zugeben, das klingt seltsam. Trotzdem ist mir nicht wohl, wenn du dich da so reinhängst.»

«Gabi hat mir einmal viel bedeutet. Es tut mir weh, sie unglücklich zu sehen.»

Er beugte sich vor und griff nach Andrinas Hand. «Es ehrt

dich, wenn du mit anderen mitleidest. Aber mir gefällt es nicht.»

Andrina meinte, eine Spur Eifersucht herauszuhören, was sie erstaunte. Gleich darauf drängte sich der Verdacht auf, dass es nicht um Gabi ging. Es konnte genauso Besorgnis sein. Andrina hatte einmal ein Kind verloren – damals, als sie mit Marco zusammen gewesen war. Diese Angst vor einem erneuten Verlust eines Babys steckte in ihrem Inneren fest. Enrico wusste das. Der momentane Stress war genau das, was er von Andrina fernzuhalten versuchte. Nun kam weiterer emotionaler Stress hinzu.

«Okay», sagte Enrico. Das klang neutral. In Andrinas Ohren zu neutral. «Gabi kommt nicht zum Weihnachtsessen und ist danach spurlos verschwunden.»

«Richtig. Das passt in meinen Augen nicht, wenn sie ausziehen wollte. Ich denke, sie wäre immerhin zum Nachtessen gekommen. Beim ersten vorübergehenden Auszug ist sie normal zur Arbeit erschienen, ohne dass wir davon etwas mitbekommen haben.»

«Würdest du das in ihrer Situation?» Enrico schaute sie erwartungsvoll an. «Sie ist unglücklich, redet aber nicht darüber, sondern frisst den Kummer in sich hinein. Sie wird kein Bedürfnis haben, einen geselligen Abend zu verbringen, nach den Fragen, die eventuell gestellt werden. Überhaupt wird sie nicht über das Verhältnis zu Marco sprechen wollen.»

«Mit mir hat sie darüber gesprochen. Na ja, nicht vertieft, aber sie hat es ... angedeutet.»

Enrico sah skeptisch aus. Bevor er antworten konnte, klingelte es an der Tür. Er brummte etwas Unverständliches, als er sich erhob. Andrina stand ebenfalls auf und legte ein Holzscheit in den Schwedenofen.

Aus dem Gang hörte sie Stimmengemurmel, konnte aber nicht verstehen, was gesprochen wurde. Beim Besuch musste es sich um einen Mann handeln. Sie richtete sich auf und lauschte. Diese Stimme kam ihr bekannt vor.

Bevor ihr klar war, wer der Besucher war, betrat Enrico von

Marco gefolgt den Raum. Obwohl das Feuer eine angenehme Wärme verbreitete, sank die gefühlte Temperatur augenblicklich gegen den Gefrierpunkt. Enricos Widerwille war greifbar, als er eine Geste zum Sofa machte.

«Ich muss mir dir sprechen», sagte Marco anstelle einer Begrüssung und setzte sich an die Stelle, an der Andrina eben gesessen hatte. Ihm war offenbar gleich unwohl wie Andrina. Enrico verharrte in der Tür, und Andrina war sich seines prüfenden Blickes bewusst. Enrico beobachtete genau ihre Reaktion. Sie blieb, wo sie war.

«Man hat Gabis Velo gefunden», sagte Marco. «Es stand in der Garage des Gebäudes, in dem euer Verlag seine Büroräume hat.»

Andrina brauchte eine Weile, um zu verstehen, was Marco ihr damit sagen wollte. Als sie die Bedeutung erfasst hatte, liess sie sich langsam auf einen Sessel sinken. Das würde bedeuten, Gabi hatte das Gebäude nicht verlassen. Da ihr Velo einmal gestohlen worden war, stellte sie es im Gegensatz zu Andrina und Kilian in der Garage ab. Nach Arbeitsschluss fuhr sie in den Keller und von dort über die Rampe nach draussen.

Es gab eine andere Möglichkeit.

«Sie könnte in dem Haus eine Wohnung genommen haben oder ist vorübergehend bei einem Bekannten untergeschlüpft, der dort wohnt», sprach Enrico ihren Gedanken aus.

Marco warf ihm einen ärgerlichen Blick zu und schaute Andrina lange an, als wolle er fragen, warum sie Enrico davon erzählt habe. Andrinas Gedanken rasten. Sie wusste nicht, ob Gabi jemanden in dem Block kannte. Enger kannte, um ihn zu fragen, für eine Weile dort wohnen zu können. Andrina ging in Gedanken die Pesonen durch, von denen sie annahm, dort zu wohnen. Sie erinnerte sich an den Mann mit dem stechenden Blick, der ihr im Treppenhaus begegnet war und behauptet hatte, dort zu wohnen.

«Max und Silvan haben bereits die Anwohner befragt», sagte Marco und riss sie aus ihren Gedanken. «Fehlanzeige.»

Das wunderte Andrina nicht. Sollte Gabi dort bei jemandem

Unterschlupf gefunden haben, würde die Person das bestimmt nicht der Polizei mitteilen.

«Da dieser Vermisstenfall dich persönlich betrifft, ist es nicht deine Aufgabe, mit Andrina zu reden», sagte Enrico. Es war, als würden Eiskristalle durch den Raum schweben. «Du bist befangen.»

«Es geht um meine Freundin», knurrte Marco.

«Deine Freundin? Das fällt dir aber früh ein.»

«Enrico!» So kannte sie ihn nicht. Im September hatte sie gedacht, die Feindseligkeit der Männer sei ausgestanden oder zumindest einem Waffenstillstand gewichen. Das schien aber nicht so. Andrina überlegte fieberhaft. Sie brauchte schnell eine Idee, damit die Situation zwischen den Brüdern nicht zu eskalieren begann.

Zum Glück besann sich Enrico. «Entschuldige. Das war daneben. Aber ich bleibe dabei, es ist nicht Marcos Aufgabe, mit dir zu sprechen, sondern die seiner Kollegen.»

«Wie es aussieht, hat Gabi den Cleve-Verlag nicht verlassen», sagte Marco, ohne auf Enricos Einwand einzugehen. «Zumindest nicht mit dem Velo. Kannst du wiederholen, wie der Nachmittag abgelaufen ist und ob dir an Gabis Verhalten an dem Tag oder denen davor etwas aufgefallen ist?»

Die Anspannung zwischen den Männern liess nach. Enrico setzte sich auf den Sessel neben Andrinas, als sie zu erzählen begann.

SECHZEHN

Marco hielt Andrina die Tür auf. Erstaunt blickte sie sich um. Als Marco angerufen hatte, ob sie Lust habe, mit ihm über Mittag essen zu gehen, hatte sie zunächst abgelehnt. Sie war davon ausgegangen, nach gestern Abend würde er sich nicht so schnell wieder bei ihr melden, da Andrina ihm keinen hilfreichen Hinweis hatte liefern können. Sie sah deutlich vor sich, wie er sich niedergeschlagen verabschiedet hatte.

«Ich würde gerne mit dir über Gabi reden», hatte er erwidert, als Andrina nach dem Grund gefragt hatte.

«Ich kann dir nicht mehr als gestern sagen», hatte sie ihm entgegengehalten.

Es sei ihm wichtig, nochmals mit ihr zu reden. Es könnten ihr in einem neuen Gespräch Dinge in den Sinn kommen, an die sie gestern nicht gedacht hatte. Widerwillig hatte sie nachgegeben. Sie hatten sich vor der Stadtbibliothek verabredet, und Andrina hatte gedacht, sie würden ins Igelweidcenter gehen. Aber Feller hatte sie zur Laurenzentorgasse geführt. Andrinas Erstaunen wuchs, als sie das japanische Restaurant betraten. Andrina hatte den Verdacht, er könnte etwas anderes als ein Gespräch über Gabi bezwecken.

«Ich darf keinen rohen Fisch essen», wandte sie sich an Marco und hoffte, den Ausweg gefunden zu haben, ihn zu einem weniger gediegenen Ort zu führen.

«Es gibt hier andere gute Speisen.»

Das Gefühl verstärkte sich, dass es sich um kein gewöhnliches Mittagessen handelte, und sie war ganz auf der Hut.

Die japanische Kellnerin empfing sie mit einem Lächeln und führte sie zu einem Tisch am Fenster.

Andrina liess den Blick durch den Raum schweifen. Die Einrichtung war spartanisch gehalten: schwarze Tische und Stühle, dunkle Plättli und Bilder mit japanischen Motiven an der Wand. Ausser ihrem waren zwei weitere Tische besetzt.

Das Pärchen an dem Tisch neben ihnen hatte keine Notiz von ihnen genommen. Sie hielten sich an den Händen und schauten sich in die Augen. Die beiden Männer im hinteren Teil hatten kurz den Kopf gehoben und sich gleich wieder der Menukarte zugewandt.

Sie überflog das Mittagsmenu und fand ein Fischgericht, das nicht aus rohen Speisen bestand: grillierter Lachs mit Teriyaki-Sauce und Gemüse.

«Was möchtest du mit mir besprechen?», fragte sie, als sie die Karte zuklappte. Sie war sich bewusst, abweisend zu klingen, aber es war ihr egal.

«Von Gabi habe ich nichts gehört», sagte Marco. «Genauso gibt es keine brauchbaren Hinweise auf unseren Aufruf an die Bevölkerung.» Er lehnte sich nach hinten, als die Kellnerin das Wasser brachte. «Ich wollte dich fragen, ob dir vielleicht Weiteres eingefallen ist.»

Das hätte man am Telefon besprechen können, dachte Andrina. Dazu brauchte es dieses gediegene Umfeld nicht.

«Nein», sagte sie. «Tut mir leid.»

«Es ist wie verhext. Ihr Handy ist nach wie vor ausgeschaltet, und sie hat nicht auf meine Bitte geantwortet, mir Bescheid zu geben, wo sie ist. So war es beim letzten Mal nicht. Das ungute Gefühl, ihr könnte etwas zugestossen sein, verstärkt sich, und ich habe jetzt richtig Angst.»

Das habe ich länger, dachte Andrina und schwieg weiterhin.

«Es gibt keine Nachricht von einem möglichen Entführer.»

«Vielleicht braucht sie Zeit und möchte in Ruhe gelassen werden», sagte Andrina. «Immerhin erwartet sie in zwei Monaten ihr Kind und realisiert, wie es zwischen euch ...» Sie brach ab.

«Ja?», fragte Marco. Er sah aus, als fühle er sich in seiner Annahme bestätigt, dass Gabi mit Andrina vertieft über dieses Thema gesprochen hatte.

«Die ganze Situation empfinde ich für Gabi mehr als unfair», brach es aus Andrina heraus. Kein Wunder, wenn sie beschlossen haben sollte, die Beziehung zu beenden. Inzwischen musste sie Enricos Annahme zustimmen.

Marco neigte den Kopf, was einer Aufforderung gleichkam, weiterzusprechen. Schweigen oder reden? Schliesslich nahm der Wunsch überhand, Marco die Meinung zu sagen. Sie öffnete den Mund, überlegte es sich anders, schloss ihn und nahm einen anderen Anlauf. Es brachte nichts, Marco mit Schuldzuweisungen zu bombardieren.

«Sie muss einsehen, dass es mit euch nicht funktioniert.» Glücklicherweise schaffte sie es, neutral zu klingen. «Eine Trennung ist ein langwieriger Prozess.» Marco zuckte zurück, als habe sie ihn geschlagen. Andrina war nicht stolz darauf, dabei Genugtuung zu verspüren.

«Offenbar sprichst du aus eigener Erfahrung», sagte er kaum lauter als ein entferntes Donnergrollen.

Andrina widerstand, auf die Provokation einzugehen, und fuhr ruhig fort. «Das Kind ist nicht die von Gabi erhoffte Hilfe, was die verfahrene Situation zwischen euch beiden betrifft.»

«Wir haben keinen Streit, und ich habe ihr nichts getan.» Marco klang defensiv.

«Das meine ich nicht. Gabi hat sich immer eine Familie gewünscht. Nach der Katastrophe mit Frank hat sie es bei dir versucht.»

Marcos Gesicht wurde verschlossen. Andrina kannte ihn gut genug, um zu erahnen, wie fest es in seinem Inneren brodelte. Sie dachte an Enricos Bitte, sich aus Gabis und Marcos Problemen herauszuhalten. Dazu war es jetzt definitiv zu spät.

«Ich fühle mich abscheulich», sagte Marco und überraschte Andrina mit diesem Eingeständnis. «Ich habe es versucht, aber es geht nicht. Ich schätze Gabi, aber ich kann sie nicht lieben, da ich blockiert bin.»

«Was meinst du mit ‹blockiert›?»

«Das klingt bestimmt kitschig. Wir haben keinen Streit, und es wird nicht laut bei uns. Wir wohnen wie in einer WG zusammen, obwohl wir ein Kind erwarten. Jedes andere Paar würde auf Wolke sieben schweben. Gabi ist ein herzensguter Mensch. Sie hat einiges durchgemacht. Ich schätze sie, mehr liegt nicht drin. Mir ist bewusst, dass Gabi etwas anderes verdient hat. Liebe.

Geborgenheit. Glück. Aber ich kann ihr das nicht geben. Ich komme mir dabei total mies vor. Die Liebe ist, wie gesagt, blockiert.» Er beugte sich vor. «Dummerweise ist die Person, der meine Liebe gilt, unerreichbar.» Die Alarmglocken in Andrinas Kopf läuteten Sturm. «Gäbe es die Gelegenheit, die Zeit zurückzudrehen, wäre ich der Erste, der das tun würde. Wenn ich Gabi umarme, halte ich in Gedanken jemand anderen im Arm. Wenn ich sie küsse, was selten genug vorkommt, küsse ich in Gedanken jemand anderen.» Seine Augen bohrten sich in ihre und schienen intensiver blau zu leuchten, als sie es ohnehin taten.

«Ich dachte, das hätten wir geklärt», sagte Andrina.

«Rational mit Worten schon», erwiderte Marco. «Gefühlsmässig bin ich davon weit entfernt.»

Andrina senkte den Kopf. «Bitte, Marco, hör auf.» Sie wurde unterbrochen, als die Kellnerin den Lachs brachte. Nachdem sie sich entfernt hatte, wartete Andrina einige Sekunden, bevor sie weitersprach. «Mach es nicht schwerer. Sowohl dir, Gabi als auch mir. Ich kann dir nicht mehr als Freundschaft anbieten, wie ich dir mehrfach gesagt habe.» Dabei fragte sie sich, ob sie je zu einer Freundschaftsbasis finden würden, solange Marco nicht bereit war, zu akzeptieren, dass es mit ihnen vorbei war. Seine Hand tauchte in ihrem Blickfeld auf und legte sich auf ihre. Mit einem Ruck zog Andrina ihre zurück. «Was ich vor zwei Monaten gesagt habe, gilt nach wie vor», sagte sie scharf.

«Wäre Enrico nie aufgetaucht –», zischte er.

«Wäre es ähnlich gekommen», unterbrach Andrina ihn. «Eine wichtige Basis hat vor Langem begonnen zu bröckeln.»

«Was meinst du damit?»

«Vertrauen.» Der Ausdruck in Marcos blauen Augen traf sie ins Herz. Ich sollte den Kontakt abbrechen, dachte sie. Ich sollte ihn bitten, nie mehr den Kontakt zu mir zu suchen. Aber sie brachte den Wunsch nicht über die Lippen. Immerhin hatte er ihr einmal viel bedeutet, und sie hätte gerne zu einer freundschaftlichen Basis gefunden, bei der es eine Art freundschaftliches Vertrauen zwischen ihnen geben würde. Vermutlich würde das nie funktionieren.

«Du und ich sind aber nicht das Thema, und deine Beziehung mit Gabi musst du sofort klären – ich finde es nicht fair, wie du Gabi behandelst», sagte Andrina. Und mich, ergänzte sie im Stillen. Gabi war wie vermutet nur der Vorwand für das Mittagessen gewesen. Offenbar hatte Marco neue Hoffnungen gehegt, sie könnte es sich inzwischen überlegt haben, zu ihm zurückzukehren, nachdem Gabi verschwunden war und es darauf hindeutete, dass sie ihn verlassen haben könnte. Im Gegensatz zu vergangenem September bedrängte er sie nicht körperlich, dafür verbal oder besser gesagt psychisch, was gleich schlimm, wenn nicht sogar schlimmer als der Kussversuch damals war.

Marco nahm seine Gabel und schob sich ein Stück Lachs in den Mund. Andrina tat es ihm gleich. Obwohl ihr der Appetit vergangen war, musste sie sich eingestehen, dass der Fisch köstlich war. Schweigend assen sie einige Minuten.

«Inzwischen scheint einiges klar zu sein. Gabi muss vom Verlag verschwunden sein. Warum hätte sie ihr Velo dort lassen sollen?» Warum kam er wieder darauf zu sprechen? Das hatten sie bereits diskutiert, ohne zu einem Ergebnis gekommen zu sein.

Es klang so, als wolle Marco auf eine andere Gesprächsebene wechseln. Andrina beschloss daher, darauf einzugehen, froh darüber, von dem heiklen Thema ihrer Beziehung wegzukommen. «Sie kann das Verlagsgebäude zu Fuss verlassen haben», erwiderte Andrina. «Die Laufdistanz zum ‹Meat's› ist nicht mehr als zehn Minuten. Das Velo hätte sie nach unserem Weihnachtsessen holen können.» Nein, dachte Andrina. Dies war unlogisch. Gabi wäre gleich wie sie mit dem Velo dorthin gefahren und hätte das Velo auf dem Veloparkplatz auf dem Behmenplatz unweit des Steakhauses abgestellt, um von dort nach dem Essen direkt nach Hause zu fahren, da sie bestimmt nicht den Umweg zum Verlag hätte machen wollen.

«Eure Büroräume waren abgeschlossen. Das heisst, sie hat sie verlassen», fuhr Marco fort.

«Darfst du überhaupt ermitteln?»

«Offiziell nicht. Aber das kann mich nicht davon abhalten,

es auf eigene Faust zu tun. Immerhin geht es um Gabi.» Seine Schuldgefühle waren deutlich erkennbar.

«Es war dunkel», fuhr er nach einigen Sekunden fort. «Aber es waren zu diesem Zeitpunkt genügend Leute unterwegs. Immerhin war es erst kurz vor halb sieben. Aber keine Person, die wir befragt haben, konnte uns eine Auskunft geben. Weder in der Nähe des Verlages, auf dem Weg zum Steakhouse noch direkt beim Restaurant.»

«Es war ungemütlich und kalt wie heute», sagte Andrina. «Ich denke, das machte es schwer, Gabi zu erkennen. Wir alle liefen verpackt herum, und nur unsere Nasenspitzen schauten heraus. Ob dabei jemand darauf achtet, ob er einer schwangeren Frau begegnet ist, wage ich zu bezweifeln. Alle dürften das gleiche Ziel gehabt haben. So schnell wie möglich ins Warme zu gelangen, sei es in ein Restaurant, ein Geschäft oder nach Hause.»

«Gab es einen Vorfall im Verlag? Das muss nicht unter euch Kollegen passiert sein. Hatte es Probleme mit einem Autor oder mit zum Beispiel eurer Druckerei gegeben?»

«Du meinst, Gabi ist deswegen verschwunden, weil sie genug hatte?»

Marco antwortete nicht.

«Nein. Wir haben Stress, weil Ende Januar und Anfang Februar gleich vier Krimis und ein Sachbuch erscheinen, aber solche Phasen hat es regelmässig gegeben. Ausserdem ist das altbekannte Thema aktuell. Elisabeth möchte keine neuen Mitarbeiter einstellen, weil sie zu geizig für solche Ausgaben ist, und uns, also Gabi und mich, die ganze Zeit fragt, ob wir nach der Geburt unserer Kinder zurückkommen. Ich kann nicht glauben, dass dies der Grund für Gabis Verschwinden sein sollte.»

«Irgendwann ist das Fass voll, und sie könnte genug gehabt haben.»

Das trifft eher auf die verfahrene Situation mit dir zu, dachte Andrina, sprach es aber nicht aus, weil sie das Gespräch bestimmt nicht erneut in diese Richtung lenken wollte.

Ihre Gedanken kreisten weiter. Einen Vorfall gab es nicht,

aber Marcos Überlegungen, es könne einen Grund im Verlagsumfeld gegeben haben, von dem Andrina nichts mitbekommen hatte, war eine alternative Möglichkeit für Gabis Verschwinden. Andrina fragte sich, ob die Polizei diese Option in die Untersuchungen mit einfliessen liess. Sie fragte sich, warum er diese Fragen stellte. Sie ging davon aus, Gabi hätte Marco bestimmt von einem Vorfall erzählt. Oder auch nicht. Sie hatte inzwischen Zweifel, ob die beiden miteinander über ihren Alltag beim Cleve-Verlag gesprochen hatten.

«Gabi hat den Krimi von Herrn Dubach lektoriert», sagte Andrina.

Einen Augenblick sah Marco verwirrt aus. «Du meinst den Krimi, bei dem es um Pfahlbauten geht?»

«Ja.»

«Wenn ich mich richtig erinnere, ist das Lukas' Job.»

«Er macht das Korrektorat. Lektorat und Korrektorat sind nicht das Gleiche. Bei einem Lektorat wird der Text vollumfänglich überprüft. Also inhaltlich, stilistisch, grammatikalisch, der Ausdruck und so weiter. Das hat Gabi gemacht. Beim Korrektorat dagegen wird in dem Text nur auf orthografische und grammatikalische Fehler geschaut.»

«Das musst du mir nicht erklären», sagte Marco und klang ungehalten. «Du meinst, beim Lektorat könnte es zu Missstimmungen zwischen Gabi und dem Autor gekommen sein?», fragte er nach einer kurzen Pause.

«Obwohl sie nichts dazu gesagt hat oder ich nichts in die Richtung mitbekommen habe, könnte das so sein. Immerhin steckt Herzblut in den Romanen, und wenn eine Lektorin einen Text auseinanderpflückt, fasst das nicht jeder oder jede gleich entspannt auf.»

«Hattest du schon mal eine Auseinandersetzung mit einem Autor?»

Andrina verneinte. «Soviel ich weiss, ist das keinem von uns passiert, aber es kann sein, dass Gabi es nicht kommuniziert hat.»

Nachdenklich kehrte Andrina zum Verlag zurück. Dubach tauchte vor ihrem inneren Auge auf. Sie hatte ihn sympathisch und witzig gefunden. Sie fragte sich, ob es eine Fassade gewesen war. War es zum Streit zwischen ihm und Gabi gekommen? Sie schätzte ihn nicht so ein, wie sie gegenüber Marco geäussert hatte. Oder hatte sie sich in Dubach getäuscht, und er hatte mit Gabis Verschwinden zu tun? Wirklich wegen Meinungsverschiedenheiten beim Lektorat? Das konnte sie nicht glauben. Bis jetzt hatte es keinen derartigen Vorfall im Verlag gegeben, wie sie bei Marco angedeutet hatte. Die Zusammenarbeit mit den Autoren verlief angenehm und machte Spass.

Als sie die Verlagsräume betrat, kam ihr Elisabeth entgegen.

«Ich weiss, du hast einiges zu tun, aber könntest du Gabis Autoren übernehmen?»

Andrina musste entsetzt aussehen, da Elisabeth sie an der Schulter berührte. «Wie gesagt, es ist mir bewusst, du leistest eine Menge, und ich bin dir dankbar, dass du aufgrund der Schwangerschaft dein Pensum nicht reduziert hast. Mir ist genauso bewusst, wie schnell sich das ändern könnte, wenn ich Druck ausübe. Die Romane von Herrn Hefti und Herrn Wyss erscheinen im Januar beziehungsweise im Februar. Ich könnte den Termin verschieben, und die beiden hätten sicher Verständnis, aber das möchte ich nicht. Es gehört nicht zum guten Ton, und der Vertrag sollte eingehalten werden. Ausserdem wurde bereits Werbung gemacht, und eine zu späte Auslieferung wirft kein gutes Licht auf uns.»

«Was ist mit Kilian oder Lukas?», hörte Andrina sich sagen.

«Kilian ist unser Mädchen für alles – er übernimmt neben dem Marketing zusätzlich die Gestaltung der Covers sowie unsere Pressearbeit, aber ich möchte ihn nicht mehr als nötig für das Lektorat und Korrektorat einspannen. Er müsste sich erst einarbeiten, und das würde zu lange dauern und wäre nicht seriös, da er keine Ausbildung in dieser Richtung hat.» Mit einer fahrigen Handbewegung strich Elisabeth eine Haarsträhne aus dem Gesicht. «Lukas ist angeschlagen. Die Verdächtigungen setzen ihm zu. Ich bin mir nicht sicher, ob ich ihm das zumuten kann.»

Aber mir kannst du es, dachte Andrina. Hör auf, fügte sie im selben Atemzug an. Es ist niemandem gedient.

«Ausserdem halte ich es nur für eine Frage der Zeit, bis sie ihn verhaften», fügte Elisabeth an und versetzte Andrina einen Schrecken.

Andrina hatte sich gewundert, dass das nicht passiert war. Immerhin konnte man bei einem dringenden Verdacht die Person in Untersuchungshaft nehmen. Die Beweise könnten nicht ausreichen, und den Beamten war vielleicht klar, dass ein solcher Schritt zum jetzigen Zeitpunkt nichts bringen würde. Sie würden ihn nach vierundzwanzig Stunden nach der ersten Vorführung bei der Staatsanwaltschaft wieder laufen lassen müssen, wenn keine handfesten Gründe, wie beispielsweise neue Zeugen, auftauchten, damit der Staatsanwalt die Untersuchungshaft verlängern konnte. Das Letzte, was sie sich bei diesen Ermittlungen, die so stark im Rampenlicht der Öffentlichkeit standen, erlauben konnten, war ein Fehler. Oder Lukas war, wie Andrina am meisten hoffte, aus dem Täter-Fokus gerutscht.

Sollte Lukas ausfallen, würde Elisabeth den Verlagsbetrieb nicht aufrechterhalten können. Ihre eigene Schuld, dachte Andrina und spürte den Groll in sich aufsteigen, den sie jedes Mal empfand, wenn sie an dieses Thema dachte. Elisabeth hätte die Situation mit einer frühzeitigen Aufstockung des Personals verhindern können. Früher oder später hatte es so weit kommen müssen.

«Ich habe die Stellenausschreibung draussen», sagte Elisabeth, als wäre ihr bewusst, woran Andrina gerade dachte. «Von heute auf morgen werden wir aber keine neuen Mitarbeiter haben.»

Andrina enthielt sich eines Kommentars. «Ich schaue, was ich machen kann», erwiderte sie stattdessen. «Bitte erwarte keine Wunder, und es kann sein, dass ich nicht termingerecht fertig werde.»

«Danke.» Elisabeth rauschte davon.

Andrina öffnete die Tür zu ihrem Büro. Lukas schaute auf, als sie eintrat.

«Du siehst nicht glücklich aus», sagte er.

«Ich habe Zusatzarbeit aufgehalst bekommen.»
«Gabis Autoren?»
Andrina nickte.
«Ich habe Elisabeth gefragt, ob ich einen übernehmen soll.»
«Sie meinte, du seist nicht stabil genug», sagte Andrina.
«So ein Blödsinn», rief Lukas. «Solange ich nicht vom Verdacht freigesprochen bin, ein Mörder zu sein, will sie kein Risiko eingehen. So einfach ist das.»
Verständnislos schaute Andrina ihn an.
«Schlechte Publicity für den Verlag.»
«Das glaube ich nicht», erwiderte Andrina.
«Obwohl sie nach aussen hin freundlich erscheint, würde sie mich am liebsten beurlauben, aber dann würde das Ganze hier kollabieren», brummte Lukas und wandte sich dem Bildschirm zu.
«Das glaube ich nicht», wiederholte Andrina. «Im Gegenteil, sie scheint hinter dir zu stehen.»
«Eben: scheint.»
Was war vorgefallen?
«Wäre es so, wie du meinst, würde sie mich einspannen. Stattdessen nimmt sie lieber in Kauf, dass du schlappmachst.» Seine Finger huschten über die Tasten. «Wenn du Hilfe brauchst …» Er schaute auf, und Andrina erkannte die Besorgnis in seinem Gesicht, was sie rührte.
«Ich komme gerne darauf zurück.»
Lukas tippte weiter. «Was meinst du», sagte er nach einer Weile, «könnte Gabis Verschwinden mit der Mordserie zu tun haben?»
«Wieso sollte es das?» Andrina wurde bewusst, die Stimme erhoben zu haben, und senkte sie, als sie weitersprach. «Das finde ich weit hergeholt.»
«Nicht unbedingt. Ich finde es einen zu grossen Zufall, dass sie ausgerechnet jetzt verschwunden ist.»
Andrina dachte an ihr Gespräch mit Marco. «Ich würde eher auf private Gründe tippen.» Sie berichtete von der verfahrenen Situation die Beziehung der beiden betreffend.

Lukas lehnte sich zurück und runzelte die Stirn. «Ich habe angenommen, dass es nicht die grosse Liebe der beiden ist, aber daran habe ich nicht gedacht.» Er trank einen Schluck aus der Wasserflasche, die neben seinem Computer stand. «Nur, warum verschwindet sie ausgerechnet jetzt? Das hätte sie bereits zu einem anderen Zeitpunkt tun können.» Er hob die Hand, als Andrina zu einer Erwiderung ansetzte. «Ich weiss, sie hegte Hoffnungen. Dennoch bleibe ich dabei.»

«Die Morde können sozusagen der Auslöser gewesen sein», sagte Andrina. «Der Schock, Herrn Luratis Leiche auf unserer Toilette zu finden, könnte sie zum Nachdenken verleitet haben.»

Lukas sah skeptisch aus.

«Ich weiss nicht, wie ich es erklären soll. Es hat uns alle aus der Bahn geworfen. Mich eingeschlossen. Allerdings habe ich eine stabile Beziehung.»

«Oder Gabi hat damit zu tun.»

«Was?», rief Andrina.

«Ich meine, indirekt oder unwillentlich. Mit ihrer Beziehung zu Herrn Feller steht es nicht zum Besten. Da halte ich es für wahrscheinlich, dass sie jemanden kennengelernt hat. Sie könnte an den Falschen geraten sein.»

«Willst du damit sagen, Gabi ist das nächste Opfer?» An diese Möglichkeit hatte sie nicht gedacht.

«Es gibt eine andere Alternative. Gabi hat einen neuen Freund. Für Liebe haben bereits viele einen Fehler gemacht.»

«Dieser Jemand soll der Mörder sein?» Andrinas Fassungslosigkeit nahm zu. «Das wäre ein grosser Zufall.»

Lukas hob die Hände zu einer vagen Geste.

«Du willst hoffentlich nicht behaupten, Gabi macht mit ihm gemeinsame Sache oder deckt ihn?»

Bevor Lukas antworten konnte, wurde die Tür geöffnet. Brogli betrat mit zwei Uniformierten den Raum. Er ging direkt auf Lukas zu.

«Herr Sandmeier, Sie sind vorläufig festgenommen.»

«Was?», entfuhr es Lukas und Andrina gleichzeitig.

«Wegen dringenden Tatverdachtes des Mordes und der Entführung.»

«Was soll das?» Andrina erhob sich, liess sich aber gleich darauf auf den Stuhl zurücksinken, als einer der Beamten die Hand hob. Jetzt passierte das, was sie die ganze Zeit befürchtet hatte.

«Einen Augenblick bitte», sagte Lukas, als er den Computer herunterfuhr. Die Ruhe, die er dabei ausstrahlte, jagte Andrina Angst ein. Lukas sah erleichtert über das Auftauchen der Beamten aus.

SIEBZEHN

«Das ist kein Problem», sagte Hefti. Andrina hatte sich gegen eine E-Mail entschieden und beschlossen, Gabis Autoren anzurufen und zu informieren. Ausserdem war es einfacher, den Terminablauf zu besprechen, als E-Mails hin- und herzuschreiben. Sie war erleichtert, weil alle besonnen auf die Neuigkeit von Lukas' gestriger Verhaftung und Gabis Verschwinden reagierten.

Inzwischen hatte Elisabeth einen Jobvermittler wegen Temporärangestellter kontaktiert, aber das brauchte eine gewisse Zeit. Andrina wusste nicht, ob und wie schnell man einen Lektor oder eine Lektorin auftreiben würde, aber sie gab sich Mühe, zuversichtlich zu sein.

«Vielen Dank für Ihre Mithilfe. Ich werde schauen, wie weit Gabi Hug mit dem Korrektorat ist, und es fortsetzen, damit ich Ihnen den Text so schnell wie möglich zusenden kann. Das Prozedere bleibt gleich.»

«Wann werde ich ungefähr den Text erhalten?»

«Vor Weihnachten.» Andrina fragte sich, wie sie das anstellen sollte. Sie hoffte, Gabi habe bereits gute Vorarbeit geleistet und stand kurz vor dem Abschluss. Ausserdem hoffte Andrina, Gabi tauche wieder auf, bevor sie mit Enrico Ende Dezember abreisen wollte. Das hatte Elisabeth in ihren Überlegungen nicht berücksichtigt oder verdrängt. Andrina hatte sich nicht getraut, sie darauf hinzuweisen. Falls sich die Situation nicht normalisierte, befürchtete sie, ihre Ferien könnten kurzfristig gestrichen werden. Daran wagte sie nicht zu denken. Sie würde den Text von Sandro Wyss über die Festtage mit heimnehmen müssen, damit er vor ihrer Reise an den Autor verschickt werden konnte.

Sie verabschiedete sich von Hefti und suchte die Telefonnummer von Sandro Wyss hervor.

Er reagierte ähnlich wie Hefti, als Andrina ihm die verfahrene Situation schilderte.

«Das bekommen wir hin», sagte er. «Eigentlich braucht ihr keine Krimiautoren für spannende Geschichten. Ihr habt einen Krimi selber live im Haus und müsstet das nur aufschreiben.»

«Danach ist mir, ehrlich gesagt, nicht.»

«Entschuldigung. Das war plump.»

«Kein Problem.»

«Ich finde es beunruhigend, dass Frau Hug gerade zu diesem Zeitpunkt verschwindet. Ich werde das Gefühl nicht los, es gebe einen Zusammenhang mit der Mordserie. Allerdings kann ich mir nicht vorstellen, dass Lukas Sandmeier hinter den Taten stecken soll.»

Da bist du der Zweite, dachte Andrina und war ihm dankbar für diese Aussage. Im selben Moment durchfuhr sie ein Schreck. «Himmel!»

«Was ist passiert?»

«Hoffentlich hat Gabi Hug nichts beobachtet.»

«Sie meinen, was mit den Morden in Zusammenhang stehen könnte?»

«So in etwa.»

«Berücksichtigt die Polizei das bei ihren Ermittlungen?»

«Das weiss ich nicht», antwortete Andrina und nahm sich vor, Susanna darauf hinzuweisen. Sie war die Einzige, bei der sie das Gefühl hatte, sie würde ihre Hinweise immerhin prüfen. Ausserdem wollte sie nachfragen, was geschehen war, das zu Lukas' Verhaftung geführt hatte.

***

Ihr Vorhaben, Susanna anzurufen, musste Andrina verschieben. Ein Telefonat war schlichtweg nicht möglich. Elisabeth rannte die ganze Zeit wie ein aufgescheuchtes Huhn um sie herum und wies sie drauf hin, was dringend war und zuerst erledigt werden musste. Gegen neunzehn Uhr war Andrina gegangen. Beim Abschied hatte Elisabeth sie darauf aufmerksam gemacht, dass es mit Heftis Roman eile. Langsam flammte bei Andrina Ärger auf. Die ständigen Wiederholungen nervten, zumal Elisabeth bisher kein einziges Dankeswort ausgesprochen hatte, obwohl Andrina sie nach den Kräften, die ihr möglich waren, unterstützte. Auch nicht, als Andrina erwähnte, den Laptop mit nach Hause zu nehmen, damit sie von dort aus weiterarbeiten konnte.

Andrina lehnte sich nach hinten und legte die Hand auf den Bauch. Das Baby verhielt sich ruhig. Andrina versuchte, sich nicht davon beunruhigen zu lassen und es auf den Stress zu schieben. Es spürte bestimmt ihre Anspannung.

Nachdem sie zwei Sätze umformuliert hatte, drückte sie auf Senden und klappte erleichtert den Laptop zu. Zum Glück war Gabi mit dem Korrektorat fertig gewesen. Andrina hatte nur die E-Mail an Frederik Hefti mit dem PDF-Dokument schicken müssen. Sie überlegte, ob sie mit dem Korrektorat von Sandro Wyss' Roman beginnen sollte, entschied sich aber dagegen, weil sie hundemüde war. Andrina unterdrückte ein Gähnen und schaute auf die Uhr. Kurz nach neun Uhr. Nicht wirklich spät, aber seit einem Monat ging sie früh zu Bett.

«Die Schwangerschaft», hatte Seraina ihr erklärt. «Bei mir war es ähnlich.»

Zusätzlich zollte der Stress seinen Tribut. Sie schielte zur Uhr. Konnte sie Susanna um diese Zeit anrufen? Sie musste, anders würde sie keine Ruhe finden.

Susanna nahm nach dem dritten Freizeichen ab. Zu Andrinas Erleichterung war sie freundlich, aber reserviert.

«Ich hatte früher mit deinem Anruf gerechnet», sagte sie als Begrüssung.

«Das hätte ich gerne, aber ich bin im Moment neben Kilian die einzige Mitarbeiterin im Verlag.» Sie berichtete von Elisabeth und dem Stress, den sie zusätzlich verursachte. «Sie behindert uns eher, als uns zu helfen.»

«Du lässt dir das gefallen?», fragte Susanna. «Ich finde es nicht selbstverständlich, was ihr beiden macht.»

«Wir können sie nicht hängen lassen.»

«Du bist zu lieb. Ich hätte längst gekündigt oder den Arzt gebeten, mich krankschreiben zu lassen. Gesundheit geht vor.»

«Ich bin nicht krank.»

«Das nicht, aber eine Schwangerschaft ist Hochleistung für den Körper.» Wo hatte sie das her? «Besonders du mit deiner Vorgeschichte. Ich weiss, es ist zwischendurch besser, aber die perfekte Chefin ist Frau Veldt nicht.»

«Marco auch nicht unbedingt.»

«Touché.» Andrina konnte Susannas Zähneknirschen richtiggehend hören.

«Wo wir gerade dabei sind», versuchte Andrina die Überleitung zum Grund ihres Anrufes zu finden. «Warum wurde Lukas verhaftet?»

«Ich darf –»

«Ich weiss, laufende Ermittlungen und so. Lukas hat nichts getan.»

«Dessen sind wir uns nicht so sicher.»

«Ihr nehmt ihn auf blossen Verdacht fest? Geht das, und warum habt ihr das nicht bereits früher getan?»

«Es ist kein blosser Verdacht. Wir haben inzwischen Beweise, die auf ihn deuten.»

Andrinas Hals wurde eng. «Was für Beweise?»

«Laufende Ermittlungen.»

«Bis jetzt hast du dich bei mir nicht hundertprozentig daran gehalten und mir Dinge erzählt, die du nicht hättest erzählen dürfen. Da kommt es auf eine Info mehr oder weniger nicht mehr an.»

«2:0.» Susanna klang verärgert.

Andrina war sich bewusst, zu weit gegangen zu sein. Das Schweigen dehnte sich aus. Es war eindeutig an ihr, es zu brechen. «Es tut mir leid. Ich bin froh, weil du mich, soweit du es vertreten konntest, auf dem Laufenden gehalten hast. Die Nerven liegen blank.»

«Das tun sie bei uns auch. Der Druck, endlich ein Ergebnis und den Mörder vorzuweisen, ist enorm.»

«Da muss Lukas als Bauernopfer herhalten?», fragte Andrina und biss sich auf die Lippen. Sie sollte besonnener vorgehen, wenn sie eine Antwort haben wollte.

«Leider ist er kein Bauernopfer. Wir haben belastendes Material sichergestellt.»

«Wie bitte? Und was soll das sein?»

«Das darf ich dir nicht sagen.» Schweigen, dem ein Seufzen folgte. «Okay, wir haben Spritzen und leere Insulinampullen in Herrn Sandmeiers Abfall sichergestellt.»

Andrina brauchte einen Moment, bis sie diese Information verdaut hatte. Gleichzeitig fragte sie sich, wieso die Polizei die Gelegenheit erhalten hatte, in Lukas' Kehrichtsäcken zu stöbern.

«Es könnte einen anderen Grund geben, dass die Spritzen und Ampullen dorthin gelangt sind», sagte sie.

«Das versuchen wir herauszufinden.»

«Warum hat man erst jetzt all das gefunden und nicht gleich am Anfang? Durftet ihr überhaupt seinen Abfall durchsuchen?»

Susanna schwieg, und Andrina fragte sich, ob sie einen wunden Punkt getroffen hatte.

«Er ist Diabetiker.»

«Ja und? Das ist allen bekannt.»

«Den Opfern wurde Insulin gespritzt.»

«Das könnte jeder andere auch tun.»

«Als Diabetiker hat Lukas mehr Kenntnisse darüber als ein Nichtdiabetiker. In seinem Kühlschrank haben wir zusätzlich Insulin gefunden.»

«Das ist eine Vorsichtsmassnahme», rief Andrina. «Er muss selber nicht spritzen und kommt mit einer entsprechenden Diät ohne Medikamente aus.»

«Aha.»

«Was heisst ‹aha›?»

«Wieso finden wir in Herrn Sandmeiers Abfall so viele leere Ampullen, wenn er sie selber nicht gebraucht hat?»

Andrina wurde es heiss. Mit ihrer Aussage hatte sie einen weiteren plausiblen Grund für die Verhaftung geliefert.

«Viele leere Ampullen», krächzte sie. «Wie viele waren es?»

«Glaub mir, genug, um mehreren Menschen eine Überdosis zu spritzen.»

Andrina liess sich nach hinten gegen die Sofalehne fallen.

«Dazu gehören die benutzten Spritzen. Die DNA-Analyse wird zeigen, ob sich daran Spuren der Opfer befinden.»

«Das kann nicht sein», murmelte Andrina.

«Lass uns morgen weiterreden», sagte Susanna. «Ich bin hundemüde.» Sie verabschiedete sich und unterbrach das Gespräch, bevor Andrina reagieren konnte.

Andrina starrte den Telefonhörer eine Weile an, bevor sie ihn auf die Station stellen konnte. Ihr Kopf weigerte sich zu begreifen, was sie von Susanna erfahren hatte. Wie konnte das möglich sein? Hatte sie sich so stark in Lukas getäuscht? Warum war ausgerechnet heute der Weihnachtsanlass von JuraMed mit Kunden? Sie brauchte Enrico hier, um mit ihm reden zu können. Ihr Blick wanderte zur Uhr. Bald zweiundzwanzig Uhr.

«Es könnte später werden», hatte Enrico ihr erklärt. «Warte nicht auf mich.»

Sie holte ihr Handy hervor. Kurz zögerte sie, bevor ihre Finger über das Display huschten.

«Es wird sich alles klären, und Lukas ist spätestens heute Abend auf freiem Fuss», hatte er gesagt, als Andrina ihm gestern Abend von Lukas' Verhaftung erzählt hatte. Aber Andrina hatte herausgehört, dass er nicht an seine Aussage glaubte. Sie musste die weitere Entwicklung dringend loswerden.

Wenige Sekunden nachdem sie die Nachricht abgeschickt hatte, klingelte ihr Handy.

«Mamma mia, was für Neuigkeiten», sagte Enrico als Begrüssung. «Ich kann es nicht fassen.»

«Glaubst du, ich?»

Andrina hörte im Hintergrund Stimmengemurmel, das leiser wurde. Vermutlich entfernte Enrico sich von den anderen. Das Klicken einer Tür und anschliessend Rauschen.

«Wo bist du?»

«Ich bin rausgegangen.»

«Wieso sollte Lukas all diese Menschen töten?»

«Das herauszufinden ist die Aufgabe der Polizei.»

«Was ist, wenn ihm jemand die Spritzen untergeschoben hat?», rief sie.

«Warum sollte das jemand tun?»

«Anders kann es nicht sein. Lukas wird im Gefängnis zugrunde gehen.»

«Wir können nichts für ihn tun.»

«Ich mache mir Vorwürfe. Warum habe ich meinen Mund nicht halten können und Susanna auf die Nase gebunden, dass er kein Insulin braucht.»

«Das hätten sie früher oder später von anderer Seite erfahren. Und wenn er der Mörder ist –»

«Das ist er nicht», fiel Andrina ihm ins Wort.

«Einen Moment.» Andrina hörte, wie jemand mit Enrico sprach. «Ich komme gleich», sagte er. «Lass uns morgen darüber sprechen. So schwer es dir fällt, heute können wir nichts mehr für ihn tun.»

«Wann kommst du nach Hause?»

«Ich fürchte, das hier wird eine Weile dauern», sagte Enrico. «Ich hoffe, ich bin gegen Mitternacht zu Hause.»

Unschlüssig, was sie tun sollte, blieb Andrina mit dem Handy in der Hand auf dem Sofa sitzen und starrte auf den Esstisch. Sollte sie auf Enrico warten oder ins Bett gehen? Schlafen würde sie nicht können, aber aufbleiben wollte sie ebenfalls nicht.

Andrina beschloss, in der Zeitung zu blättern und sich im Anschluss hinzulegen. Die Zeitung. Die lag im Briefkasten. Andrina verwünschte sich, sie draussen vergessen zu haben, als sie nach Hause gekommen war. Lust, in das Nieselwetter hinauszugehen, verspürte sie nicht. Die Zeitung könnte draussen bleiben, aber der Gedanke, die Briefe über Nacht im Briefkasten zu lassen, verursachte Andrina Mühe. Den Grund dafür konnte sie nicht benennen. Andrina stand auf und streifte sich die Schuhe über. Als sie die Tür öffnete, fröstelte sie. Bald würde sie an der Wärme sein. Um diese Zeit herrschte auf den Kanaren frühlingshaftes Wetter. Nicht zu kalt und nicht zu warm, sondern genau richtig.

Andrina zog die Schultern hoch und eilte zum Briefkasten. Der Wind blies ihr den Sprühregen ins Gesicht. Rasch entnahm sie die zwei Briefe und die Zeitung und eilte zum Haus zurück.

Bei der Haustür angekommen, runzelte sie die Stirn. Wieso stand die Tür ganz offen? Sie war sich sicher, die Tür angelehnt zu haben. Kälte kroch ihren Rücken hoch, die nichts mit dem Wetter zu tun hatte. Unsicher spähte sie in die Dunkelheit. Ein Windstoss schleuderte ihr Regen ins Gesicht.

Alles klar, dachte sie erleichtert und schalt sich für ihre Phantasie. Der Wind hatte die Tür aufgestossen. Andrina betrat das Haus und drehte zweimal den Schlüssel um.

Sie legte die Zeitung und die Briefe auf den Wohnzimmertisch und entschloss sich, sich gleich hinzulegen. Nach dem Ausflug zum Briefkasten war ihr kalt, und sie ging direkt ins Bett. Obwohl sie nach wie vor davon ausging, nicht schlafen zu können, war sie eingeschlafen, sobald sie die Decke ans Kinn gezogen hatte.

Andrina öffnete die Augen. Dunkelheit. Stille. Andrina tastete neben sich. Enrico war nicht zurück. Sie beugte sich auf seine Bettseite und betrachtete das Zifferblatt des Weckers. Kurz nach halb zwölf. Sie war um kurz vor elf ins Bett gegangen und eingeschlafen. Warum war sie eine halbe Stunde später wieder erwacht? Andrina schaute nochmals auf den Wecker. Enrico hatte gehofft, gegen Mitternacht zu Hause zu sein. Das wäre ungefähr jetzt. Ihr Gehirn erwachte ganz und erinnerte sie daran, was in den letzten beiden Tagen alles passiert war. Lukas' Festnahme. Die Verdachtsmomente gegen ihn. Die leeren Ampullen und gebrauchten Spritzen. Obwohl Lukas sich aufgrund seiner Krankheit mit Diabetes auskannte, musste er nicht automatisch der Täter sein. Schliesslich gab es genügend Diabetiker, auf die das ebenfalls zutraf. Hinzu kamen Ärzte und Pfleger, die das Wissen hatten, um die Patienten beraten zu können, wie sie den Alltag mit Diabetes meistern konnten. Angehörige von Diabetikern wussten auch über die Krankheit Bescheid. Der Kreis der möglichen Täter war gross.

Lukas arbeitete beim Cleve-Verlag, meldete sich die Stimme im Hinterkopf. Er konnte den Pfahlbautenkrimi für eine falsche Spur missbraucht haben. Andrina wälzte sich auf die andere

Seite und zog die Decke bis ans Kinn. Das musste nichts bedeuten. Lukas kannte die Opfer nicht. Das hatte er gesagt. Sagen kann er einiges, blieb die Stimme im Kopf lästig.

Andrina setzte sich auf. Erneutes Einschlafen würde schwierig werden. Wo blieb Enrico? Der Wunsch, endlich ausführlich mit ihm über die belastenden Beweise gegen Lukas sprechen zu können, wurde grösser. Andrina widerstand dem Drang, aufzustehen und aus dem Zimmer des Arbeitsfensters zu schauen, ob er kam. Sie liess sich zurück auf das Kissen sinken. An Schlaf war definitiv nicht mehr zu denken.

Warum verspürte sie diese Unruhe? Das Chaos, das herrschte, konnte nicht der alleinige Grund sein. Jede einzelne Faser ihres Körpers war angespannt. «Angespannt» war das falsche Wort. Sie war in Alarmbereitschaft. Was wollte das Unterbewusstsein ihr sagen? Was hatte sie aus dem Schlaf geschreckt? Sie richtete sich auf und erstarrte in der Bewegung. Hatte sie sich das eingebildet? Nein, von unten drangen Geräusche nach oben. Als ob jemand dort umhergehen würde. Wer war im Haus, fragte sie sich und lieferte sich gleich selber die Antwort. Enrico. Er war nach Hause gekommen. Endlich. Erleichtert liess sie sich zurücksinken. Sie widerstand dem Drang, nach unten zu gehen. Er musste jeden Augenblick nach oben kommen und ins Schlafzimmer schleichen.

Die Unruhe blieb und verunsicherte Andrina. Oder interpretierte sie es falsch, und es war die Ungeduld, bis sie endlich mit ihm reden konnte? Andrina atmete tief ein und aus. Tatsächlich lockerten sich ihre Muskeln. Ein Klirren. Augenblicklich verkrampfte sie sich. Was war das gewesen? Es hatte sich angehört, als ob etwas umgefallen wäre. Verwirrt hob Andrina den Kopf. Was war los? Sie stand auf und tastete nach dem Stuhl, der an der Wand des Fussendes des Bettes stand. Sie öffnete die Schlafzimmertür. Dunkelheit. Wieso hatte Enrico unten kein Licht eingeschaltet?

«Enrico?»

Keine Antwort. Andrina lauschte. Stille. Dennoch hatte sie das Gefühl, nicht allein im Haus zu sein. Entschlossen schaltete sie das Licht ein. Nachdem sich ihre Augen an die Helligkeit gewöhnt hatten, ging sie in das Arbeitszimmer. Sie presste ihr Gesicht gegen die Scheibe und brauchte einen Moment, bis sie draussen genug erkennen konnte. Kein Auto stand in der Einfahrt. Das musste nichts heissen, wenn Enrico den Wagen in die Garage gefahren hatte. Genauso musste es nichts heissen, wenn er eben nicht geantwortet hatte. Er könnte ins Wohnzimmer gegangen sein, um in der Zeitung zu blättern, damit er abschalten konnte, bevor er ins Bett kam. Das tat er regelmässig, wenn es am Abend später geworden war.

Sie kehrte Richtung Schlafzimmer zurück, blieb aber in der Tür stehen. Das Bedürfnis, mit ihm zu sprechen, wurde grösser. Sie zog einen Trainingsanzug über das Pyjama und ging die Treppe nach unten. Die Wohnzimmertür war verschlossen, wie sie vermutet hatte. Andrina drückte die Klinke nach unten und stiess sie auf. Das «Hallo, Enrico» blieb in ihrem Hals stecken. Erstaunt starrte sie in die Dunkelheit. Sie schaltete das Licht ein. Es befand sich niemand im Raum. Verwirrt drehte sie sich um. In dem Fall war Enrico nicht nach Hause gekommen, und sie hatte es sich nur eingebildet. Andrina beschloss, einen Abstecher in die Küche zu machen, um Wasser zu trinken und danach ins Bett zurückzukehren.

Sie schaltete das Licht in der Küche an und schaute verdutzt auf den Boden. Der Wasserkrug lag zerbrochen vor der Küchenanrichte. Das Wasser hatte sich auf dem Boden ausgebreitet. Als Nächstes realisierte sie nasse Abdrücke von Schuhen. War Enrico nach Hause gekommen? Warum reagierte er nicht, wenn sie ihn rief? Andrina wurde es kalt. Es war jemand im Haus, und das war definitiv nicht Enrico. Sie wirbelte herum und prallte gegen eine Person. Gross. Kräftig. Mit einer Maske, die nur die Augen frei liess. Bevor Andrina reagieren konnte, wurde ihr ein feuchtes Tuch ins Gesicht gedrückt. Die Beine sackten weg. Dunkelheit schlug über ihr zusammen.

ACHTZEHN

Andrina dämmerte langsam an die Oberfläche. Was war das für ein seltsamer Traum gewesen? Sie versuchte ihn festzuhalten, aber die letzten Fetzen verflüchtigten sich und mit ihnen die Erinnerung, worum es gegangen war. Sie wollte die Augen öffnen, aber die Lider waren schwer. Als Nächstes registrierte sie das Pochen im Kopf und die harte, unebene Unterlage. An mehreren Stellen bohrte sich etwas Spitzes in ihren Rücken. Andrina wollte sich umdrehen, aber ihr Körper fühlte sich schwer an. Ihre Arme schmerzten. Andrina wollte sich in eine bequemere Lage bringen, was nicht gelang. Wo befand sie sich? Ihr Bett war es jedenfalls nicht. War sie gestürzt? Das Baby! Andrina versuchte sich erneut zu bewegen, was nicht gelang. Ein Stöhnen kam über ihre Lippen.

«Andrina?», flüsterte jemand dicht neben ihrem Ohr. Enrico?

Andrina öffnete die Augen und starrte in die Finsternis. Sie war nicht in ihrem Schlafzimmer. Es roch anders. Muffig? Genau konnte sie den Geruch nicht definieren. Die Fläche, auf der sie lag, war hart und feucht. Die Feuchtigkeit drang durch den Stoff und liess sie frösteln. Die Luft war feucht und kühl, aber nicht kalt. Der Protest ihrer Schultern wegen der unbequemen Lage verstärkte sich.

Ein neues Stöhnen kam über ihre Lippen.

«Andrina?»

Wer raunte ihren Namen? Das war definitiv nicht Enrico, sondern eine Frau.

Andrina unternahm einen neuen Anlauf, um aus der unbequemen Lage wegzukommen, und realisierte, dass ihre Hände auf dem Rücken gefesselt waren. Der Herzschlag beschleunigte sich. Die Küche. Der zerbrochene Krug. Die Fussspuren.

«Hallo?», flüsterte Andrina mit erstickter Stimme.

«Gott sei Dank!»

«Gabi?»

«Ich dachte, du würdest nicht mehr leben, als er dich gebracht hat.» Die Freude und Erleichterung überrollten Andrina wie eine Welle, verschwanden aber genauso schnell wieder.

«Wer hat uns entführt?»

«Keine Ahnung», erwiderte Gabi. «Er hatte eine Maske auf.»

«Er?»

«So kräftig kann nur ein Mann sein. Immerhin wiege ich bestimmt bald eine Tonne.» Falls es als Witz gemeint sein sollte, um ihrer Lage den Schrecken zu nehmen, verfehlte er bei Andrina die Wirkung.

«Wo sind wir?»

«In einer Höhle. Nein, es sieht eher wie ein Stollen aus, der zu einer Höhle führt.»

«Ein Stollen? Höhle?» Andrina wollte sich aufrichten, was ihr nicht gelang. Dafür schaffte sie es endlich, die Lage zu verändern, und rollte ein Stück auf die Seite. Der Druck auf den Schultern liess nach. Doch die Verspannung in ihrem Rücken löste sich nicht. Etwas Spitzes bohrte sich in die Seite. Andrina zog die Beine an und konnte ein Stück nach oben rutschen. Wenn sie nur die Füsse frei hätte.

«Wie geht es dir?», fragte Andrina und dachte dabei in erster Linie an Gabis Kind. Immerhin war Gabi seit einer Woche verschwunden, und ihre Stimme klang schwach.

«Körperlich – es geht.»

«Du weisst wirklich nicht, wer uns entführt hat?»

«Nein. Seine Stimme kenne ich, aber ich kann sie nicht zuordnen. Er sagte, ich solle meine Nase nicht in seine Angelegenheiten stecken.»

«Was meint er damit?»

«Ich weiss es nicht. Es war seltsam.» Gabi legte eine Pause ein. Andrina konnte sie atmen hören. Das klang, als bereite es ihr Mühe. Sie reckte den Kopf in die Richtung, konnte aber in der Finsternis nichts erkennen. Ihre Sorge wuchs. War Gabi bereits die ganze Zeit in dieser Höhle gefangen?

«Als ich das Büro verliess und gerade zusperrte, tauchte Herr Hefti auf.»

«Herr Hefti?», fragte Andrina verwundert. «Was wollte er?» Davon hatte er nichts gesagt, als Andrina mit ihm telefoniert und ihm gesagt hatte, sie werde Gabis Autoren übernehmen, da sie verschwunden war.

«Er fragte, ob wir ein Portemonnaie gefunden hätten, da er seins vermisse.»

«Soviel ich weiss, hat keiner was vergessen, und es wurde nichts von uns gefunden.»

«Das Gleiche habe ich ihm gesagt. Er meinte, in dem Fall müsse er weitersuchen. Er fragte, ob er mich mitnehmen könne. Ich habe abgelehnt. Wir sind zusammen nach unten gefahren, und er ist im Erdgeschoss ausgestiegen, während ich weiter in den Keller gefahren bin, um mein Velo zu holen. Das Licht funktionierte nicht richtig. Einige Lampen waren ausgefallen. Als ich zum Velo ging …» Sie machte eine neue Pause. Sie klang, als wäre sie völlig ausser Atem. Andrina verkniff sich, sich ein weiteres Mal nach ihrem Zustand zu erkundigen. Gabi würde es nicht zugeben, dass ihre körperliche Verfassung schlecht war.

«Ich hätte besser mit Herrn Hefti fahren sollen …»

«Was ist passiert?»

Gabi schwieg, und Andrina dachte, sie werde nicht antworten. Als sie endlich sprach, war sie fast nicht zu verstehen. «Ich hörte ein Geräusch und habe mich umgedreht. Da war diese Gestalt. Als ich schreien wollte, packte der mich und presste mir eine Flasche auf die Lippen. Bevor ich reagieren konnte, hatte ich geschluckt. Danach weiss ich nichts mehr. Ich meine, ich bin erst hier aufgewacht.»

***

Gefühlt musste ein halber Tag vergangen sein, aber Andrina hatte das Zeitgefühl verloren. Nachdem Gabi ihr ihre Geschichte erzählt hatte, hatte sie erklärt, sie brauche eine Pause. Auf Andrinas Frage, wie lange sie bereits hier sei, hatte sie keine Angaben machen können. «Mir kommt es ewig vor», hatte sie erklärt. Als Andrina sich kurz darauf doch noch erkundigt hatte, wie es ihr in Wirklichkeit körperlich gehe, hatte Gabi nichts erwidert, und Andrina wurde das Gefühl nicht los, Gabi könnte mit ihrem Bericht ihre letzte Kraft aufgebraucht haben.

Ihre Sorge um Gabi nahm zu. Sie versuchte sich abzulenken, was nicht gelang. Ihre Gedanken drifteten zu dem Mann, der sie in ihrer Küche überfallen hatte. Lukas? Von der Statur her könnte es passen. Aber Lukas war in Polizeigewahrsam. Wenn der Mann nicht Lukas gewesen war, wer dann? Die Augen waren das Einzige, was sie von ihm erkannt hatte. Das reichte nicht, um den Mann zu identifizieren.

Andrina schluckte, was ihr schwerfiel. Ihr Mund war ausgetrocknet, und der Durst wurde stärker. Langsam machte sich zusätzlich Hunger bemerkbar. Andrina spürte eine Bewegung im Inneren und war erleichtert. Dem Baby ging es offenbar gut. Wie lange dauerte es, bis es Probleme bekommen würde? Die Angst nahm zu. Wie stand es um Gabis Kind?

Sie startete einen neuen Ablenkungsversuch, in dem sie überlegte, wo sie gefangen waren. Eine Höhle, hatte Gabi gesagt. Andrina kannte keine Höhle. Stopp, ermahnte sie sich. Bei Gränichen im Liebeggerwald gab es eine. Als Kind waren sie einige Male dort gewesen. Dafür war es aber hier zu warm. Eine weitere Höhle gab es im Bruggerwald. Andrina kam der Name nicht in den Sinn. Aber auch in diesem Fall galt, dafür war es hier nicht kalt genug.

Unerwartet ging das Licht an. Licht? In einer Höhle? Andrina blinzelte und brauchte eine Weile, bis sie etwas erkennen konnte. An der Decke hing eine Lampe. Andrina blickte sich um. Sie lag in einer Art Gang, der aus dem Felsen gehauen war. Der Boden war uneben, und sie erkannte Pfützen. Gabi lag einige Meter hinter ihr. Ihre Augen waren geschlossen.

Ein Geräusch liess sie ihren Kopf auf die andere Seite drehen. Sie reckte den Hals und meinte, einen weiteren Gang zu erkennen, der ungefähr zehn oder fünfzehn Meter von der Stelle, an der sie lag, abzweigte. Genau dort tauchte ein Mann in gebückter Haltung auf, der eine Last über der Schulter trug. Er näherte sich, und sie erkannte Frederik Hefti. Er kam auf sie zu, und sie realisierte, dass es sich um eine Person handeln musste, die er trug. Die Arme schwangen hin und her. Hefti hielt vor Andrina an und liess die Person neben ihr auf den Boden plumpsen. Der Kopf drehte sich auf die Seite, und Andrina starrte in die weit aufgerissenen, starren Augen eines Mannes. Sie schrie auf.

«So, erledigt», sagte Hefti und richtete sich auf, soweit ihm das mit der niedrigen Decke möglich war. «Das war der Letzte, und das Kapitel ist abgeschlossen. Gina ist gerächt.» Er musterte Andrina und Gabi.

«Sie sind ... Warum? Wir haben nichts getan», sagte Andrina.

«Ihr habt eure Nasen in Angelegenheiten gesteckt, die euch nichts angingen, und wurdet zu einer Gefahr.» Er wandte sich ab.

«Bitte lassen Sie uns nicht hier.» Andrina hasste sich dafür, betteln zu müssen, aber Hefti hatte so geklungen, als werde er nicht mehr zurückkehren.

Er antwortete nicht. Sein durchdringender Blick jagte ihr mehr Angst ein, als sie schon empfand. Andrina blickte zum Mann vor sich. Sie kannte ihn nicht. Er musste Ende dreissig oder Anfang vierzig sein. Der Mund stand offen. Der starre Blick war ohne Leben. Knapp konnte Andrina einen weiteren Schrei zurückhalten. Er war tot.

«In welche Angelegenheiten?» Andrinas Gedanken rasten. Sie musste Zeit gewinnen. Wie konnte sie Hefti überzeugen, sie freizulassen? Wenn er gegangen war, würde er nicht mehr zurückkehren, und es gäbe keine Chance mehr.

«Tu nicht so scheinheilig. Meine Mission ist wie gesagt zu Ende. Es haben alle gebüsst, die schuldig sind, und Gina hat ihren Frieden.»

Andrina verstand nicht, wovon er sprach. Sie drehte den Kopf. Gabi hatte die Augen geöffnet. Kurz verdrängte die Erleichterung ihre Panik. Gabi war bei Bewusstsein, obwohl sie auf ihre Fragen nicht mehr reagiert hatte. Gleichzeitig erschreckte sie Gabis Aussehen. Das Gesicht war grau und die Haut wie Pergament. Ihre Wangen waren eingefallen. Die Augen hatten schwarze Ringe. Sie schienen riesengross und waren glasig. Sie sah aus, als habe sie Fieber.

«Bitte», wimmerte Gabi. «Mein Kind hat –»

«Gina hat sich viele Kinder gewünscht.»

Bevor Andrina etwas sagen konnte, hatte er sich abgewandt. Mit grossen Schritten eilte er gebückt den Gang entlang, und Andrina fragte sich, wie er auf dem unebenen und rutschigen Boden so schnell vom Fleck kommen konnte. In der nächsten Sekunde verschwand er in dem Seitengang.

«Herr Hefti», schrie Andrina. «Bitte lassen Sie uns nicht hier. Wir tun alles, was Sie wollen.»

Keine Antwort.

Gehetzt sah Andrina sich um. Dabei versuchte sie, den Toten neben sich auszublenden. Du musst dir die Umgebung einprägen, dachte sie. Es war nur eine Frage von Sekunden, bis es dunkel wurde. Andrina liess ihren Blick die Felswand entlangwandern. Ungefähr einen halben Meter vor sich erblickte sie einen rostigen Gegenstand, der aus dem Felsen herausragte. Bevor sie ihn genauer betrachten konnte, wurde es dunkel.

«Nein», schrie Gabi auf. Schluchzen drang durch die Dunkelheit, das sich weiter steigerte.

«Bitte beruhige dich», sagte Andrina langsam.

«Ich will hier raus», schrie sie.

«Bitte nicht. Du brauchst deine Kraft.»

«Ich will hier raus», wiederholte Gabi.

Vergebens versuchte Andrina, sie zu besänftigen. Das Schluchzen hallte von den Wänden wider. Auf einmal war es still. Gespenstisch still.

Andrina kämpfte mit der Panik, die sich in ihrem Inneren festsetzte. Sie musste sich zusammenreissen, da sie mehr Kraft als Gabi hatte. Ausserdem brauchte sie einen klaren Kopf. Sie horchte. Kein Laut war zu hören. «Gabi», flüsterte Andrina.

Keine Antwort.

«Gabi», wiederholte sie.

Dieses Mal war Röcheln die Antwort.

«Bitte mach nicht schlapp.»

«Ich kann nicht mehr», kam es leise zurück.

«Bitte gib nicht auf. Wir kommen hier raus. Es gibt bestimmt eine Möglichkeit.»

«Welche?» Ein leises Schluchzen. Erneut fragte Andrina sich, wie lange sie bereits hier war. Sie hatte Durst, und die Zunge klebte am trockenen Gaumen.

Sie versuchte, das Gewicht zu verlagern, und stiess mit dem Fuss gegen einen weichen Gegenstand, der zurückwich. Der Tote. Andrina zog die Beine mit einem Ruck an. Sofort schoss ein Schmerz den Rücken hoch und endete im pochenden Kopf.

Denk nach, befahl sie sich. Sie versuchte, den Tunnel vor ihrem inneren Auge erscheinen zu lassen. Hefti war ungefähr zehn bis fünfzehn Meter von ihnen entfernt abgebogen. Wie ging es danach weiter? Befanden sie sich überhaupt in einer Höhle? Dazu war der Tunnel zu schmal. Es konnte ein Verbindungsgang zwischen zwei Hallen sein, so wie Gabi angedeutet hatte.

Aber für eine Höhle empfand Andrina es zu warm. Sie hatte mehrere Tropfsteinhöhlen besucht, konnte sich aber nicht mehr erinnern, wie warm es dort drin gewesen war. Es war schwer, die Temperatur nachträglich zu rekonstruieren, aber es war kälter als hier gewesen, meinte sie sich zu erinnern. Die Luft und der Boden, auf dem sie lag, waren feucht, aber die Temperatur lag bei gefühlten fünfzehn Grad. Vielleicht war es sogar wärmer.

Gab es Höhlensysteme in der Schweiz, die verhältnismässig warm waren? War es überhaupt eine Höhle? Andrina dachte an die Wände, die aussahen, als sei der Gang herausgehauen worden und nicht selber entstanden.

Wie weit waren sie vom Ausgang entfernt? Vermutlich nicht allzu weit. Sie ging nicht davon aus, dass Hefti sie weit getragen hatte, obwohl er kräftig gebaut war. Dennoch bezweifelte sie, je länger sie darüber nachdachte, den Weg zu finden. Aufrecht laufen würde sie nicht können, obwohl sie kleiner als Hefti war. Zudem meinte sie, Leitungen gesehen zu haben, die sie an Stromkabel erinnerten. Sollten diese unter Strom stehen, wäre es – je nach Stärke – tödlich. Darauf wollte sie es nicht ankommen lassen.

Um ein Risiko eingehen zu können, musst du dich erst einmal befreien, sagte sie sich.

«Gabi», flüsterte sie.

Ein Stöhnen war die Antwort. Der Laut klang anders. Schwächer. Die Zeit drängte. Gabis Zustand verschlechterte sich zusehends. Andrina blickte umher, in der Hoffnung, einen Lichtschimmer auszumachen. Vergebens.

Sie rief sich den Tunnel vor Augen und sah den verrosteten Gegenstand vor sich. War das ein Nagel gewesen? Zu breit. Ein Scharnier? Egal, es musste stabil genug sein, um die Fesseln durchzuscheuern. Der Gegenstand hatte sich einige Zentimeter über dem Boden befunden. Einmal über den Bauch drehen, und sie sollte dort sein. Wenn ihr Bauch nicht im Weg wäre … Es musste anders gehen. Andrina wälzte sich über den Rücken auf die andere Seite und stiess mit dem Gesicht gegen die Wand. Auf der rechten Seite liegend, zog sie die Beine an und stemmte die Füsse gegen die Wand. Als sie die Beine streckte, rutschte sie ein Stück. Andrina beugte erneut die Beine, soweit es ihr Bauch zuliess, und stiess sich ab. Dieses Mal rutschte sie weiter. Nun kam sie nicht mehr an die Wand. Andrina stemmte die Füsse gegen den Boden. Zwar meisterte sie nur kleine Distanzen, aber immerhin. Sie ignorierte die Schmerzen, die der unebene Untergrund mit dem spitzen Gestein an ihrer Schulter verursachte, und machte weiter. Nach dem fünften Mal berührte sie etwas Weiches. Sie brauchte einige Sekunden, bis sie realisierte, dass es der Tote war.

Reiss dich zusammen. Er kann dir nichts tun.

Wieso hatte sie den Toten mit ihrem Rücken überhaupt berührt? Hefti hatte ihn ungefähr in ein bis zwei Meter Abstand von ihr fallen gelassen. Wenn sie geradeaus auf die andere Seite rutschte, müsste sie eigentlich an ihm vorbeikommen. Du hast dich um deine Achse gedreht, beantwortete sie sich die Frage selber. Das hiesse, sie befand sich in einem anderen Winkel zur Wand. Welche Richtung musste sie einschlagen? Entsetzt musste Andrina feststellen, die Orientierung gänzlich verloren zu haben. Mutlosigkeit und Verzweiflung schlugen wie eine Welle über ihr zusammen.

Andrina schreckte hoch. Sie brauchte einen Moment, um zu verstehen, wo sie sich befand. War sie in dieser verdrehten Haltung eingeschlafen? Ihre Schultern schmerzten, und die Hände waren inzwischen fast taub. Das Kind bewegte sich, als wolle es sagen, gib uns nicht auf.

«Gabi?», flüsterte Andrina.

Keine Antwort.

«Bitte gib dich nicht auf», flüsterte sie.

Schweigen. Die Verzweiflung drohte überhandzunehmen. Gabi durfte nicht sterben.

Eine Bewegung in ihrem Inneren erinnerte sie an das Anliegen von jemand anderem. Konzentriere dich, dachte sie. In welchem Winkel hast du dich vorhin von der Wand abgestossen? Die Antwort konnte sie beim besten Willen nicht liefern. Sie überlegte, ob sie Richtung Füsse rutschen sollte, um so einen neuen Versuch zu starten. Das bringt nichts, musste sie sich sagen. Wenn sie eine Wand erreichte, konnte sie sich in trügerischer Sicherheit wiegen und in die falsche Richtung robben. Sie musste die andere Seite finden. Dort konnte sie versuchen, sich entlang der Wand zu bewegen, und stiess hoffentlich auf den rostigen Gegenstand. Falls sie die richtige Richtung einschlug, konnte sie ihn nicht verpassen, da er auf Augenhöhe aus dem Felsen geragt hatte.

Es gab eine andere Möglichkeit, sich zu orientieren. Die Leiche lag quer im Tunnel. Der Kopf deutete zur Wand, an der Andrina gemeint hatte, den rostigen Gegenstand aus dem Felsen ragen zu sehen. Sowohl seine Füsse als auch sein Kopf hatten einen Abstand von zehn bis zwanzig Zentimetern zu den Wänden gehabt, wenn sie das richtig eingeschätzt hatte. Sie musste an dem Mann entlangrutschen und würde so automatisch auf die andere Seite stossen. Andrina fragte sich, welchen Abstand sie jetzt zum Toten hatte.

Magenflüssigkeit drängte sich bei dem Gedanken an den neuen Körperkontakt mit der Leiche ihre Speiseröhre hoch.

Du siehst ihn nicht. Stell dir vor, er würde schlafen.

Andrina begann sich zu winden und zu drehen. Würde es das Kind verletzen, wenn sie versuchte, über den Bauch zu rollen? Kurz erwog Andrina, das zu tun, da es leichter war und sie so schneller vom Fleck kam. Sie drehte sich auf die Seite und lag schliesslich halb auf dem Bauch. Weiter kam sie nicht. Spitzes Gestein stach in ihre Wange. Sollte sie es mit Schwung versuchen? Andrina entschied sich dagegen. Unkontrollierte Bewegungen konnten kontraproduktiv sein. Sie konnte zum Beispiel mit dem Kopf gegen eine Felskante schlagen und sich verletzen.

Sie legte sich zurück auf die Seite und stiess sich wie vorhin mit den zusammengebundenen Füssen am Boden ab. Zentimeter um Zentimeter rutschte sie vorwärts. In regelmässigen Abständen musste Andrina innehalten und Atem schöpfen. Hoffentlich bewegte sie sich nicht von dem Mann weg. Der Schweiss rann ihr das Gesicht hinunter. Das Oberteil des Pyjamas klebte am Rücken. Der Trainingsanzug war ebenfalls durchgeschwitzt. Zu gerne hätte Andrina den Reissverschluss der Jacke geöffnet. Nach kurzen Verschnaufpausen rankte sie weiter und stiess mit dem Kopf gegen etwas Weiches. Ein Körper. Dem Gefühl nach musste sie auf Bauchhöhe sein. Keine Wölbung nach vorne. Der Mann war schlank gewesen, wenn sie sich richtig erinnerte. Sie hatte den Toten gefunden.

Mach weiter, forderte sie sich auf.

Es kostete sie Überwindung, näher an den Körper zu rutschen, um herauszufinden, wo der Kopf und wo die Beine waren. Erleichtert stellte sie fest, dass sie sich richtig ausgerichtet hatte.

Zentimeter für Zentimeter arbeitete sie sich den Körper entlang. Wann kam endlich die Wand? So breit hatte der Gang nicht ausgesehen. Ein erschreckender Gedanke: Hatte sie mit ihren Bemühungen die Lage des Mannes verändert, und bewegte sie sich parallel zur Wand fort? Andrina war sich unschlüssig, was sie tun sollte. Änderte sie die Richtung, konnte das genauso falsch sein.

Andrina beschloss, bei ihrer Annahme zu bleiben und die Richtung beizubehalten. Sie keuchte, als sie sich abstiess. Ich kann nicht mehr. Gib nicht auf! Sie stiess sich fest ab und schrie auf, als ihr Kopf gegen etwas Hartes stiess. Benommen blieb sie liegen. Der Kopf pochte. Sie meinte, eine warme Flüssigkeit zu spüren, die ihre Stirn entlang zu den Schläfen rann. Als das Pochen nachliess, stiess sie sich vorsichtig ab. Ihr Kopf berührte eine Wand. Sie streckte die Beine und fühlte den Körper des toten Mannes. Sie hatte es geschafft. Gleich darauf schlugen die Zweifel zu, ob sie auf der richtigen Seite angekommen war.

Andrina drängte sie zurück. Hör auf damit, dachte sie. Sie war nicht bereit, die Wand als Orientierungspunkt aufzugeben. Andrina überlegte, wo genau sie den Haken in der Wand gesehen hatte. Sie entschied sich für die Richtung, in die ihr Kopf und nicht ihre Füsse zeigten. Das war einfacher. Sie positionierte sich so, damit sie die Wand im Rücken spüren konnte. Mit den zusammengebundenen Händen tastete sie das feuchte Gestein ab, soweit es ihr möglich war. Es war schwer, die Wand nicht zu verlieren. Beinahe wäre es einmal passiert, als es eine kleine Nische geben musste. Zum Glück war sie nicht gross, und Andrina stiess bald darauf erneut gegen den Felsen. Wie lange sie die Wand entlangrutschte und wie weit sie dabei kam, konnte sie nicht abschätzen. Ihre Kräfte liessen zusehends nach.

«Noch einmal abstossen», flüsterte sie, um sich selber anzutreiben. «Und nochmals.» Als sie das Gefühl hatte, sie schaffe keinen weiteren Millimeter, kratzte etwas Spitzes über ihren Kopf. Andrina schrie auf. Als der erste Schmerz abgeebbt war, tastete sie mit dem Kopf vorsichtig die Stelle entlang. Sie hatte den oder besser einen Haken gefunden. Sie rutschte so weit, bis sie mit den Händen den Haken ertastete.

Er musste abgebrochen sein, und die Kante war scharf. Das musste reichen. Andrina begann an den Fesseln zu schaben. Schon nach kurzer Zeit brannte es in den Schultern wie Feuer. Regelmässig rutschte sie ab, und das Metall schnitt in ihre Haut.

Blut lief über die Hände. Andrina ignorierte die Schmerzen und machte weiter. Aber die Pausen, die sie zwischendurch einlegen musste, wurden länger. Jedes Mal kostete es eine grössere Überwindung, einen neuen Versuch zu starten.

Nicht aufhören!

Sie konnte nicht mehr. Sie wollte nur eins. Die Augen schliessen und schlafen. Ein letztes Mal. Die Bewegungen wurden schwächer. Andrina zwang sich, das Seil entlang des Hakens zu reiben. Inzwischen spürte sie den Schmerz nicht, wenn sie abrutschte und das rostige Eisen über ihre Haut kratzte. Genauso nahm sie das Blut nicht mehr wahr, das über ihre Arme lief.

Als Andrina dachte, sie werde es nie schaffen, und endgültig aufgeben wollte, gab es einen Ruck, und ihre Hände waren frei. Sie sackte zusammen. Ihr Atem ging stossweise, und sie brauchte eine Weile, bevor sie die Arme nach vorne drehen konnte. Andrina begann wegzudämmern. Eine Bewegung im Bauch liess sie hochschrecken. Sie durfte sich keine Pause gönnen. Sie musste zusehen, endlich hier rauszukommen. Vorsichtig richtete Andrina sich auf und lehnte sich gegen die Wand.

Sie tastete nach den Fussfesseln und bearbeitete den Knoten. Ein Fingernagel brach ab, und ein brennender Schmerz schoss den Finger entlang. Der Knoten hatte sich nicht gelockert.

«So geht das nicht», flüsterte sie und suchte die Wand nach dem Haken ab. Sie brauchte einige Sekunden, bis sie ihn fand. Andrina legte sich auf den Rücken und hob die Beine an. Sie rieb das Seil über die scharfe Kante. Die Ungeduld wuchs. Warum dauerte es so lange? Es hatte eben funktioniert, und nun war es leichter, da ihre Hände frei waren und sie beweglicher war. Immer wieder musste sie eine Pause einlegen. Endlich gab das Seil nach, und Andrina massierte ihre Füsse, die zu kribbeln angefangen hatten.

«Gabi», flüsterte sie.

Keine Antwort.

«Ich bin frei.»

Keine Antwort.

Auf allen vieren krabbelte Andrina in die Richtung, in der sie

Gabi vermutete, und hoffte, nicht gegen den Toten zu stossen. Als sie den Stoff einer Jacke berührte, zögerte sie, bevor sie über den Körper tastete. Das musste der Rücken sein. Gleich darauf fand sie gefesselte Hände. Das musste Gabi sein. Der Tote war nicht gefesselt gewesen, soweit sie sich erinnern konnte. Um sicher zu sein, fuhr sie mit der Hand den Rücken entlang zum Kopf. Ein Rossschwanz. Andrina tastete nach dem Puls am Hals. Ganz schwach konnte sie ein Pochen fühlen.

Andrina begann am Seil zu zerren. Der Knoten war ähnlich fest wie ihrer und lockerte sich kein Stück.

«Ich hole Hilfe», flüsterte sie und legte die Hand auf Gabis Schultern. Leicht, eigentlich fast nicht spürbar, hoben und senkten sich die Schultern. Es widerstrebte ihr, Gabi zurückzulassen, aber sie hatte keine andere Wahl. «Bitte halte durch.»

In welche Richtung? Andrina versuchte, den Gang vor ihrem inneren Auge erscheinen zu lassen. Gabi hatte weiter hinten gelegen. Daher musste die Leiche in dieser Richtung sein. Andrina wandte sich ab und krabbelte auf allen vieren los. Sich aufzurichten wagte sie nicht, da sie bezweifelte, genügend Kraft zu haben, und wenn sie stolperte, lief sie Gefahr zu stürzen. Ausserdem waren da die Leitungen, die sie im Verdacht hatte, unter Strom zu stehen. Sie musste aufpassen, da durchaus welche auf den Boden herabhängen konnten. Zum wiederholten Mal fragte sie sich, wo genau sie sich befand. Um welche unterirdischen Gänge es sich handelte. Inzwischen glaubte sie nicht mehr, in einem Höhlensystem gefangen zu sein. Dort lagen bestimmt keine Leitungen herum. Gänge? Ein Stollensystem? Ein Bergwerk? Bisher war Andrina in keinem gewesen, aber es gab ein paar: Kohle-, Erz- oder Salzbergwerke. War sie in einem Salzbergwerk gefangen? Andrina dachte an ihr Geologiestudium. Der Fels hatte nach Sandstein ausgesehen.

«Himmel!», entfuhr es Andrina. Sie musste nicht so weit denken. Bestimmt war Hefti nicht weit gefahren, aber konnte das sein? War sie im unterirdischen System des Meyerschen Stollens gefangen? Falls sie sich im Stollen befand, brauchte sie eine grosse Portion Glück, hier herauszufinden. Falls ihr das gelang, brauchte es gleich eine weitere Portion Glück, zu Gabi zurückzufinden, da sie sich im Dunkeln den Weg nicht einprägen konnte.

Je länger sie darüber nachdachte, desto besser passte es. Der herausgehauene Gang. Die notdürftigen Lampen. Das Wasser. Sie schluckte. Wie hoch konnte das Wasser hier ansteigen? Je nach Regen und den daraus resultierenden Schwankungen des Grundwassers standen gewisse Bereiche unter Wasser. Sollte sie sich in einem tiefer gelegenen Teil befinden, sollte sie sich beeilen. Für die Weihnachtstage waren starke Regenfälle vorausgesagt worden. Panik stieg auf, als vor ihrem inneren Auge das Bild eines Schachtes auftauchte, den gerade eine Welle flutete.

Lass das und konzentriere dich lieber.

Andrina versuchte sich zu erinnern, was sie über die Stollen wusste. Rudolf Meyers Sohn hatte das Stollensystem gegen Ende des 18. Jahrhunderts angelegt. Zum einen diente es der Entwässerung versumpfter Gebiete und zum anderen der Gewinnung von Wasser für die Färberei als Antrieb des Wasserrades. Es gab einen Eingang beim katholischen Pfarrhaus an der Ecke Laurenzenvorstadt – Poststrasse. Auf Anfrage hin konnte man dort Gruppenführungen buchen. Sie hatte ausserdem gehört, es gebe in der Post einen Kellerraum, von dem man ebenfalls in den Stollen gelangen konnte, der aber nicht öffentlich zugänglich war. Und ein dritter Eingang war beim Aufschlussstollen am Bahnhof. 2010 hatte man beim Neubau des Aarauer Bahnhofs einen Teil des Stollensystems offen gelegt. Heute bestand die Möglichkeit, am ersten Wochenende im Monat im dritten Untergeschoss eine Ausstellung zu besuchen und dabei einen kleinen Blick in das Stollensystem zu werfen. Kurz nach der Eröffnung des Bahnhofes hatte Andrina das getan. Das Gestein hatte ähnlich ausgesehen wie das in dem Gang, in dem sie sich befand. Sie meinte sich ausserdem zu erinnern, wie die Frau, die die Führung gemacht hatte, über lose Stromkabel berichtet hatte, die nicht ungefährlich waren. Das würde passen.

Da es nur diese seltenen Führungen gab und bei Weitem nicht alle Gänge besucht wurden, war das Stollensystem die perfekte Möglichkeit, Personen verschwinden zu lassen. Zumal das erste Wochenende im Dezember bereits vorbei war. So kurz vor Weihnachten gab es keine zusätzlichen Gelegenheiten zur Besichtigung, nahm Andrina an. Ausserdem würde Hefti sie nicht gerade vor dem Eingang abgelegt haben.

Wieso hatte Hefti Zugang zu den Stollen? Soweit Andrina sich an die Kurzbiografie erinnern konnte, war er kein Mitarbeiter der Post und gehörte nicht zum Museumspersonal. Allerdings war die Autorenvita nicht detailliert. Er konnte diese Angabe verschwiegen haben, oder er hatte einen Komplizen. Eine andere Möglichkeit bot das Pfarrhaus, über das er ins Stollensystem gelangt sein könnte. Aber dort konnte er nicht ohne Weiteres hineinspazieren. Für die Bevölkerung gab es nur die Möglichkeit, die Stollen im Rahmen einer Führung zu besuchen.

Falls sie im Stollensystem war, stellte sie das vor das nächste Problem. Abgesehen davon, dass man sich in diesem Labyrinth schnell verlaufen konnte, standen viele der Gänge unter Wasser, auch wenn gerade kein Regenwetter vorhergesagt war. Andrina dachte wieder an den Wetterbericht, und ihr Puls beschleunigte sich. Schnell drängte sie den Gedanken auf die Seite.

Wenn sie sich verirrte, würde sie sterben. Das würde sie aber auch, wenn sie untätig hierbliebe. Viel verlieren konnte sie nicht. Im Gegenteil. Es war sogar erstrebenswert, Wasser zu finden. Obwohl Andrina nicht wusste, wie sauber das Wasser war, würde es nicht allzu verschmutzt sein. Immerhin war es Grundwasser und durch den Sandstein gefiltert. Und sie musste dringend etwas trinken.

Andrina krabbelte auf allen vieren weiter. Tastend setzte sie eine Hand vor die andere. Der steinige Untergrund stach in die Handflächen und in die Knie. Die Wunden an den Händen brannten. Unbeirrt arbeitete Andrina sich Zentimeter für Zentimeter weiter und griff plötzlich in etwas Weiches.

Sie schnappte nach Luft, als ihr klar war, dass es der Stoff einer Jacke war. Der Tote. Er versperrte den Weg. Stell dich nicht so an. Du hast ihn vorhin als Wegweiser gebraucht.

Vorsichtig richtete Andrina sich auf und wollte über ihn steigen. Sie rutschte auf dem feuchten Untergrund aus und fiel direkt auf den Mann. Sie schrie und wälzte sich von ihm herunter. Dabei berührte sie seine Hand. Sie war eiskalt. Andrina würgte und konnte knapp verhindern, zu erbrechen. Halte dich nicht damit auf, dachte sie. Du kannst es dir nicht leisten, unnötig Kraft zu vergeuden. Sie zwang sich zur Ruhe, krabbelte ein Stück von der Leiche fort und hockte sich auf die Fersen.

Nachdem sich ihr Puls beruhigt hatte, setzte sie den Weg auf allen vieren fort, da sie sich weiterhin nicht traute, sich aufzurichten. Zwar war Hefti den Stollen entlanggegangen und abgebogen, aber er hatte sehen können, wo die Kabel gewesen waren und wo es Stolperfallen oder Felsvorsprünge gab.

Zentimeter für Zentimeter setzte Andrina ihren Weg entlang der Wand fort. Alle paar Zentimeter tastete sie nach der Abzweigung. Sie durfte diese Stelle auf keinen Fall verpassen. Als sie dachte, sie sei daran vorbei, griff ihre Hand ins Leere. Dort zweigte der Gang ab. Oder besser ein Gang. Ob es der richtige war, wusste sie nicht.

Andrina zögerte. Sie hoffte, Hefti hatte einen unkomplizierten Weg ausgesucht. Wieder tastete sie sich Zentimeter für Zentimeter vorwärts. Dabei hatte sie das Gefühl, der Weg führe leicht bergab. Das musste eine Täuschung sein. Der Gang war schmaler als der, in dem sie gelegen war. Sie konnte zu beiden Seiten die Felswand ertasten. Sie hatte das Gefühl, der Gang werde immer enger. Ein Gefühl der Beklemmung machte sich in Andrina breit, und neue Panik wollte sich in ihrem Inneren festsetzen. Stopp, ermahnte sie sich. Wenn der Gang schmaler war, würde es einfacher sein, neue Gänge, die abzweigten, nicht zu verpassen. Egal, ob der Gang rechts oder links wegging. Was sie in dem Fall tun sollte, wusste Andrina nicht und hoffte, dass es so schnell keine Kreuzung geben würde.

Als sie wieder nach vorne tastete, griff ihre Hand ins Wasser. Andrina wich zurück. Das konnte nicht sein. Hatte sie den falschen Gang erwischt? Sie sah Hefti vor sich, wie er die Leiche abgeladen hatte. Er hatte Gummistiefel getragen. Trotzdem war er nicht durch tiefes Wasser gewatet. Seine Jeans hatte trocken ausgesehen.

Zurück oder weiter? Erst einmal trinken. Andrina schöpfte Wasser in die hohle Hand und trank einen Schluck. Das Wasser schmeckte scheusslich. Erdig, muffig. Dennoch trank Andrina gierig, und Energie kehrte zurück. Sie musste eine Entscheidung fällen.

Zurück war keine Option. Andrina entschied sich für weiter geradeaus. Vorsichtig richtete sie sich auf und schwankte. Sie stützte sich an der Wand ab, doch der Schwindel liess nicht nach. Sie machte einen zögernden Schritt nach vorne und stiess sich den Kopf an einem Felsen. Benommen sackte sie auf den Boden. Es dauerte eine Weile, bis das Pochen abgeebbt war. Wohl oder übel musste sie den Weg auf allen vieren fortsetzen, obwohl sie annahm, dass der Gang Stehhöhe haben musste – falls Hefti diesen Weg genommen hatte. Bestimmt würde er mit der Last nicht gekrochen sein. Er hatte einen Helm auf dem Kopf gehabt, kam Andrina in den Sinn. Sie sah ihn vor sich, wie er eine Taschenlampe aus der Jackentasche gezogen hatte, bevor er abgebogen war. Entschlossen tastete sie sich vorwärts. Das Wasser war kalt und raubte ihr den Atem. Es reichte ihr bis zu den Ellenbogen und den Oberschenkeln. Immerhin schien es nicht tiefer zu werden. Andrina krabbelte weiter durch das Wasser und begann bald, vor Kälte zu zittern.

Das war eine blöde Idee, schalt sie sich. Nass kühlst du schneller aus und verlierst unnötige Energie. «Jetzt kannst du es nicht mehr ändern», murmelte sie.

Die Stromleitungen ... Hoffentlich hing keine ins Wasser. In dem Fall hättest du bereits einen elektrischen Schlag bekommen, versuchte sie sich zu beruhigen.

Sie arbeitete sich weiter vorwärts und stiess auf einmal mit dem Kopf gegen etwas Hartes. Andrina prallte zurück und verlor das Gleichgewicht. Sie schnappte nach Luft, als sie der Länge nach ins Wasser fiel. Zitternd richtete sie sich auf. Mit der einen

Hand stützte sie sich an der Wand ab, mit der anderen berührte sie ihren Kopf und ertastete eine klebrige Fläche. War der Gang eine Sackgasse? Sie musste den falschen erwischt haben. Bitte nicht, flehte sie im Stillen. Ihre Zähne schlugen aufeinander. Du musst dich bewegen. Vorsichtig tastete sie den Fels vor sich ab und berührte Metall. Mit beiden Händen fuhr sie über den Gegenstand. Ein Tor? Nein, ein Zaun? Eine Absperrung. Das waren Stäbe. Ging es dahinter weiter, oder war es der Schutz vor einem Abgrund? Im zweiten Fall wäre es bestimmt anders gesichert. Der Abstand zwischen den Stäben war gross genug, um locker dazwischen durchkriechen zu können. Sie musste es riskieren.

Andrina sank auf die Knie ins kalte Wasser und tastete sich vorwärts. Hinter den Stangen ging es nach oben. Bevor Andrina sich vorwärtsbewegte, tastete sie die Fläche vor sich sorgfältig ab. Unerwartet gelangte sie an einen Absatz und ertastete Holzbretter. Verwirrt hielt Andrina inne. Sie drängte die Hoffnung, die in ihr aufkeimte, zur Seite. Es konnte diverse Gründe haben, weshalb der Boden mit Brettern ausgelegt war. Gleich darauf stiess sie gegen eine Wand.

Sie musste sich entscheiden, in welche Richtung sie abbiegen wollte. Andrina schlang die Arme um ihren zitternden Körper. Sie blickte sich um. Nach wie vor Finsternis. Dieser Augenblick der Entscheidung war das, vor dem sie sich gefürchtet hatte. Andrina tastete nach rechts die Wand entlang und im Anschluss nach links. Beides fühlte sich gleich an. Schliesslich entschied sie sich für links. Sollten die Bretter aufhören, würde sie umdrehen und es in der anderen Richtung versuchen. Sie setzte ihren Weg auf allen vieren fort. Auf dem Holz kam sie schneller vorwärts. Bald stiess sie gegen eine Treppenstufe. Andrina setzte sich und brauchte eine Weile, bis sie verstand, was sie gefunden hatte. Sie fuhr mit der Hand über die Stufen. Beton. Sie zählte drei Stufen. Gleich darauf berührte sie eine metallische Wand. Eine Tür! Andrina konnte ihr Glück nicht fassen. Sie fuhr über die Fläche, in der Hoffnung eine Türklinke oder einen Knauf zu finden. Aber vergeblich. Die Tür bestand aus zwei Flügeln, die sich leicht bewegten, als Andrina gegen sie drückte, sich aber nicht aufstossen liessen. Vermutlich war draussen ein Riegel angebracht. Andrina hämmerte mit den Händen gegen die Tür.

«Hilfe!», schrie sie.

Nichts. Sie sank auf die Stufen zurück und suchte die Tür ab. Unter der Tür und zwischen den Flügeln war ein kleiner Spalt, etwa so dick wie ihre Finger. Darunter schimmerte aber kein Licht hervor. Wieder hämmerte Andrina gegen die Tür. Auf der anderen Seite schepperte es. Das klang wie Ketten oder ein Vorhängeschloss.

«Lasst mich raus!», schrie sie und trommelte weiter mit den Fäusten gegen das Metall.

Wie lange Andrina gegen die Tür geschlagen hatte, konnte sie nicht sagen, als sie erschöpft auf den Boden sank. Sie war am Ende ihrer Kräfte. Müde legte sie den Kopf auf die Arme. Anscheinend hatte sie aus dem Stollensystem herausgefunden, aber es nützte ihr nichts.

Wie lange sie in der Position verharrt hatte, konnte Andrina nicht sagen, als sie die Augen öffnete. Dunkelheit. Kälte. Sie brauchte eine Weile, bis sie wusste, wo sie war und was sich in ihre Seite bohrte. Mit zitternder Hand fuhr sie über die Fläche der Treppenstufe. Ihre Zähne schlugen vor Kälte aufeinander. Die Verzweiflung drohte überhandzunehmen. Warum musste die Tür verschlossen sein? Andrina fragte sich, ob sie am Ausgang des Aufschlussstollens oder beim Pfarrhaus war. Dort war sie nie gewesen. Beim Aufschlussstollen hatte es eine Metalltür gehabt, aber zu dem Zeitpunkt war sie offen gewesen. Nochmals fuhr sie über die Metallfläche. Von der Breite könnte es stimmen. Was nützte ihr diese Erkenntnis? Nichts.

Im Grunde war es egal, wo sie sich befand. So kurz vor Weihnachten – oder war es bereits Heiligabend? – würde keiner hier vorbeikommen. Andrina schloss die Augen. Tränen sickerten unter den Lidern hervor. Wenn die nächste Führung stattfand, würde man ihre Leiche finden. Sie legte die Hand auf den Bauch. Ihr Kind würde mit ihr sterben. Oder war es bereits tot? Sie fuhr mit beiden Händen über den Bauch. Keine Bewegung. Sie schluchzte auf.

Husten.

Andrina hielt inne und horchte. Neues Husten und ein Geräusch, als würde sich jemand die Nase putzen. Da war jemand. Im Stollen? Sie hob den Kopf und starrte in die Richtung, aus der sie gekommen war.

«Hallo?», krächzte sie.

Keine Antwort.

«Ist da jemand?», rief sie eine Spur lauter.

«Wer ist da?»

Andrina erschrak. Sie wandte den Kopf und erblickte einen schmalen, schwachen Lichtstreifen zwischen den Türflügeln. Sie meinte, auf der anderen Seite Schritte zu hören.

«Hier!» Sie legte alle Kraft in ihre Stimme, die ihr möglich war. «Hilfe!»

«Hallo?» Das war die Stimme eines Mannes. Hefti? Er würde nicht nachfragen. Falls er es doch war, war sie endgültig verloren.

Andrina hob die Hand und liess sie gegen die Tür fallen. Zu mehr reichte ihre Kraft nicht mehr aus. Sie sackte zusammen. Gib nicht auf, dachte sie, aber sie konnte sich nicht mehr aufrichten.

Geklapper auf der anderen Seite. Helligkeit. Andrina presste die Augen zusammen.

«Oh mein Gott!»

Andrina wurde unter den Achseln gepackt und hochgezogen. Ein Stück wurde sie über den Boden geschleift, bevor sie abgelegt wurde. Andrina blinzelte. Sie konnte schemenhaft ein bärtiges Gesicht mit Brille erkennen, bevor sie wegen der Helligkeit die Augen schliessen musste.

«Wie um alles in der Welt kommen Sie da hinein?», rief der Mann. Er hatte eine angenehm tiefe Stimme. «Sie sind völlig durchnässt.»

Andrina öffnete ein Auge und erkannte einen stämmigen Mann in einer dunklen Uniform. Offensichtlich ein Security-

Mitarbeiter. Er strich Andrina die Haare aus dem Gesicht und legte die Hand auf die Stirn. «Sie müssen dringend zu einem Arzt.»

«Ich … Gabi … Toter … da drin.»

Der Mann holte sein Handy hervor. «Mist!», murmelte er. «Ich bin gleich zurück.» Er sprang für seinen Leibesumfang behände auf und eilte davon.

Andrina versuchte sich aufzurappeln, sackte aber zusammen. Bevor sie den Kopf auf ihre Arme legte, erkannte sie den Ausstellungsraum des Aufschlussstollens, den sie kurz nach der Eröffnung besucht hatte.

Es erschien Andrina wie eine Ewigkeit, bis der Mann zurückkehrte. «Ein Arzt ist unterwegs.» Als er das gesagt hatte, tauchten zwei Sanitäter in Andrinas Blickfeld auf.

«Gabi», stiess sie hervor. «Frederik Hefti … Toter.»

«Was reden Sie da?» Der Security-Mitarbeiter beugte sich vor.

«Gabi … Leiche.» Andrina hob den Kopf und den Arm, der gleich wieder kraftlos nach unten sank. Sie starrte zum Eingang des Stollens und versuchte den Weg zu rekonstruieren. «Rechts – links.»

Der Mann sprang auf. Er drückte auf einen Schalter, setzte einen der Helme, die an der Wand gegenüber dem Eingang hingen, auf und nahm eine Taschenlampe. In der Tür wandte er sich um. «Gleich sofort rechts?», fragte er.

«Ich … weiss nicht.» Sie musste rückwärts denken. Das letzte Mal war sie links abgebogen. So weit war es ihr von dem Abzweig nicht erschienen. Das hiesse, der Mann musste sich zuerst rechts halten. Sie nickte und sank zusammen, als Dunkelheit sie einhüllte.

NEUNZEHN

Es war warm. Angenehm warm. Andrina erwachte langsam. Als sie weiter an die Oberfläche driftete, realisierte sie, in einem Bett zu liegen. Sie verspürte keinen Drang, aufzuwachen, und streckte sich. Es roch anders als zu Hause. Sie schlug die Augen auf. Eine weisse Decke. Eindeutig nicht ihr Bettzeug. Andrina wendete den Kopf. Das war definitiv nicht ihr Schlafzimmer, sondern ein Spitalzimmer. Ein weiteres Bett stand in dem Raum, aber es war leer. Sie drehte den Kopf auf die andere Seite. Sie war alleine in dem Raum. Regen prasselte gegen die Fensterscheibe. Sie brauchte einen Augenblick, bis sie sich erinnerte. Der Stollen. Kein Alptraum.

Als man sie in die Notaufnahme gebracht hatte, war sie kurz zu sich gekommen. Sie sah wieder die einzelnen Gesichter vor sich. Die Ärzte und Pfleger hatten auf sie eingeredet, aber sie erinnerte sich nicht mehr, was sie gesagt hatten und ob sie geantwortet hatte. Was im Anschluss passiert war, lag im Dunkeln.

Andrina legte die Hand auf den Bauch und horchte in sich hinein. Nichts. Keine Bewegung. «Bitte nicht», murmelte sie. Die Trauer raubte ihr den Atem. Ihre Gedanken drifteten zu Gabi. Hatte der Security-Mitarbeiter sie gefunden? Lebte sie?

Es klopfte. Andrina wandte den Kopf und erblickte Dr. Clausen, den sie von früher kannte. Als er bemerkte, dass sie wach war, kam er mit ausgreifenden Schritten auf sie zu.

«Frau Kaufmann, was machen Sie für Sachen», sagte er in seinem lupenreinen Hochdeutsch. Er stammte aus dem niedersächsischen Celle, wie Andrina wusste, und lebte seit einigen Jahren in Aarau. «Ich freue mich ja, wenn ich Sie sehe, aber nicht hier. Dazu in diesem Zustand.» Er ergriff ihre Hand und drückte sie. «Wo sind Sie hineingeraten?» Er zog einen Stuhl heran und setzte sich. «Sie haben lange geschlafen. Das ist aber gut so.» Clausen fuhr sich durch seinen grauen Vollbart. «Wie geht es Ihnen?»

«Es geht so», murmelte sie und dachte an ihr Baby. Ihr Kopf wollte nicht begreifen, es verloren zu haben.

Clausen warf einen Blick auf ihre Hand, die sie auf dem Bauch liegen hatte.

«Ihr Kind wird ein zäher Brocken werden», sagte er.

«Wie meinen Sie das?» Andrina realisierte die Wölbung des Bauches. Wie lange dauerte es, bis diese sich zurückbildete?

«Es hat bereits einiges durchgemacht und scheint unverwüstlich zu sein, wenn ich die Information unseres Gynäkologen richtig deute.»

«Das heisst ...?»

«Was haben Sie gedacht? Es geht ihm gut.» Seine grauen Augen hinter der Brille blitzten vergnügt.

«Ich spüre es nicht.»

«Es braucht nach all dem, was geschehen ist, wie Sie eine Ruhepause. Bei der Untersuchung war es jedenfalls aktiv. Nur da hat offenbar seine Mutter geschlafen.»

Andrina schloss die Augen, als eine Woge der Erleichterung und Freude über sie hinwegbrandete. Als sie Clausen erneut anschaute, war sein Gesicht ernst.

«Gabi ... Was ist mit Gabi Hug?»

«Man hat sie gefunden.»

Und weiter?, dachte Andrina. Clausen schwieg.

«Wie geht es ihr?»

«Sie lebt.»

Erleichterung wollte sich nicht einstellen. Die Art, wie er das gesagt hatte, war unheilverkündend. Andrina wartete, bis Clausen weitersprach, was er nicht tat. Der unausgesprochene Nachsatz stand zwischen ihnen im Raum.

«Fühlen Sie sich kräftig genug, der Polizei einige Fragen zu beantworten?», brach Clausen das Schweigen.

«Jetzt?»

«Es wäre gut. Dann wäre ich die beiden nämlich endlich los.» Er schnitt eine Grimasse. «Sie sind richtig lästig und nerven.» Das sollte locker klingen, half aber die trübe Stimmung, die sich über Andrina gesenkt hatte, nicht zu vertreiben.

Andrina wusste, nicht darum herumzukommen, und nickte. Sie hoffte, es würden Susanna und Wagner sein. Allerdings wurde sie enttäuscht. Nur mit Mühe konnte sie ein Seufzen unterdrücken, als Brogli, gefolgt von Aeschlimann, den Raum betrat. Zu Andrinas Erstaunen war Brogli umgänglich. Er erkundigte sich zuerst nach ihrem Befinden und liess ihre Fragen zu.

«Frau Hug ist im Spital», antwortete er. Das klang ähnlich ausweichend wie bei Clausen. Als Andrina Anstalten machte, weiterzufragen, schüttelte er den Kopf und fuhr fort: «Der Mann hat es nicht geschafft.» Andrina brauchte einen Moment, bis sie begriff, von wem Brogli sprach. «Er muss bereits ein oder zwei Tage tot gewesen sein. Wir kennen seine Identität nicht, da er keinen Ausweis auf sich trug. Aber Sie haben den Namen Herrn Mosimann genannt –»

«Wem habe ich was?», unterbrach Andrina ihn.

«Das ist der Security-Mitarbeiter, der Sie gefunden hat. Sie haben ihm den Namen genannt, aber er hat ihn vergessen. Können Sie mir sagen, wer er ist?»

«Ich kenne den Mann nicht.»

Brogli wirkte verwirrt. «Irgendwas mit ‹Frederik›, hat Herr Mosimann gemeint.»

«Frederik Hefti hat uns dort eingesperrt», rief Andrina. Brogli starrte sie mit offenem Mund an und sah dabei wie ein Fisch auf dem Trockenen aus.

Aeschlimann fing sich zuerst. «Sie haben ihm den Namen des Entführers und nicht des Opfers gesagt?»

Andrina nickte und fasste so weit, wie es ihr möglich war, die Geschehnisse zusammen. Sie sprach immer schneller, und Aeschlimann hatte offenbar Mühe, mit den Notizen Schritt zu halten.

«Verdammt!», rief Brogli, als sie geendet hatte. «Hätten wir das früher gewusst.» Er sprang auf. Der Stuhl kippte nach hinten, und Aeschlimann konnte ihn knapp auffangen. «Wertvolle Zeit ist verloren gegangen», rief er und eilte, das Handy ans Ohr gedrückt, aus dem Raum.

ZWANZIG

Andrina liess sich auf das Sofa sinken. Sie streckte die Beine aus und legte die Hand auf ihren Bauch. Deutlich konnte sie die Bewegungen des Kindes spüren. Von Neuem durchflutete sie Glück und die Erleichterung, die sie im Spital empfunden hatte, als Clausen ihr versichert hatte, dem Baby sei nichts passiert.

«Ich habe ein Weihnachtsgeschenk für Sie», hatte Clausen gesagt, als er am Morgen das Spitalzimmer betreten hatte. «Sie dürfen nach Hause.» Heute war Heiligabend.

Sie solle sich erholen und es ruhig angehen lassen, hatte der Arzt erklärt.

Andrina betrachtete den Weihnachtsbaum und sog den Geruch der Tannennadeln ein.

Als Enrico sie aus dem Spital abgeholt hatte, hatte er ihr erzählt, den Baum geschmückt zu haben. Es habe ihm Kraft gegeben, daran zu glauben, Andrina werde lebend gefunden.

Der Baum reichte fast bis zur Decke. Enrico hatte die Fröbelsterne aufgehängt, die Andrina von ihren Eltern hatte.

Ihr Vater hatte ihr gezeigt, wie man sie faltete, aber sie konnte sich nicht erinnern, wie es genau funktionierte. Als ihre Eltern verunglückt waren, wollte Seraina die Sterne nicht. Andrina meinte, die Anwesenheit ihrer Eltern zu spüren, wenn sie die Sterne an den Baum hängte. Als sie Enrico das erklärt hatte, hatte er sie sofort in den Baumschmuck integriert, als sie zum ersten Mal gemeinsam Weihnachten gefeiert hatten.

Andrinas Blick glitt zu den roten und blauen und zu den kunstvoll aus buntem Glas geblasenen Kugeln. Zusätzlich hatte Enrico Äpfel angebracht. Das Licht der Deckenlampe spiegelte sich in der polierten Oberfläche. Friede breitete sich in Andrina aus.

Enrico betrat das Zimmer und liess sich neben ihr auf dem Sofa nieder. Er legte den Arm um ihre Schultern. «Der Braten ist im Ofen», sagte er. Er hatte erklärt, er werde heute kochen und Andrina solle sich erholen. Schweigend hingen sie ihren Gedanken nach.

Es klingelte an der Tür.

«Bleib sitzen», sagte Enrico, als er sich erhob. Andrina hörte Stimmengemurmel und erkannte Susanna und Wagner.

Keine Minute später betraten sie, von Enrico gefolgt, das Wohnzimmer.

Unschlüssig blieb Enrico in der Tür stehen. Susanna setzte sich Andrina gegenüber auf einen Sessel. Auf dem anderen nahm Wagner Platz. Enrico stiess sich vom Türrahmen weg und setzte sich neben Andrina. Andrina spürte seine Anspannung. Der Besuch der Beamten war ihm eindeutig nicht recht.

«Wie geht es dir?», fragte Wagner.

«Den Umständen entsprechend.» Susannas Augen weiteten sich. «Mit dem Baby ist alles in Ordnung», fügte Andrina an, bevor Susanna die Frage formuliert hatte. Danach stellte sich Schweigen ein. Keiner wusste, wie er es brechen sollte.

«Marco ist bei Gabi im Spital», sagte Wagner nach einer Weile, als habe er geahnt, welches Thema Andrina auf der Zunge lag.

«Wie geht es ihr?», fragte Andrina.

Ein Schatten huschte über Susannas Gesicht, und sogleich drängte Angst den Frieden, den Andrina eben empfunden hatte, zur Seite.

«Sag schon.»

«Die Wehen haben eingesetzt, und man musste einen Kaiserschnitt machen.» Das klang ausweichend.

«Und?», fragte Andrina, da Susanna nicht weitersprach.

«Es ist ein Bub. Er musste auf die Neonatologie, also auf die Neugeborenen-Intensivstation.»

Andrina versuchte, die positive Botschaft aus der Information zu ziehen: Gabis Baby lebte. Heutzutage bestanden gute Überlebenschancen, wenn ein Kind in der zweiunddreissigsten Woche geboren wurde. Sie forschte in Wagners und Susannas Gesichtern. Sie sahen ernst aus.

«Das heisst?», fragte sie.

Susanna und Wagner wechselten einen Blick. «Die Ärzte wissen nicht, ob er überlebt.»

«Und Gabi?»

Ein neuer Seitenblick, den Wagner und Susanna miteinander tauschten.

«Was ist mit ihr?»

Andrina dachte an die Panik, die sie empfunden hatte, als im Stollen von Gabi keine Reaktion gekommen war, als sie sie gerufen hatte und als sie sie berührt hatte, bevor sie losgezogen war. Sie erinnerte sich zudem an den Zwiespalt, den sie empfunden hatte, Gabi zurückzulassen und den Weg nach draussen zu suchen.

«Sie liegt im Koma», sagte Susanna, als Andrina dachte, sie werde nicht mehr antworten.

Bitte nicht, dachte Andrina. Enrico drückte sie an sich.

«Das heisst?», wiederholte sie. Lasst es euch nicht wie Würmer aus der Nase ziehen.

«Ihr Zustand ist kritisch … sehr kritisch.»

«Wird sie es schaffen?», fragte Andrina heiser.

«Bitte stelle uns eine leichtere Frage.»

Gabi durfte nicht sterben.

«Wir haben mit Marco gesprochen, bevor wir herkamen. Er konnte nicht mehr sagen.»

Konnte oder wollte? «Gibst du mir Bescheid, wenn du mehr weisst?»

Susanna nickte.

Andrina schaute an Susanna vorbei zum Fenster. Sie dachte an das, was Gabi ihr erzählt hatte. Gabi und ihr Sohn mussten es schaffen. Marco brauchte sie. Obwohl er sie nicht liebte, bestand die Hoffnung, dass sie nach dem Erlebten zueinanderfanden. Sollten Gabi und ihr Sohn sterben, wusste Andrina nicht, wie Marco reagieren würde. Falsch. Sie konnte sich vorstellen, was passierte. Er würde ein weiteres Mal den Boden unter den Füssen verlieren, was er mit mehr Härte ausgleichen würde. Schuldgefühle schlugen zu.

«Ist alles gut mit dir?», fragte Susanna. Sie beugte sich vor und berührte Andrinas Hand, die zu einer Faust geballt auf ihrem Schoss lag.

Andrina nickte.

«Sicher?»

Abermals konnte Andrina nur nicken, da sie ihrer Stimme nicht traute.

«Könnte ich bitte ein Glas Wasser haben?», unterbrach Wagner das neu eingetretene Schweigen und räusperte sich.

Enrico erhob sich und verliess das Wohnzimmer. Nach einem kurzen Augenblick kehrte er mit einem Tablett und vier Gläsern zurück. Er stellte die Gläser auf das Glastischchen und setzte sich wieder neben Andrina.

«Wisst ihr Neues zu Frederik Hefti?», schnitt Andrina das Thema an, das ihr als Nächstes auf der Zunge brannte. Wagner war offenbar erleichtert. Er machte den Eindruck, als habe er nicht gewusst, wie er eine Überleitung machen konnte.

«Nein. Frederik Hefti ist und bleibt verschwunden. Es gibt keine Hinweise, wo er sich aufhalten könnte. Das bereitet mir Unbehagen. Inzwischen haben wir herausgefunden, dass die Opfer und er bekannt waren. Gewissermassen. Sie gehörten zu einer Gruppe, die vor zwei Jahren eine Bergtour gemacht haben. Hefti selber hat daran nicht teilgenommen, weil er an dem Tag krank war. Aber seine Freundin ging mit. Sie ist bei der Tour verunglückt.»

«Wie bitte?», fragte Andrina und forschte gleichzeitig in ihrem Gedächtnis, ob sie davon in den Medien gehört hatte. Es gab öfter Meldungen von Unglücken in den Bergen, aber genau erinnern konnte Andrina sich nicht.

«Das heisst, der Unfalltod seiner Freundin war der Auslöser?», fragte Enrico.

«Das wäre möglich. Allerdings kennen wir die näheren Umstände nicht, was genau vorgefallen ist und wie viele Personen verunglückt sind.» Er stellte das Glas auf den Tisch und stand auf. «Wir wissen nicht, was Herr Hefti im Schilde führt, aber bitte seid vorsichtig. Solltet ihr etwas bemerken, das euch verdächtig erscheint, meldet euch bitte. Egal welche Uhrzeit es ist.»

«Ab Ende Dezember sind wir weg», sagte Andrina.

«Ihr reist trotz allem?», fragte Susanna.

Andrina nickte. «Der Arzt meinte, es sei körperlich kein Problem. Nach allem, was geschehen ist, habe ich diese Reise seelisch mehr als nötig.»

«Es ist gut, wenn ihr eine Weile von hier verschwindet. Wann geht es los?»

«Am dreissigsten Dezember. Silvester werden wir auf Lanzarote feiern.»

Susanna umarmte Andrina. «Falls wir uns vorher nicht mehr sehen oder hören, gute Reise und einen guten Rutsch.»

***

Andrina schrak aus dem Schlaf und setzte sich auf. Ihr Herz klopfte bis zum Hals, und sie war nass geschwitzt. Ihr Pyjama klebte am Rücken. Sie brauchte einen Moment, bis ihr klar war, zu Hause im Bett zu sein.

Im Traum war sie auf allen vieren durch einen dunklen Stollen gekrochen. Hefti hatte sie verfolgt. «Du bist schuld. Ich kriege dich», hatte er geschrien.

Andrina horchte. Neben sich hörte sie Enricos gleichmässiges Atmen. Er schlief tief und fest. Andrina lauschte weiter. Nichts. Stille. Ihre Gedanken kehrten zu dem Traum zurück. Auf einmal war das Licht angegangen. Hefti hatte vor ihr gestanden. Zu seinen Füssen hatte eine Person gelegen. Beim zweiten Hinschauen hatte Andrina Gabi erkannt. Sie hatte sie aus leblosen Augen angeschaut. Neben ihr hatte ein totes Baby gelegen.

Andrina liess sich zurück auf das Kopfkissen sinken. Ja, sie war schuld. Sie war schuld, wenn Gabi starb. Tränen sammelten sich in ihren Augen. Sie hätte sich schneller befreien und schneller durch den Stollen krabbeln müssen. Sie legte die Hand über das Gesicht und versuchte die Tränen zurückzudrängen. Neben ihr gab Enrico ein Brummen von sich. Das Rascheln der Decke. Andrina hielt inne. Ihn wollte sie bestimmt nicht wecken. Er gab ein Seufzen von sich, und danach hörte sie seinen tiefen, gleichmässigen Atem. Sie zwang Gabi aus ihrem Kopf und konzentrierte sich auf die bevorstehende Reise. Während sie darüber nachdachte, was sie unternehmen wollten, bemühte sie sich, das schlechte Gewissen Gabi gegenüber nicht überhandnehmen zu lassen.

Es gelang nicht. Andrina beschloss, aufzustehen und sich einen Tee zu machen. Danach würde sie sich hoffentlich entspannen und einschlafen können.

Leise stand sie auf und schlüpfte aus dem Schlafzimmer. Den Weg die Treppe hinunter fand sie ohne Weiteres im Dunkeln. Die Strassenlaterne erhellte die Küche. Andrina tastete nach dem Lichtschalter, beschloss aber, das Licht ausgeschaltet zu lassen. Die von der Strassenlampe verbreitete Helligkeit reichte, um sich in der Küche zurechtzufinden. Sie fand den Wasserkocher und füllte ihn mit Wasser. Andrina nahm die Packungen mit Tee aus dem Schrank und schnupperte an ihnen. Sie entschied sich für den Kräutertee. Während sie wartete, bis das Wasser kochte, schaute sie zur Strasse. Sie war menschenleer. Ihr Blick wanderte zur Uhr am Backofen. Es war kurz vor Mitternacht. Andrina unterdrückte ein Gähnen. Offensichtlich kehrte die Müdigkeit zurück. Das Teewasser begann zu kochen. Als Andrina nach dem Kocher greifen wollte, zog eine Bewegung draussen ihren Blick auf sich. Sie erstarrte, als sie den Schemen einer Person in gebückter Haltung ihr Grundstück betreten sah. Bevor sie Genaueres erkennen konnte, verschwand die Gestalt im Schatten der Büsche. Wie gelähmt starrte Andrina nach draussen. Hefti war nach wie vor untergetaucht. Er hatte schon einmal versucht, ihr etwas anzutun. Sie meinte, einen Schatten auf das Haus zuhuschen zu sehen. Konnte er sie von dort erkennen? Weiterhin konnte sie sich keinen Millimeter bewegen. Der Umriss kam näher und hatte beinahe das Küchenfenster erreicht, als der Mann auf einmal mitten in einem hellen Lichtkegel stand.

«Stehen bleiben, Polizei!» Diesen lauten Ruf konnte Andrina sogar durch die geschlossene Fensterscheibe deutlich hören.

Das mussten die Beamten sein, von denen Susanna gesprochen hatte, als Andrina sie am Abend zur Tür gebracht hatte.

Einer der Beamten, die ungefähr in fünf Metern Entfernung standen, hielt eine helle Lampe in der Hand, die er auf den Mann richtete.

Der Mann drehte sich um. Es war tatsächlich Hefti. In der Hand hielt er eine Waffe.

Hefti wandte sich dem Haus zu, und Andrina hatte das Gefühl, er blicke ihr direkt in die Augen. Als er die Waffe hob, liess sie sich auf den Boden sacken. Im nächsten Augenblick fiel ein Schuss.

EINUNDZWANZIG

Andrina sass auf der niedrigen Mauer aus Lavastein und liess das Handy sinken. Sie starrte an den Lavaklippen vorbei auf das Meer. Hinter ihr flanierten zwei Pärchen Hand in Hand die Uferpromenade entlang. Ein milder Wind strich über ihr Gesicht. Die Sonne wärmte und liess das Nieselwetter verblassen, das in der Schweiz im Moment herrschte. Die Temperaturen von um die zwanzig Grad waren angenehm und erlaubten es, im T-Shirt unterwegs zu sein. Es war schwer vorstellbar, dass heute Silvester war. Enrico war losgezogen. Er habe für den Abend eine Überraschung, die es zu organisieren galt.

Andrina verlagerte das Gewicht und blickte zum Sportboothafen. Alles vermittelte Frieden. Frieden, den sie nicht empfand. Besonders nach dem Anruf von Susanna eben war das innere Gleichgewicht verschwunden, das sich ansatzweise in den beiden vergangenen Tagen eingestellt hatte.

Susanna hatte lange überlegt, ob sie Andrina anrufen solle, aber sie hatte sich schliesslich dafür entschieden, da sie annahm, es könne Andrina einen gewissen Abschluss der Ereignisse liefern. Das tat es zwar, aber es beschwor die schrecklichen Bilder hervor, die Andrina hoffte, auf ihrer Reise loswerden zu können.

Sie sah Hefti blutüberströmt in ihrem Garten liegen. Anscheinend war ihm seine ausweglose Situation bewusst geworden, als er die Beamten erblickt hatte. Bevor jemand hatte eingreifen können, hatte er die Waffe an seinen Kopf gehalten und abgedrückt.

Andrina dachte an die Vernehmungen, die gefolgt waren. Erst gegen Abend hatte sie nach Hause gedurft. Anfangs war sie sich nicht sicher gewesen, ob sie überhaupt abreisen durften. Und ob sie das überhaupt wollte. Marco Feller war am Stefanstag zu ihnen gekommen und hatte sie dazu bewogen zu fahren.

«Es hat geklappt.»

Andrina fuhr herum.

Das Lächeln auf Enricos Gesicht verschwand. «Was ist passiert?» Enrico setzte sich neben sie auf die Mauer. Er deutete auf das Handy in Andrinas Hand. «Wer war dran?»

«Susanna.»

Enrico spannte sich unmerklich an. Das Thema hatten sie seit ihrem Abflug vermieden. Andrina hatte das Gefühl, Enrico traue sich nicht oder besser er wolle, dass sie es von sich aus zur Sprache brachte. Dazu war Andrina nicht bereit gewesen. Sie war ihm dankbar, weil er nicht gedrängt hatte.

Sie nahm seine Hand und fuhr mit der Zeigefingerspitze der Vene auf dem Handrücken nach.

«Sie wollte mich wissen lassen, was die Ermittlungen ergeben haben.»

Enricos Begeisterung hielt sich eindeutig in Grenzen. Er machte mit dem Kopf eine Bewegung, als fordere er Andrina auf, zu erzählen.

Sie fuhr über Enricos Fingerknöchel. «Vor zwei Jahren machten ein paar Leute eine Bergtour in den Walliser Bergen», begann Andrina zögernd. «Die Gruppe bestand aus sechs Personen, inklusive Frederik Heftis Freundin. Herr Hefti selber war nicht dabei, da er krank war.» Andrina machte eine Pause. «Genau weiss man nicht, was passiert war, aber es muss so abgelaufen sein: Als sie unterwegs waren, wollten einige Gruppenmitglieder – dazu gehörte Herrn Heftis Freundin Gina – einen Umweg machen, weil es an dem Punkt eine spektakuläre Aussicht geben sollte. Der Bergführer liess sich nach einigem Drängen dazu überreden, obwohl gegen Nachmittag verschlechterndes Wetter prognostiziert war. Allerdings war es nicht so dramatisch vorausgesagt gewesen, wie es hinterher eintraf. Das Wetter holte die Gruppe kurz vor der rettenden Hütte ein. Es wäre besser gewesen, hinter einem schützenden Felsvorsprung auszuharren, aber die Gruppe drängte weiter. Die Sicht war gleich null. Gina machte einen Misstritt und stürzte in die Tiefe. Man fand sie erst am nächsten Tag, aber sie musste sofort tot gewesen sein.»

«Das heisst, Herr Hefti nahm Rache an den Teilnehmern der Tour?», fragte Enrico.

«Richtig. Frederik Hefti benötigte einige Zeit, bis er einen Plan hatte, wie er vorgehen wollte. Es sollte nicht gleich als offensichtlicher Mord erscheinen, da er sonst befürchtete, es könnte schwierig werden, seine Mission zu beenden und alle vier zu töten.»

«Wieso vier? Es müssten fünf sein.»

«Der Bergführer starb Anfang dieses Jahres bei einem Autounfall. Übrig blieben Herr Lang, Frau Märki, Herr Lurati und Simon da Silva.»

«Wer ist Simon da Silva?», unterbrach Enrico Andrina.

«Das ist der Tote, den er in den Stollen gebracht hat, nachdem er ihn mit dem letzten Insulin, das er besass, getötet hatte.»

«Was ist mit Sarah? Gehörte sie nicht zu der Gruppe?»

«Nein. Als Frederik Hefti Herrn Lurati aufstöberte, erkannte er Sarah. Sie ist mit ihm zur Schule gegangen und war seine erste grosse Liebe. Sarah dagegen wollte nichts von ihm wissen. Er liess nicht locker. Sarah und ihre Freunde machten sich über seine verzweifelten Versuche lustig, sie für sich zu gewinnen. Sie heckten einen Plan aus, um ihn vor der ganzen Klasse als verliebten Trottel blosszustellen.»

«Frederik Hefti tappte in die Falle», schlussfolgerte Enrico.

«Genau. Scheinbar ging sie zunächst auf ihn ein. Als Herr Hefti bemerkte, was lief, war es zu spät. Er hat damals sogar die Schule aufgrund des daraus resultierenden Mobbings gewechselt. Gemäss seinem Bruder hat sein Selbstwertgefühl später weiter darunter gelitten. Es besserte erst, als er Gina kennenlernte.»

«Das heisst, er hat die Gelegenheit gleich genutzt und es Sarah heimgezahlt?», fragte Enrico. «Und die Ereignisse von damals waren der Grund, weshalb er brutaler bei ihr vorging?»

«Gemäss Susanna ja.»

«Eine so späte Abrechung?», fragte Enrico ungläubig. «Das ist Wahnsinn. Ich kann mir vorstellen, dass es damals als Jugendlicher schlimm gewesen sein muss, aber sollte er als Erwachsener nicht darüberstehen?»

«Wie gesagt, er hat immer unter den Ereignissen in der Schule gelitten. Nun trug ausgerechnet Sarahs jetziger Freund eine Mitschuld an Ginas Tod – der Frau, der als Einziger etwas an ihm lag. Allerdings sind es nur Vermutungen von Max und Susanna, die sie aus der Befragung von Herrn Heftis Bruder ziehen.»

Zwei Frauen fuhren auf Rollerblades an ihnen vorbei. Die hintere der beiden hatte Ähnlickeit mit Sarah.

«Du sagtest, er wollte keine offensichtlichen Morde, weil er fürchete, dass ihm sonst die Polizei in die Quere kam?», nahm Enrico den Faden wieder auf. «Das heisst, er suchte sozusagen den perfekten Mord?»

«Genau, die Lösung fand er in dem Pflegeheim, in dem er arbeitete. Oder eher, er meinte, sie gefunden zu haben.»

«Insulin.»

«Richtig. Im Pflegeheim kam er an das Insulin und die Beruhigungsmittel heran.»

«Mit dem Beruhigungsmittel stellte er demnach die Opfer ruhig, damit er in Ruhe das Insulin spritzen konnte.»

Andrina nickte.

«Wieso legte er die Leichen bei den Pfahlbauten ab?»

«Seine Freundin war Archäologin. Das Thema ihrer Masterarbeit waren Pfahlbauten.»

«Du meinst, er wollte damit eine Art Zeichen setzen?»

«Gemäss Susanna dürfte das der Grund gewesen sein.»

Eine Frau ging mit ihrem Pudel vorbei. Hund und Besitzerin sahen einander ähnlich. Die Frau hatte genau die gleichen weissen gekrausten Haare wie ihr Hund. Andrina schaute ihnen nach, wie sie an dem nächsten Weg abbogen.

«Wieso hat er dich und Gabi entführt?»

«Den genauen Grund werden wir nie erfahren, aber Gabi war von einer Autorin kontaktiert worden, die ihr das Exposé und eine Leseprobe zu ihrem Krimi ‹Mord im Altersheim› geschickt hatte. Darin bringt die Leiterin eines Altersheims die Bewohner mit Insulin um, um an das Geld zu kommen, das die Leute ihr vorher in einem Testament zugesichert haben. Sie will damit ihre Spielschulden begleichen. Dieser Plot war für Gabi unrealistisch und wies einige Lücken auf. Sie hat sich bei Herrn

Hefti erkundigt, ob die Handlung so möglich sei. Gemäss Maria Wigger, das ist eine Autorin, die auch beim Adventsapéro war und sich zu Gabi und Herrn Hefti gesellt hat, haben die beiden angeregt darüber diskutiert.»

«Herr Hefti befürchtete, Gabi könnte eventuell Rückschlüsse auf die Morde ziehen?»

«Ja.»

«Das klingt für mich weit hergeholt», sagte Enrico.

«Er stand unter Druck und wollte sicher sein, seine Mission zu Ende bringen zu können.»

«So ein Wahnsinn.» Enrico stand auf, drehte sich um und blickte auf das Meer. «Wie ist er überhaupt vorgegangen?», fragte er.

«Auch das werden wir nie wirklich erfahren. Susanna vermutet, Herr Hefti habe die Opfer kontaktiert und unter einem Vorwand zu einem Treffen gebeten. Er könnte angedeutet haben, sich versöhnen zu wollen. Sie sind einen trinken gegangen. Herr Hefti hat in den Alkohol Betäubungsmittel gemischt. Die Opfer wurden benommen, realisierten aber den Grund nicht, warum sie sich unwohl fühlten. Sie müssen ihm dankbar gewesen sein, weil er anbot, sie nach Hause zu fahren.»

«Stattdessen hat er sie an einen anderen Ort gebracht?», fragte Enrico. «Zum Beispiel zu den Rekonstruktionen der Pfahlbauten?»

«Genau. Dort hat er ihnen Insulin gespritzt. Die gebrauchten Insulinspritzen hat er bei Lukas im Kehricht deponiert. Lukas muss ihm davon berichtet haben, Diabetiker zu sein. Die Adresse hat Herr Hefti leicht im Onlinetelefonbuch herausfinden können. Mir war nie bewusst, mit Insulin wirklich jemanden töten zu können. Du hast selber gesagt, das sei schwer.»

«Zusammen mit Alkohol kann es tödlich sein. Erinnerst du dich, wie ich dir erklärt habe, die Leber würde Zucker produzieren, sobald der Zuckerspiegel sinkt?», fragte Enrico.

Andrina nickte.

«Wenn Alkohol konsumiert wurde – und wenn ich deine Schilderungen der Untersuchungsergebnisse richtig interpretiere, war das nicht wenig –, dann funktioniert die Zuckerproduktion in der Leber nicht mehr. Die Leber ist damit beschäftigt, den Giftstoff Alkohol abzubauen.»

Andrina schaute zum Meer. Am Horizont erkannte sie ein Schiff.

«Wieso brachte er Gabi und dich ausgerechnet in den Meyerschen Stollen?», wechselte Enrico das Thema.

«Er hatte kein Insulin mehr. Da er schnell handeln musste, brauchte er zudem eine Möglichkeit in der Nähe. Sein Bruder arbeitet im Stadtmuseum Aarau. Bei einem Besuch bei seinem Bruder hat Herr Hefti den Schlüssel mitgenommen. Er ist Gabi in die Tiefgarage gefolgt und hat sie dort überwältigt.»

Neues Schweigen setzte ein, bis Enrico es brach. «Du hast ihn aufgeschreckt, als du nach Gabi gesucht hast. Er musste ein weiteres Mal schnell handeln.»

«Als ich ihn über das weitere Vorgehen informiert habe, bin ich natürlich auf Gabis Verschwinden eingegangen», sagte Andrina. «Ich habe ihm erzählt, wie ich mir Sorgen machte und befürchtete, es könnte mit den Morden zusammenhängen.»

«Warum hat er euch nicht gleich getötet? Obwohl er kein Insulin mehr hatte, hätte er genügend Möglichkeiten gehabt.»

«Den Grund dafür werden wir vermutlich genauso wenig erfahren. Susanna vermutet, er kam in Stress, schnell handeln zu müssen. Zudem könnte es an unserer Schwangerschaft gelegen haben.»

«Was?»

«Gina war in der zehnten Woche schwanger, als sie starb.»

«Du meinst, er brachte es daher nicht über sich, eine schwangere Frau zu töten?»

«So in etwa.»

«Leben lassen konnte er euch auch nicht. Daher brachte er euch in den Stollen und redete sich ein, so nicht direkt schuld an eurem Tod zu sein? Das ist absurd!»

«Susanna sagt, es sei teilweise schwer nachvollziehbar, was in seinem Kopf vor sich ging. Wie seine Wahrnehmung der Dinge war und in welche Ansichten er sich hineinsteigerte.»

Neues Schweigen setzte ein. Andrina liess ihren Blick über die Promenade schweifen. Eine vierköpfige Familie schlenderte Glacé schleckend an ihnen vorbei. Ein Mann und eine Frau joggten in die andere Richtung.

«Wie geht es Gabi und ihrem Kind?», fragte Enrico.

Eine kalte Faust legte sich um Andrinas Herz.

«Unverändert», murmelte sie.

«Das heisst?»

«Wenn ich das wüsste. Um ihr Baby steht es nach wie vor nicht gut. Aber der Zustand hat sich immerhin nicht verschlechtert. Gabi selber liegt noch immer im Koma. Es ist weiterhin kritisch, aber es gibt wenigstens bei ihr auch keine Verschlechterung.»

«Das sollten wir als positive Neuigkeiten ansehen», sagte Enrico.

Andrina stand auf, stellte sich neben Enrico. Sie lehnte sich an ihn und schaute auf das Meer. Enrico legte den Arm um sie. Der Wind strich über ihre Haut und blies die Haarsträhnen aus dem Gesicht. Enrico brach das Schweigen nicht, wofür Andrina dankbar war.

Das Schiff hatte sich genähert, und Andrina meinte, eine Fähre zu erkennen. Sie liess ihren Blick über den Horizont schweifen. Der Wind frischte weiter auf. Einzelne Wolken zogen vorbei und verdeckten für einen kurzen Moment die Sonne.

Gabi, bitte stirb nicht, dachte sie.

Elisabeths Baileys-Torte
(für eine ca. 26 cm grosse Springform)

Zutaten für den Biskuitteig
3 Eigelb
3 Eiweiss
3–4 Esslöffel Wasser
175 g Zucker
1 Päckchen Vanillinzucker
300 g Mehl
3 gestrichene Teelöffel Backpulver

Zutaten für die Crème/Füllung
1 Beutel dunkle Schoggiglasur
½ l Rahm
2,5 dl Baileys
1–2 Päckchen Rahmhalter
4–5 Meringueschalen
Schoggipulver

Zubereitung
Für den Biskuitteig Eigelb und Wasser mit dem Schneebesen schaumig schlagen, dabei nach und nach zwei Drittel des Zuckers mit dem Vanillinzucker zufügen. Weiterschlagen, bis die Masse cremig ist. Das Eiweiss zu steifem Schnee schlagen und nach und nach den restlichen Zucker dazugeben. Der Schnee muss so fest sein, dass ein Schnitt mit dem Messer sichtbar bleibt. Den Schnee auf die Eigelbcrème geben und das mit dem Backpulver gemischte, gesiebte Mehl dazugeben. Alles vorsichtig unter die Eigelbmasse ziehen. Den Teig in eine gefettete mit Backpapier ausgelegte Springform geben. Sofort in den auf 175 Grad vorgeheizten Ofen stellen. 20 Minuten backen.
Der Biskuitteig wird am besten erst am nächsten Tag weiterverwendet.

Den Biskuitboden halbieren und auf einer Seite mit der geschmolzenen Schoggiglasur bestreichen. Die Glasur fest werden lassen.
Den Rahm mit Rahmhalter steif schlagen. Den einen Biskuitboden mit der glasierten Fläche nach unten auf eine Tortenplatte legen und mit einer Gabel mehrmals einstechen. Den Teig mit der Hälfte des Baileys tränken und die Hälfte des Rahms draufstreichen. Den zweiten Biskuitboden mit der Schoggiseite nach unten darauflegen, einstechen und mit dem restlichen Baileys beträufeln. Den restlichen Rahm auf der Oberseite verteilen und die Torte kühl stellen.
Vor dem Servieren die Meringue in Stückchen brechen und auf der Tortenoberseite verteilen. Mit Schoggipulver bestäuben.

Ein herzliches Dankeschön an Christine Knecht, dass sie mir ihr Rezept für meinen Krimi zur Verfügung stellt.

Andrinas Zwetschgenauflauf

Zutaten
200 g (altes) Brot
800 g Zwetschgen
100 g Haselnüsse
4 Eier
4 Esslöffel Zucker
400 ml Milch
250 g Quark
1–2 Teelöffel Zimt

Zubereitung
Das Brot in kleine Würfel schneiden. Die Zwetschgen entsteinen und halbieren. Alles mit den Haselnüssen mischen und in eine eingefettete Auflaufform geben.
Eier, Zucker, Milch, Quark und Zimt gut verquirlen und den Guss über den Auflauf geben. Bei 180 Grad im vorgeheizten Ofen 40 bis 50 Minuten backen. Warm servieren.

Glossar

Apéro – Umtrunk
Badi – Freibad
Bise – Nordostwind im Schweizer Mittelland
Canapé – kleines Häppchen
Chräbeli – hartes Weihnachtsgebäck, das aus Puderzucker, Eiern, Mehl und Anis besteht
Glacé – Eiscrème
Gottemeitli – Patenkind (Patenmädchen)
Guetzli – Plätzchen
Hosensack – Hosentasche
Kalbsleberli – geschnetzelte Kalbsleber
Kappe – Mütze
Kehrichtkübel – Mülleimer
Korpus – Büromöbel mit Fächern und Schubladen, dessen Deckfläche als Ablage oder Arbeitstisch dient
Lavabo – Waschbecken
Meringue – Baiser
Nüsslisalat – Feldsalat
Pikett – Bereitschaftsdienst
Plastiksack – Plastiktüte
Plättli – Fliesen
Rahm – Sahne
Rossschwanz – Pferdeschwanz
Schoggi – Schokolade
Touché (frz.) – berührt; Punkt für dich
Velo – Fahrrad
Vermicelles – süsses Kastanien-Püree
Wähe – flacher Kuchen mit süssem oder salzigem Belag

Die Kriminalromane von Erfolgsautorin Ina Haller im Überblick:

Alle Titel sind auch als eBook erhältlich.

Krimis mit Andrina Kaufmann

Tod im Aargau
ISBN 978-3-95451-076-4

Gift im Aargau
ISBN 978-3-95451-264-5

Der Metzger von Aarau
ISBN 978-3-95451-483-0

Schatten über dem Aargau
ISBN 978-3-95451-796-1

Aargau-Fieber
ISBN 978-3-7408-0058-1

Der Fluch von Aarau
ISBN 978-3-7408-0284-4

Aarauer Finsternis
ISBN 978-3-7408-0513-5

Krimis mit Samantha Kälin

Rüebliland
ISBN 978-3-7408-0631-6

Chriesimord
ISBN 978-3-7408-0791-7